FOLIO POLICIER

William R. Burnett

Quand la ville dort

Traduit de l'anglais
par J.-G. Marquet

Gallimard

Titre original :

THE ASPHALT JUNGLE

William Riley Burnett est né en 1899 à Springfield, aux États-Unis. Ses rapports avec le monde de la politique à Chicago lui inspirent en 1929 *Le petit César*, qui sera porté à l'écran. Il a écrit un certain nombre de scénarios, dont celui de *Scarface,* et de romans traduits en français dont *Rien dans les manches, Donnant donnant, Tête de lard et Good-bye Chicago.* Il est mort en 1982.

CHAPITRE I

Une nuit opaque et cinglée de bourrasques s'était abattue sur l'immense cité du Middle West qui s'étirait le long du fleuve. Une pluie fine, presque un brouillard, s'engouffrait par moments entre les hauts immeubles, mouillant les chaussées et les trottoirs qu'elle transformait en miroirs sombres où se réfléchissaient, grotesquement déformées, les lumières des réverbères et les enseignes au néon.

Les grands ponts du centre étiraient leurs arches par-dessus les eaux noires du fleuve gigantesque, dont les rives se perdaient dans la brume. Et les rafales de vent, qui entraînaient dans leur course les journaux abandonnés sur le pavé, balayaient les boulevards presque déserts, sifflant à petit bruit le long des façades et gémissant aux carrefours. Des tramways vides et des autobus aux vitres brouillées descendaient lentement, en ferraillant, vers le terminus du centre. A part les taxis et les autos de la police, il n'y avait aucune voiture dans les rues.

River Boulevard, large comme une avenue triomphale, avec ses contre-allées et les arcs orange de ses réverbères, dont l'alignement s'étirait à l'infini vers l'horizon embrumé, était aussi vide que si la peste y avait détruit toute manifestation de l'activité humaine. Les signaux lumineux changeaient ponctuellement à chaque carrefour, mais il n'y avait aucune voiture pour se conformer à leurs indications. A l'extrémité du boulevard, dans le quartier des boîtes de nuit, des enseignes tarabiscotées clignotaient dans le vide. Comme un jouet mécanique bien remonté, la grande ville continuait son activité nocturne avec une précision mathématique, sans s'inquiéter de ses habitants.

Enfin, le vent tomba et la pluie s'abattit avec violence sur l'immense cité : sur les terrils des usines d'acier, du côté de Polishtown ; sur les résidences des millionnaires, à Riverdale ; sur la butte accidentée de Tecumseh Slope, avec ses petites épiceries et ses restaurants italiens ; sur les immeubles de rapport groupés en amont du fleuve, où tout était éteint depuis des heures, et où les ouvriers allaient, dès cinq heures du matin, ouvrir l'œil en sacrant contre le tintamarre de leur réveil-matin ; sur les faubourgs éparpillés en éventail vers le Nord et l'Est, où toutes les petites villas et tous les jardins étroits se ressemblaient ; enfin sur les obscurs bas-fonds qui entouraient Camden Square, de l'autre côté du fleuve, cet immense quartier des taudis et des bouges, où l'on trouvait au moins un bistrot à chaque carrefour, des voitures de police par douzaines, et où les agents ne se risquaient que deux par deux.

Un taxi freina devant la façade éteinte d'un magasin proche de Camden Square, et le chauffeur se retourna pour demander à son client :

— Vous êtes bien sûr qu'vous savez où c'est qu'vous allez, mon vieux ?

Son client acquiesça, descendit et régla la

course, donnant un généreux pourboire qui éveilla dans l'esprit du chauffeur une vague sympathie pour ce petit quadragénaire trapu qui n'avait pas ouvert la bouche pendant tout le trajet qu'ils avaient parcouru depuis le terminus des cars.

— Je sais bien qu'ça me r'garde pas, insista le chauffeur, mais c'est vraiment un sale quartier ! (Le client se contenta de se racler la gorge.) C'est ici l'numéro que vous cherchez, reprit le chauffeur. Mais tout est éteint. Vous voulez que j'attende ?

Le client hocha la tête.

— Comme vous voudrez, conclut le chauffeur, qui n'avait pas tellement envie de s'éterniser tout seul sur le Camden Boulevard à deux heures du matin. Mais un bon conseil : traînez pas trop longtemps dans l'coin avec votre valoche. Y a ici des petites frappes qui vous la faucheraient en moins de deux — rien qu'pour se procurer une liquette propre.

Mais déjà le client s'était éloigné et cherchait une sonnette, près de la porte du magasin endormi. Le taxi s'éloigna lentement, et le chauffeur se retourna plusieurs fois.

Au bout d'un moment, l'inconnu entendit du bruit à l'intérieur de la boutique, et la porte, maintenue par une chaîne de sûreté, s'entrouvrit de quelques centimètres.

— Ouais ? fit une voix méfiante et bourrue.

— C'est Joe Cool qui m'a dit de venir ici, répondit l'inconnu. Je voudrais voir Cobby.

— Joe Cool est en cabane.

— C'est exact. Justement, j'en viens. J'ai été libéré cet après-midi.

La voix de l'inconnu trahissait un accent étranger assez léger, indéfinissable, et l'individu qui lui avait ouvert la porte s'efforça de l'apercevoir, grâce à la lueur vague que dispensait le réverbère du coin.

— Cobby commence à en avoir marre, de vous tous ! Il faudrait qu'il passe sa vie à vous entretenir. C'est pas une banque, ici !

— Je ne viens pas pour lui demander de l'argent. J'ai une proposition à lui faire — une proposition très importante.

— Qu'est-ce qui le prouve ?

— Allez prévenir Cobby.

Après un long silence, on entendit le cliquetis sourd d'une chaîne, et la porte s'ouvrit suffisamment pour que l'inconnu pût entrer.

— Restez là, ordonna le portier en verrouillant la porte et en remettant la chaîne en place.

Après quoi, il se dirigea vers le fond de la boutique, où une ligne de lumière filtrait sous une porte. En chemin, il lança par-dessus son épaule :

— Espérons que vous êtes régule, mon pote ! Parce que Cobby vient d'avoir des emmerdements, et c'est pas le moment de venir lui marcher sur les pieds !

Après un silence, il ajouta en ouvrant la porte :

— Il a jamais bien aimé ça, d'ailleurs !

En attendant, l'inconnu posa sa valise à terre et alluma un gros cigare. Il poussa un petit soupir satisfait, ne paraissant pas le moins du monde troublé par cet accueil.

Quelques minutes plus tard, la porte se rouvrit, projetant un triangle de lumière à l'intérieur de la boutique obscure, et le portier fit signe à l'inconnu de le suivre.

Ils pénétrèrent dans un couloir étroit, où la lumière était allumée et qui empestait le vieux cigare. Sur ce couloir s'ouvraient plusieurs portes, derrière lesquelles s'entendaient des murmures de voix et de cliquetis des jetons de poker.

Le portier s'arrêta devant la dernière porte, puis se retourna pour toiser l'inconnu qui s'était arrêté juste derrière lui. Le portier était un ancien lutteur ; il avait le nez cassé, les oreilles en chou-fleur, et de petits yeux en vrille ; ses lèvres épaisses, soulignées d'un épais bourrelet, semblaient anormalement gonflées. Ses cheveux blonds, coupés très court, prenaient un éclat métallique sous l'éclairage dur de l'ampoule. Il contempla l'inconnu d'un air hostile, sans dire un mot, incapable de le situer.

Le visiteur était un individu de petite taille, un mètre soixante-cinq environ, avec de larges épaules voûtées qui lui donnaient l'air un peu bossu. Gras et pâle, son visage aux lignes molles était en partie abrité par un étrange chapeau noir à larges bords ; ses yeux disparaissaient derrière les verres bombés de ses lunettes. Impossible de lire, sur son visage, la moindre de ses pensées. Il portait une petite moustache brune, taillée en brosse, qui détonnait dans l'ensemble du personnage. Le portier se dit qu'il avait l'air aussi inquiétant qu'un mannequin de vitrine, et guère plus humain.

Le portier n'avait pas encore achevé son inspection que la porte s'ouvrit toute grande ; un petit bonhomme à face de curé, en manches de chemise, bondit dans le couloir, et se mit à glapir :

— Alors, bon Dieu ! où est-il ?

Après quoi, il tourna la tête et aperçut la silhouette ramassée de l'inconnu, qui attendait patiemment, sa valise à la main, tout en tirant sur son cigare.

— Ah ! bon ! Faites vite. Je suis très occupé. Que voulez-vous ?

— Permettez que je me présente, répondit le petit gros qui, d'un geste élégant de sa main blanche et délicate, ôta le cigare de sa bouche. Vous me connaissez peut-être...

— Je ne vous ai jamais vu ! aboya Cobby qui trépignait d'impatience. Allons, allons, de quoi s'agit-il ?

— Je veux dire que vous avez peut-être entendu parler de moi... « Le professeur... » ou bien « Herr Doktor », peut-être ?

— Quoi... C'est vous Riemenschneider ? (L'inconnu acquiesça.) Oh ! Mais pourquoi diable vous ne le disiez pas ! Entrez donc.

Cobby se tourna pour lancer un regard réprobateur au portier, après quoi il repartit vers son petit bureau tout au bout du couloir. Bien qu'il dût avoir dans les quarante-cinq ans, il avait des façons impatientes de collégien, des gestes nerveux ; c'était un homme toujours agacé, toujours sous pression.

Riemenschneider retira son feutre noir et le suivit.

Le sommet de son crâne, complètement chauve, qui luisait comme du bois verni, était couronné de cheveux noirs, drus et bouclés qu'il portait un peu longs, comme les musiciens.

Cobby entra dans le bureau en lançant à son visiteur un regard en dessous et songea : « Il me fout les jetons, ce coco-là ! » Mais pas de doute, il lui tirait son chapeau. Combien en connaissait-on, de types capables de mener à bien un fric-frac de cent mille dollars ? Ça demandait de l'étoffe.

— Asseyez-vous, Doc ! lança-t-il. Vous avez un

fauteuil qui vous tend les bras. Vous buvez quelque chose ?

Riemenschneider s'assit et déposa sa valise à côté de lui.

— Non, je ne bois pas. J'en ai perdu l'habitude en prison. Ce n'est d'ailleurs rien de plus qu'une mauvaise habitude.

Ses lèvres se tendirent pour esquisser ce qu'il désirait être un sourire, mais tout le reste de son visage resta impassible.

Cobby esquissa quelques pirouettes et se versa une bonne ration d'alcool pur :

— Eh bien ! A la santé de cette mauvaise habitude, alors ! fit-il. De toutes mes mauvaises habitudes, c'est la seule qui ne me mette pas perpétuellement dans le pétrin. Alors, Doc ?

— Vous vous rappelez Joe Cool ?

— Si je me le rappelle ! C'était un petit gars qui se débrouillait très bien, jusqu'au jour où il s'est mis à trimbaler un revolver. Alors, il a tué un type. Moi, je le dis toujours, quand on trimbale un revolver, faut être drôlement fortiche. Y a des gens qui sont des tueurs, et y en a d'autres qui ne le sont pas. Joe, il était pas fait pour ça. C'était pas sa catégorie. Imaginez un trotteur qui voudrait gagner le sweepstake ! (Cobby fit quelques gambades autour de sa table.) Me rappeler Joe ? Vous parlez ! C'était le meilleur roustisseur de toute la ville, jusqu'au jour où il a perdu la boule !

— J'ai partagé sa cellule pendant deux ans, expliqua Riemenschneider d'un ton paisible. Il pourrait probablement se faire libérer sur parole, si l'on trouvait quelqu'un important qui veuille bien s'en occuper. Il a été condamné à perpétuité, mais cette peine pourrait être commuée en dix ans.

— Pour le moment, c'est rudement coton, répondit Cobby, depuis la salade à Lefty Wyatt. Le Conseil des libérations sur parole lui avait ouvert les portes, et deux jours après, il a buté Johnny Abate, juste dans la rue d'en face. Y ne s'était fait relâcher que pour ça !

— Je sais. Mais j'avais pensé que peut-être M. Emmerich... commença Riemenschneider, qui s'arrêta en voyant Cobby se raidir et le fixer intensément, le regard dur, les sourcils froncés.

— Qu'est-ce que vous savez de M. Emmerich ? demanda-t-il d'un ton cassant.

— Ecoutez, Cobby ! Ne pourrions-nous nous entendre ? Nous faire confiance mutuellement ? Joe Cool m'a communiqué un projet gigantesque, qu'il m'a cédé, avec plans et tout — à condition que je m'occupe de le faire libérer.

— Quelle sorte de combine ? Ça va chercher combien ? aboya Cobby.

— Un demi-million de dollars.

Cobby ravala sa salive. Il fixa Riemenschneider longuement, puis se versa un second verre, d'une main qui tremblait. C'était pas du flan. Quand le Herr Doktor jonglait avec les millions, il savait ce qu'il disait. C'était un caïd, un grand caïd, quand il arrivait à sortir de taule. Plus important même que Joe Cool — qui déjà comptait.

— Doc... attendez un instant, dit Cobby qui se dirigea d'un pas dansant vers la porte qu'il referma derrière lui.

Riemenschneider bâilla tranquillement, puis eut un geste tardif, mais plein d'élégance, pour se tapoter les lèvres du bout des doigts.

Il se trouvait bien là, détendu, reposé. Heureusement qu'il avait rencontré Joe Cool ! Sinon... ma foi, cela aurait été fort déplaisant de sortir de prison sans argent, et sans abri. Alors qu'ainsi, tout était arrangé : ses dépenses seraient réglées pendant le temps qu'il lui faudrait pour organiser son coup ; et, en guise d'épilogue, le gros paquet, le dernier, celui dont il avait toujours rêvé...

Il aimerait se retirer au Mexique... s'installer à Mexico, où l'on peut mener une existence de pacha avec cent mille dollars en bon argent américain...

Tout en tirant sur son cigare, il laissa vagabonder son imagination. Des belles filles... Des belles petites Mexicaines au teint mat, aguichantes et ombrageuses... et rien de mieux à faire de toute la journée que de les admirer, sous le soleil brûlant... Programme plaisant... bien plaisant...

Pendant un instant, son visage gras, pâle et mou eut une expression presque humaine, mais il reprit vite son impassibilité de mannequin : la porte s'ouvrait. Riemenschneider leva les yeux, s'attendant à voir entrer Cobby, qui, sans l'ombre d'un doute, était sorti pour essayer de joindre M. Alonzo Emmerich par téléphone. Mais ce n'était pas Cobby, et ce n'était pas non plus le portier.

Un grand type entre deux âges, efflanqué, au teint basané, se tenait sur le seuil et le contemplait d'un air assez surpris. Riemenschneider se sentit soudain une démangeaison à la nuque et eut une désagréable impression de froid au creux des mains. Les yeux noirs du nouveau venu l'étudiaient. « Un dur », songea le petit docteur en levant un regard froid.

Sans dire un seul mot, l'inquiétant personnage tourna les talons. Mais, au même moment, Cobby réapparut.

— Ah ! c'est toi, Dix ! fit-il en contraignant son visiteur à revenir sur ses pas. Qu'est-ce que tu veux ?

Dix toisa Riemenschneider, comme s'il jugeait sa présence gênante et, de nouveau, le petit docteur eut un léger frisson.

— Tu peux y aller ! lança Cobby à Dix. C'est un copain.

— Je voulais te parler de mon compte, dit Dix.

Et le petit docteur nota une légère trace d'accent. Un homme du Sud ? Du Texas, peut-être ?

— Encore fauché ? cracha Cobby. Tu nous dois combien ?

— Deux mille trois cents et des poussières.

— Bon, fit Cobby. Tu as un crédit de deux mille cinq. Mais crénom, Dix, débrouille-toi pour miser sur le bon cheval, ou alors rembourse-moi, quand tu arrives à des sommes pareilles !

Le visage de Dix se crispa, Cobby fit un pas en arrière et le petit docteur se félicita de sa perspicacité. Pas de doute, c'était bien un dur, fort inquiétant.

— Je n'essaie pas de t'avoir, répliqua Dix de sa voix grave et un peu traînante. Je vais te trouver ces deux mille trois cents dollars tout de suite.

Et brusquement, il s'en alla.

D'un air profondément troublé, Cobby courut après lui, en le suppliant :

— Dix, Dix ! écoute voir !

Et il referma la porte.

Riemenschneider attendait toujours, en savourant son cigare. Il était extrêmement sensible, bien qu'il n'en eût pas l'air ; et grâce à cette sensibilité à fleur de peau, il devinait aisément la vraie nature des gens, malgré leur masque ou leur vernis. Cobby était un crétin — triste à dire, mais profondément vrai. Le portier était un nigaud soupçonneux, mais pas méchant, complètement inoffensif tant qu'il restait livré à lui-même. Quant à ce Dix — ce grand gars du Sud — c'était un homme dangereux, vraisemblablement un spécialiste du pistolet, un tueur-né. Le petit docteur frémit : bien sûr, il y a des cas où l'assassinat est obligatoire — pour des raisons techniques — et dans ces cas-là, ce n'était pas le docteur qui s'y serait jamais opposé. Mais les individus qui se chargeaient de cette besogne... mieux valait les garder à distance !

Cobby revint, jurant et sacrant violemment, comme si ça lui était nécessaire pour se remonter le moral !

— Cet homme... ce Dix..., murmura le petit docteur.

— Oh ! C'est un tueur en chômage — et c'est aussi un mordu des courses. Mon book passe son temps à lui chauffer son fric, et lui, il ne se décourage jamais ! (Cobby alluma une cigarette et se versa une rasade, en tremblant.) Dans le temps, paraît que c'était quelqu'un. J'ai pas la moindre idée de l'âge qu'il peut avoir. C'est difficile à dire. J'ai pas la moindre idée non plus de ce qu'il fait pour gagner sa croûte... mais il me règle toujours.

Riemenschneider opina du bonnet, tout en continuant à tirer sur son cigare. Cobby s'ébroua comme un jeune chien, et parut reprendre ses esprits.

— Dites voir, Doc... ce grand abruti de Dix m'avait fait perdre le fil. M. Emmerich nous recevra plus tard dans la soirée. Ils donnent un grand dîner ce soir, lui et sa femme, dans leur maison de ville. Ils connaissent tous les gens du gratin, vous savez !

Et Cobby gonfla son petit torse chétif, tout fier de connaître quelqu'un comme Emmerich.

CHAPITRE II

En rentrant chez lui, Dix s'arrêta dans un snack-bar — « Spécialité de steaks hachés » — qui ne fermait pas la nuit. Il voulait y acheter les premières éditions des journaux du matin, et le *Turf*.

Sa colère commençait à baisser, son pouls avait retrouvé un rythme presque normal et la chape de glace qui s'abattait sur ses épaules chaque fois qu'il avait le sentiment d'avoir été insulté abandonnait petit à petit sa grande carcasse efflanquée. « Un de ces jours, il ira trop loin, songeait-il. Cette espèce de sale petit macaque va finir par prononcer un mot de trop. »

Un agent, enfoui dans une pèlerine caoutchoutée, et installé au comptoir, dévorait son steak haché. Son compagnon, accoté au comptoir des journaux, tournait d'un air dégoûté les pages d'un magazine de cinéma. Ni l'un ni l'autre ne prêtèrent la moindre attention à Dix. Mais Gus, le petit bossu replet qui tenait l'établissement, leva le nez et sourit, puis il fit le tour du comptoir et s'approcha du stand des journaux :

— Un *Examiner*, un *News* et un *Turf*, c'est bien ça ?

— C'est bien ça, répondit Dix qui prit les journaux et tendit à Gus une pièce de cinquante *cents,* comme il le faisait chaque soir.

Mais au moment où il tournait les talons, il s'aperçut que Gus s'écartait du petit rituel auquel il se conformait d'habitude quand ils se rencontraient devant des étrangers, pour l'avertir. Au lieu de répondre : « Vous avez bien raison, et merci ! » Gus fit une remarque banale au sujet du temps, et son regard glissa vers l'agent en uniforme qui se tenait près des journaux.

— Oui ! il pleut ! répliqua Dix qui esquissa un vague geste d'adieu et disparut.

L'agent qui feuilletait le magazine se retourna vers Gus :

— Il vient ici toutes les nuits à la même heure ?

— Non, répondit Gus. Des fois plus tôt, des fois plus tard.

— Mais toujours après minuit, hein ?

— Je ne saurais pas dire. Je regarde pas l'heure.

— T'as une vague idée d'où il crèche ?

— Non. J'sais même pas son nom.

— T'en es bien sûr ?

— Puisque je vous le dis !

Gus fixa sur l'agent un regard mauvais, puis il tourna le dos et repartit derrière son comptoir où il se campa en face de l'autre agent, qui lui régla son sandwich et son café.

— Tu t'es si bien conduit, tous ces temps-ci, Gus, dit l'agent qui était au comptoir. Ça t'a fait du bien, ton petit séjour en taule.

— Merci ! Vous êtes trop bon ! lança Gus d'un ton sarcastique.

— Fais pas tant le mariole. Si t'avais vraiment le nez creux, Gus, tu marcherais avec nous. Qu'est-ce que ça te rapporte, de protéger tous ces truands ?

— Quels truands ?
— Dix Handley, par exemple.
— Qui c'est ?
— Allons, viens, Tom ! dit d'un ton blasé le flic qui lisait son journal.
— Ecoute, Gus, reprit l'autre flic. Tout près de Camden Boulevard, il y a une tripotée de soi-disant boîtes de nuit, des clandés où y vient plein de gens, même du monde très bien... je m'demande d'ailleurs bien pourquoi...
— Vous savez... c'est la première fois que j'entends parler de ces boîtes-là ! lança Gus toujours ironique.
— Ces gens-là se saoulent, et quand y s'décident à rentrer chez eux, il est tard. Y a pas de veilleurs de nuit pour garder les voitures, ni personne, poursuivit l'agent de sa voix tranquille. Et y a un zigoteau qui s'est mis à faire des hold-up dans le coin : un client par-ci, un autre par-là... (Il désigna son camarade d'un geste du pouce.) Alors Randy et moi, on s'est fait sonner les cloches, au commissariat.
— Vous avez pas de veine, dit Gus.
— On est tombés sur un bec, reprit l'agent, et on a beau être aidés par les voitures de patrouille, c'est comme si on fouillait le maquis.
— Ou comme si vous cherchiez une aiguille dans une meule de foin ! lança Gus. Elle est bien bonne, celle-là, et nouvelle, pas vrai ?
Randy, l'agent qui se tenait près du stand des journaux, perdit brusquement patience et se précipita vers le comptoir, mais l'autre agent coupa son élan et continua sans hausser la voix :
— Gus, je voulais simplement t'avertir : tu pourrais nous rendre vraiment service si tu vou-

lais. Ce soir, tous les patrons des boîtes de nuit du Strip se sont réunis, et ils ont décidé d'offrir une prime de mille dollars pour la capture du sale coco en question. On partagerait...

— Si j'entends parler de quelque chose, je vous préviendrai, répondit Gus en toisant les deux flics d'un œil froid.

— Laisse tomber ! dit Randy en prenant son collègue par le bras, tu vois bien que tu perds ton temps, avec cette gueule de raie !

— Vous n'êtes pas mal non plus ! répliqua Gus.

Randy allait foncer, mais Tom écarta son jeune collègue et le poussa vers la sortie.

— Alors comme ça, vous me prenez pour une casserole ? lança Gus. A quoi ça nous avance, tout ce baratin ? J'ai fait mon temps. Tout bien au complet, sans une minute de moins. Faut pas croire que je suis libéré sur parole. Si vous essayez de me le faire à l'influence, je me paie un avocat.

— Toi ? Tu vendrais ta mère pour un billet de cinq dollars ! Alors nous casse pas les pieds ! cracha Randy par-dessus son épaule, en passant la porte.

Gus les regarda s'éloigner, puis se dirigea vers le téléphone en marmonnant tout bas :

— Tu te rends compte, Gus. Si t'étais pas né avec c'te bosse dans le dos, tu te serais peut-être fait flic !... A què'que chose, malheur est bon ! (Soudain, il pouffa de rire.) Je me demande bien d'où je tire tous ces trucs si intelligents qui me passent par la tête !

CHAPITRE III

Dix, étendu sur son lit, en manches de chemise, avec sa bouteille de bourbon à côté de lui, étudiait le *Turf* quand le téléphone sonna. Jurant tout bas, il le laissa sonner longtemps, espérant qu'il allait se taire ; mais voyant qu'on insistait, il décrocha rageusement. Ce ne pouvait être que Cobby, Gus l'Italien, ou encore Doll — et il n'avait pas la moindre envie de parler à aucun des trois ; ni d'ailleurs à personne.

C'était ce moment de la nuit pendant lequel il aimait rester seul, tout à fait seul, sans que rien ni personne vienne le déranger. Dehors, la ville était calme et sombre ; finis pour quelques heures, les rayons inquisiteurs du soleil, dont il fallait se garer, les foules angoissantes, les peurs, les regrets et les ambitions de la journée. Dans son petit appartement chaud et confortable, il se sentait à l'abri du monde. Il pouvait boire tranquillement, lire ses journaux, et songer à ce qui se passerait le lendemain sur les champs de courses épars dans l'univers ; puis viendraient les lueurs de l'aube qui pointeraient par-dessus les toits branlants de Camden Square. Les premiers murmures annonciateurs d'une nouvelle journée qui commençait allaient monter des rues encore obscures de la grande ville ; alors il pourrait éteindre sa lampe dont la lumière aurait déjà commencé à faiblir aux approches de l'aurore ; étendu sur son lit, il pourrait retourner vers son passé : ce passé radieux qui faisait maintenant figure de rêve, sans consistance réelle — et pourtant il l'avait bel et bien vécu ! — ces années heureuses, sans le moindre lien avec les certitudes hideuses, mais inéluctables, de la vie présente ; cette époque où personne ne l'appelait « Dixie », ni « Dix », ni le « Bouseux », où personne ne se moquait de son accent du Sud et où personne ne se permettait de monter sur ses grands chevaux parce qu'il devait deux mille trois cents dollars qu'il avait toujours eu l'intention de rendre ; où tout le monde le traitait avec amabilité et respect.

Il était un Jamieson, après tout ! C'était son arrière-grand-père qui avait introduit aux Etats-Unis les premiers pur-sang irlandais. Pendant la guerre de Sécession, ses deux grands-pères avaient combattu dans les rangs des Confédérés, et même, l'un d'eux faisait partie du corps des francs-tireurs de Morgan. Ce n'étaient peut-être que des gens simples, des gens comme tout le monde. Pas des aristocrates à grands domaines, bien sûr. Mais des gens tout ce qu'il y avait d'honorable, quand même, le vrai sel de la terre !

Dix se leva et dit dans l'appareil :

— C'est toi, Gus ? Je n'avais pas reconnu ta voix.

— Ils viennent de me cuisiner drôlement, Dix. Tu feras mieux de laisser tomber tes boîtes de nuit, pour le moment.

— J'ai besoin d'un peu d'argent, Gus.

— J'ai un billet de mille qui t'attend. Ça colle ?

— Il me faut deux mille trois cents, tout de suite. C'est très important.

Gus se permit un petit sifflement plein de respect, avant d'insister :

— Bon, mais en tout cas, laisse tomber tes clandés.

Il raconta à Dix ce qu'il avait appris au sujet de la prime, et lui expliqua que les flics s'étaient fait secouer les puces au commissariat. Puis il enchaîna :

— Je vais aller trouver le Bricoleur. Si tu sors, cache ton pétard, et la nuit te montre pas du côté du Boulevard. Le Tamdem du Rire qui vient de me casser les pieds serait trop content d'avoir un prétexte pour t'agrafer.

— Merci, Gus. Mais essaie de me trouver ces treize cents dollars qui manquent. C'est une affaire qu'il faut absolument que je liquide.

— Peut-être que le Bricoleur marchera : ça m'étonnerait, mais je vais essayer. Tu le connais : maintenant, il met tout son fric à gauche pour sa femme et son môme. Pourquoi un mec comme lui est allé s'embarrasser d'une bonne femme et d'un gosse, moi, ça me dépasse... Oh ! à propos, on a perquisitionné chez Quigley, ce soir, la boîte est fermée. C'est bien là que travaille Doll, non ?

— Mais oui ! répliqua Dix, qui se mit à rire, d'un rire étrange qui fit frissonner Gus à l'autre bout du fil. Les emmerdements ne viennent jamais seuls, on dirait !

— Te laisse pas abattre, Dix. Tu peux toujours compter sur ton vieux Gus.

Dix hocha la tête et sourit en raccrochant. Gus n'était qu'un pauvre Italien ignorant, crasseux, gras et bossu, et pourtant c'était le caractère le plus noble et le plus loyal qu'il eût rencontré en quelque trente années.

Il se versa une bonne rasade de bourbon et reprit sa lecture du *Turf*. Dans l'Est, la saison des courses tirait à sa fin; bientôt les grandes écuries se déplaceraient pour l'hiver vers Little Rock, La Nouvelle-Orléans, la Floride et la Californie; mais Dix était cloué ici, dans cette grande agglomération sinistre, sans la moindre chance de jamais pouvoir en sortir, à moins qu'il ne se décide à prendre le trimard, ce qui ne lui souriait guère. Et, pour comble, il avait contracté une grosse dette envers un petit avorton, grossier, bête et crâneur, qui le harcelait... Il fallait le rembourser, au plus vite, et jusqu'au dernier *cent!*

Il existait des gens à qui on pouvait emprunter, Gus, par exemple; ils n'étaient pas nombreux, mais il y en avait quelques-uns. Tandis qu'avec un type comme Cobby, si on lui devait de l'argent, on se sentait aussitôt terriblement humilié.

D'un geste nerveux, Dix froissa les pages du *Turf* puis les tapota de la main pour les lisser à nouveau. Après quoi, il s'installa confortablement et il s'apprêtait à se plonger dans la liste des chevaux engagés pour Pimlico, quand il entendit sonner. Dans le vestibule, quelqu'un venait d'appuyer sur le bouton d'appel qui correspondait à son appartement. Il se redressa en pestant.

Soudain, il se rappela Gus et les flics. Sautant rapidement du lit, il prit un revolver de calibre .45, à canon scié, qu'il avait caché sous son oreiller, bondit vers sa commode dont il ouvrit un tiroir tout grand, et glissa son arme au creux d'une petite cachette qui y était ménagée. Il referma le tiroir et s'approcha du téléphone intérieur qui était installé près de sa porte :

— Qui est là ? demanda-t-il.

— C'est moi, mon chou !

La voix féminine, aux tonalités rauques qui montait du vestibule, un peu déformée par le téléphone, était une voix triste, involontairement ironique — c'était un des atouts de Doll, cette résonance étrange dans la voix qui faisait se retourner les gens qui l'entendaient parler. Pourtant ce n'était vraiment pas une fille compliquée, Doll ! Elle en mettait du temps, à comprendre ! Il y avait déjà longtemps qu'elle le fatiguait ; il en avait assez d'elle, et il le lui avait fait sentir de plus en plus nettement, à mesure que les jours passaient...

Il appuya sur le bouton qui de son appartement commandait l'ouverture de la porte d'entrée, et prêta l'oreille. Il entendit claquer les hauts talons de Doll qui montait l'escalier quatre à quatre, sans se soucier le moins du monde du bruit qu'elle faisait.

— Dix ! lui cria-t-elle en le voyant debout sur le seuil de son appartement, au bout du petit passage sinistre et mal éclairé.

Elle courut vers lui, dans le bruissement de sa longue robe pailletée.

— Je suis désolée de venir t'embêter, mon chou. Mais...

— Entre d'abord ! lui lança Dix d'un ton hostile, en la prenant par le bras sans douceur et en la faisant entrer dans son appartement dont il referma soigneusement la porte.

Doll retira son boléro qu'elle lança sur un siège. Elle était grande, fortement charpentée, et d'une vulgarité assez plaisante. Bruns à l'origine, ses cheveux avaient été teints, déteints et reteints tant de fois qu'ils n'avaient plus de couleur définie : ni noirs, ni roux, ni blonds, ils avaient en tout cas un aspect terriblement artificiel. Elle avait environ trente-cinq ans ; ses paupières et les commissures de sa bouche commençaient à se rider ; mais elle prétendait n'avoir que vingt-cinq ans, et passait beaucoup de temps à se maquiller de façon à justifier ses prétentions. Les laideurs de l'existence n'avaient pas de secret pour elle — elle n'avait pratiquement jamais connu autre chose et, depuis plus de vingt ans, elle avait dû mener sa barque toute seule ; mais elle avait su éviter le fatalisme sordide du milieu dans lequel elle vivait, et depuis longtemps elle luttait de toutes ses forces pour ne pas tomber carrément au ruisseau. Jusqu'à présent, elle avait triomphé, mais cette lutte quotidienne l'avait profondément marquée et, ce soir-là, elle se sentait démoralisée, triste et solitaire.

Le visage buté de Dix la glaça : elle s'écarta de lui, pleine de confusion, et elle se mit à explorer le fond de son sac, cherchant une cigarette, essayant de gagner du temps et de trouver quelque chose à dire.

Dix passa dans la chambre et s'assit sur son lit, en lançant un regard d'envie à son journal de courses, dont il aurait bien aimé reprendre la lecture. Pourquoi venait-elle toujours le relancer ?

Doll le suivit et s'assit sur une chaise volante qui se trouvait près de la commode. Elle n'arrivait pas à trouver d'allumettes et se remit à fouiller nerveusement dans son sac. Au comble de l'énervement, Dix lui alluma sa cigarette, puis lança :

— Si tu tiens à fumer, tu devrais bien prendre l'habitude d'avoir du feu sur toi !

Doll fondit en larmes et courbant le dos, elle enfouit son visage dans ses mains. Les sanglots secouaient ses épaules grasses.

— Pourquoi pleures-tu ? lui demanda Dix d'une voix coupante.

— Pour rien...

Elle continuait à pleurer, malgré les efforts visibles qu'elle faisait pour se contenir. Soupirant et mordant ses lèvres, elle leva enfin son regard vers Dix :

— Enfin... pour tout !...

Mais sa remarque ne fit aucun effet. Ce ton pleurnichard, cette façon de s'apitoyer sur elle-même sonnaient faux. Elle en eut honte aussitôt.

Dix restait impassible. Ses yeux noirs, au regard mauvais, la toisaient d'un air excédé. Pas l'ombre d'un sentiment plus nuancé — pas même de la curiosité. Mais qu'est-ce qu'elle attendait donc ? De la sympathie, peut-être ? Elle eut un petit éclat de rire nerveux, puis elle se leva et contempla ce grand type décharné, aux traits rudes, aux joues creuses, qui donnait une telle impression de force contenue — cet inconnu, cet étranger qui, bizarrement, n'avait que du mépris pour tous ceux qui l'entouraient, y compris Doll elle-même. De la sympathie ? Venant de Dix ?

Elle posa sa cigarette sur le cendrier, puis s'en alla ramasser son boléro.

— Excuse-moi, Dix, lui dit-elle. Je ne sais pas ce qui m'a prise, de venir t'embêter à une heure pareille. Je file.

Dix se racla la gorge. Qu'elle s'en aille, qu'elle débarrasse le plancher ! Pourquoi tourner autour du pot ? Néanmoins, poussé par une sorte d'instinct, par une vague réminiscence du passé, il se leva et l'accompagna jusqu'à la porte : la vie n'était pas drôle pour cette pauvre fille.

— Gus m'a dit que la police avait fait une descente chez Quigley.

Doll se retourna pour le dévisager, contemplant avidement le visage maussade, aux traits rudes. Elle l'adorait, ce grand zigue. Pourquoi ? Elle n'en savait rien. Mais elle l'adorait. Si seulement il avait eu une nature un peu plus affectueuse, plus compréhensive ! Pas beaucoup, mais un tout petit peu...

— Quigley avait paumé un gros paquet aux courses, répondit-elle, alors quand est venu le jour où il devait régler les flics qui protègent le club, il a essayé de les payer en monnaie de singe. La brigade des mœurs n'aime pas ça.

— Assieds-toi, lui proposa Dix avec un sourire forcé. Je vais t'apporter un verre.

Doll s'empressa d'obéir, craignant qu'il ne change d'idée. Elle n'avait qu'un seul désir : se jeter dans les bras de Dix, pour se faire consoler. Mais elle savait que cela l'irriterait, le mettrait en colère, allumerait de nouveau dans ses yeux ce regard inhumain et glacé.

— Ma foi, pourquoi pas ? répondit-elle en éclatant de rire, comme si elle était libre de tout souci.

CHAPITRE IV

Le nouveau commissaire général qui venait de prendre la ville en main s'appelait Hardy. Lorsqu'il ouvrit la porte de son bureau, Lou Farbstein, le reporter du *World,* qui attendait dans l'antichambre en compagnie d'un des secrétaires du commissaire, vit apparaître une poignée de policiers en civil. Tous avaient le visage tiré, l'expression solennelle. Ils traversèrent l'antichambre sans dire un mot, plus mornes que des chiens battus, et furent bientôt suivis par le gros chef de la police, Dolph Franc, qui souriait d'un air niais comme un écolier puni. En se trouvant nez à nez avec Farbstein qui depuis des années se moquait de lui dans ses articles, il se composa un visage de bois, et disparut au plus vite.

A l'instant même, la sonnerie du téléphone retentit, et le secrétaire décrocha.

Le nouveau commissaire général était toujours immobile sur le seuil de son bureau. Le chapeau rabattu sur les yeux, le col de son pardessus relevé, il dévisageait Farbstein en silence, et ses petits yeux gris avaient, derrière ses lunettes, un éclat méchant.

— Allô ! Ici le bureau du commissaire général,

annonçait Welch, le secrétaire. Oh ! mais oui, madame Hardy. Justement il...

— Je viens de partir, coupa Hardy.

Welch rougit :

— Oui, madame, reprit-il, justement il vient de partir. Oh ! je n'oserais pas, madame, pensez donc, moi, vous mentir !

Farbstein ricana ; le gros Welch devint cramoisi ; après quelques mots rassurants, mais bien embarrassés, il s'empressa de raccrocher.

— Je vais vous chercher votre voiture, patron ! dit-il en empoignant sa casquette.

Mais déjà Farbstein s'était interposé :

— Si je vous raccompagnais chez vous, monsieur le commissaire général ?

— Ce n'est pas votre chemin.

— Oui, mais ça nous permettrait de bavarder un peu, sans vous faire perdre de temps ; n'importe comment, vous êtes obligé de rentrer chez vous.

— Très bien, accepta Hardy d'un ton bourru.

Il adressa à Welch un vague signe d'adieu et prit le couloir glacé où le vent sifflait en rafales.

Farbstein le suivit aussitôt, et ils gagnèrent l'ascenseur sans échanger un seul mot.

Ils montèrent en voiture et traversèrent la ville endormie, humide et glacée. Ils s'étaient l'un et l'autre enfouis de leur mieux dans leur pardessus. Il tombait une pluie fine et un vent du Nord très violent fouettait à revers les vagues du fleuve.

— ... Vous consacrer tout un article, monsieur le commissaire général, disait Farbstein. Vous comprenez, un papier biographique. Formidable ! Le Vieux est à bloc pour « notre nouveau commissaire général », comme il dit, et il veut que tout le monde le sache. On enverrait quelques-uns de nos gars chez vous, pour faire des photos, avec votre petit-fils sur vos genoux ; vous voyez le genre. Ah ? ça, le Vieux en pince pour vous, c'est moi qui vous le dis. Il a décidé de vous pousser comme maire, aux prochaines élections.

— Les articles de ce genre, je suis contre, répliqua Hardy. C'est bon pour les acteurs.

Farbstein fit demi-tour pour contempler le commissaire général tout à son aise. Il était interloqué, mais ravi.

— Quoi ? Vous voulez dire que vous n'avez pas d'ambitions politiques ?

— Pas d'ambitions du tout. Le vrai, c'est que la vague de criminalité de cette ville m'indigne ; ça me rend malade. Et je vous assure que je vais me débrouiller pour que ça change !

— Alors, pas d'article ?

— Pas d'article.

En silence, Farbstein quitta le River Boulevard et prit Lower Locust Rad, une petite rue tranquille où s'élevait la modeste résidence du commissaire général, une maison de bois et de torchis assez délabrée, qui devait dater de la fin du dix-neuvième siècle. Elle était peinte en blanc, avec des pignons pointus, des petits balcons imprévus et des perrons à volutes chantournées.

— On pourrait en faire le clou du journal du dimanche, insista Farbstein, car il tenait à se conduire loyalement envers son patron... Ça serait très lu. Naturellement vous pourriez couper tout ce qui ne vous plairait pas, mais en travaillant avec vous...

— Je suis contre, répéta le commissaire. Mais j'ai une idée pour vous. Les colonnes que vous me réserviez, vous pouvez les consacrer au nouveau matériel que nous sommes en train d'installer et à la nouvelle école de police que nous projetons.

— Ça serait une idée.

— Parlez-en à Randolph demain.

— D'accord.

Farbstein aurait bien voulu lancer une claque amicale dans le dos de ce vieil original, lui prouver combien il l'admirait. Mais il se sentait pour une fois tout intimidé. Comment commencer ?

Après un court silence, le commissaire général demanda :

— Vous savez que Erwin Riemenschneider a quitté ce matin la prison de l'Est ?

Dérouté, Farbstein se retourna vers le commissaire Hardy :

— Riemenschneider ? Qui est-ce ?

Hardy eut un ricanement sardonique :

— On dort sur ses deux oreilles ! Tout le monde dort tranquille, y compris la presse et la police. L'un des criminels les plus dangereux du monde est libéré et aussitôt il disparaît dans la nature. Personne n'a la moindre idée de ce qu'il a pu devenir.

Farbstein prit un air entendu :

— Et c'est pour ça que vous avez passé un savon à votre équipe, là-bas, au bureau ? (Hardy lui lança un regard en dessous.) A travers la porte, j'ai entendu que ça bardait, expliqua le journaliste.

— Farbstein, fit Hardy, tout cela est absolument entre nous. D'accord ?

— Oui, bien sûr, vous pouvez avoir confiance en moi.

— Je le sais, sinon, je ne dirais rien. Oui, c'est pour ça que je leur ai passé un savon. Je ne peux pas m'occuper de tout moi-même. On n'aurait jamais dû laisser filer cet homme sans le suivre à la trace.

— Si j'entends parler de quelque chose, monsieur le commissaire général, je vous téléphonerai aussitôt.

La voiture s'arrêta devant la maison de Hardy. Après s'être raclé la gorge, le commissaire général finit par dire :

— Entrez, Farbstein. Vous prendrez un sandwich et une tasse de café. Il fait froid, ce soir.

— Je ne voudrais pas vous déranger, monsieur le commissaire général.

— Si vous me dérangiez, je n'insisterais pas.

— Alors, avec plaisir !

Au moment où Hardy venait d'introduire sa clef dans la serrure, la porte s'ouvrit de l'intérieur, et ils se trouvèrent face à face avec Mme Hardy, une quadragénaire petite et robuste, au nez fort, aux lèvres charnues et généreuses, aux cheveux noirs striés de blanc.

— Théo ! Tu sais l'heure qu'il est ? commença-t-elle d'un ton indigné. (A cet instant, elle aperçut Farbstein.) Qui est-ce ?

— Un journaliste du *World*. Entrez donc ! fit Hardy en fonçant dans le vestibule.

Sa femme s'écarta comme à contrecœur.

Gêné par le regard froid et inquisiteur de Mme Hardy, Farbstein retira son chapeau et suivit le commissaire général le long du grand vestibule mal éclairé. Dans la pièce du fond, il apercevait un grand feu qui crépitait joyeusement dans une haute cheminée à l'ancienne mode.

Mme Hardy referma la porte, puis se tourna vers son mari, d'un air véhément. Mais il arrêta net ses protestations en lui disant :

— M. Farbstein n'est pas venu ici pour affaires. C'est mon invité. Je l'ai prié d'entrer pour manger quelque chose.

Aussitôt, Mme Hardy sourit d'un air ravi :

— Ah ! bon ! Ravie de vous connaître, monsieur. Entrez dans la bibliothèque avec Théo. J'ai un petit souper tout prêt.

Sur ce, elle tourna les talons ; avec un sourire attendri, Hardy la regarda s'éloigner :

— Il ne faut pas lui en vouloir, dit-il. Elle passe sa vie à essayer de me surveiller et de me protéger...

A présent, il semblait reposé, décontracté, en paix avec le monde entier. Farbstein, tout songeur, le suivit dans le salon. Il enviait au commissaire son accueillant foyer. Pourtant, son chez-soi avait aussi ses charmes. Mais Frieda ne ressemblait pas à Mme Hardy. Elle était trop semblable à Farbstein lui-même : spirituelle, nerveuse, hypersensible...

Oh ! et puis après ? Qu'est-ce que ça pouvait bien faire ?

CHAPITRE V

De gros nuages noirs, épais et menaçants descendaient lentement du Nord, à si basse altitude qu'ils semblaient s'accorder aux faîtes des hauts immeubles du centre; bientôt une pluie torrentielle s'abattit sur les rues, noyant les lumières et remplissant la ville silencieuse de son crépitement sonore, monotone et têtu.

Pourtant, dans un petit appartement du Tecumseh Slope, au cœur du faubourg modeste, mais décent, de Leamington — situé en bordure de la colline des Italiens, mais formant cependant un îlot distinct — une famille dormait paisiblement, inconsciente de l'averse : Louis Bellini, plus connu sous son sobriquet de « Bricoleur », sa jeune femme et leur petit garçon d'un an.

Louis et sa femme reposaient dans un grand lit de milieu, un peu séparés l'un de l'autre, se tournant le dos et ronflant un peu tous deux. Dans un berceau installé du côté de Louis, Petit-Louis souriait en rêve et brandissait son poing dodu. Les fenêtres étaient toutes fermées, car, au début de la soirée, il était tombé un petit crachin glacial, et maintenant, les trombes d'eau venaient battre contre les vitres et gicler sur les appuis.

Dans l'entrée, la sonnerie du téléphone retentit, de l'autre côté de la porte fermée ; troublés dans leur sommeil, les deux époux s'agitèrent, et le bébé poussa un vagissement ténu. La sonnerie insistait toujours ; finalement, Louis roula sur lui-même et se dressa sur son séant ; Maria s'agitait elle aussi. A présent, Louis s'était avisé du déchaînement des éléments, de l'autre côté des fenêtres closes :

— Crénom ! dit-il. Ecoute-moi cette pluie !

— Louis ! murmura Maria d'une voix ensommeillée, je t'en prie, ne dis pas crénom ! (Elle s'assit, et se frotta les yeux.) Le téléphone, Louis ! s'écria-t-elle, complètement éveillée. (Elle quitta le lit d'un bond et courut au berceau.) Pourvu que ça ne réveille pas le petit ; j'ai eu tant de mal à l'endormir, hier soir !

Puis voyant que Louis bâillait d'un air vague en se grattant la tête, elle lui lança :

— Allons, vas-y. Louis, dépêche-toi !

Quand Maria, cette épouse modèle, lui parlait sur ce ton, Louis comprenait qu'il valait mieux ne pas discuter. D'habitude, elle se montrait pleine de patience à son égard, et supportait sans rien dire les réveils pénibles de son mari.

Il courut vers le vestibule et alluma l'électricité, frissonnant un peu sous le vent glacé qui passait par les fentes de la porte d'entrée. Enfin, il décrocha.

— Oui ?

— Je te croyais mort ! Qu'est-ce qui se passe ?

C'était Gus ! Louis fit une horrible grimace qui métamorphosa son beau visage régulier aux traits aquilins et, furieux, se mit à tirer sur ses boucles noires.

— Oh ! Gus ! Tu charries... Il est au moins quatre heures du matin !

— J'oublie toujours que maintenant tu mènes une vie de rentier. Et le *bambino,* il va ?

— Très bien ! hurla Louis qui sentait monter sa rage. Bon Dieu ! qu'est-ce que tu veux, Gus ?

— Je vous ai interrompus, peut-être ? lança Gus avec un rire plein de sous-entendus.

Louis était outré. Penser que Gus se risquait à plaisanter ainsi en parlant de Maria...

— Espèce de sale... commença-t-il.

Mais Gus lui coupa la parole :

— C'était pour rigoler, mon pote. Après tout, t'es marié : alors quoi ? C'est tout ce qu'il y a de convenable, maintenant !

Louis, au comble de l'exaspération, secoua la tête avec fureur. Ce Gus, c'était un type bien brave, ça, pas de doute, mais il n'avait jamais paru comprendre les sentiments que Louis éprouvait à l'égard de sa femme, de sa Maria. Il lançait toujours de ces remarques ignobles, qui étaient peut-être à leur place au bistrot, où les petits crevés discutaient toujours des talents comparés des poules du coin, mais cela devenait affreusement choquant lorsqu'il s'agissait d'un jeune ménage sérieux qui élevait un beau petit garçon solide et bien portant.

— Ta gueule, Gus ! lança-t-il. Ou bien je raccroche.

— Bon, grand-père ! répliqua Gus. Mais écoutemoi. Est-ce que tu peux me dégotter treize cents dollars, tout de suite ? J'en aurais besoin pour demain midi.

— T'es pas fou ?

La colère de Louis montait. Dans les temps

anciens où il ne connaissait pas encore Maria, il avait eu l'argent facile, lançant son fric par les fenêtres comme un milliardaire du Texas. Maintenant, il économisait sou par sou, pour Maria et pour son fils. Qu'auraient dit les copains, s'ils avaient su qu'il avait déjà près de quarante mille dollars de côté, bien à l'abri dans trois coffres différents ?

— Ecoute, mon vieux. J'en ai besoin, et c'est pour la bonne cause.

— Qui c'est, la bonne cause ?

— C'est pour Dix, répondit Gus, tout à trac.

Suivit un court silence pendant lequel Louis avala sa salive, tout songeur. En fait, il n'aimait pas Dix, qui lui faisait plutôt peur. Mais Gus, qui pourtant détestait pratiquement tout le monde, y compris sa vieille et ses deux frères, prenait Dix pour un as et passait sa vie à l'aider, à le tirer d'affaire. Drôle d'histoire ! Louis finit par répondre, d'un ton pathétique :

— J'aimerais bien vous aider. Tu le sais, Gus. Mais j'ai des bouches à nourrir, un loyer à payer... sans parler du reste. Ce n'est pas que je ne l'ai pas, tu comprends... Seulement, j'en ai besoin pour ma famille.

— Ah ! Toi et ta famille ! cracha Gus. Attends un peu, et tu verras. Bientôt, ta Maria va devenir une grosse pouffiasse italienne ; et Petit-Louis, quand il aura seize ans, te dira que ce qu'il fait ne te regarde pas, et te traitera de vieux con. Alors quoi, tu ne piges rien ?

Louis blêmit de rage et ses mains tremblèrent.

— T'es un fumier, Gus, pas de doute, t'es un vrai fumier, de me causer comme ça.

— Très bien ! Garde-le ton fric ! s'écria Gus. Un

de ces jours, j'irai à ton enterrement et tu seras bien avancé, de te retrouver dans la peau du macchabée le plus riche de tout le cimetière !

Et il raccrocha sans ménagements.

Louis sursauta et, pendant un bon moment, contempla le téléphone sans piper. Pour finir, il raccrocha lui aussi, d'un geste lent. Ça se présentait mal, diablement mal ! Gus connaissait tout le monde en ville. Il était comme cul et chemise avec tous les grands caïds, qui disaient qu'il n'existait pas type plus régulier. Il en savait assez sur ce qui se tramait entre le Strip et Camden Square pour faire sauter d'un seul mot toute l'administration de l'hôtel de ville. Et pourtant, il ne l'ouvrait jamais. Il aurait préféré passer des années en cabane, plutôt que moucharder un copain. Sans compter que Dix n'était pas un gars commode, ni un type bien agréable à avoir comme ennemi...

Dans la petite antichambre humide, Louis songeait, déchiré entre la fidélité envers ses copains et la loyauté à l'égard de sa famille, ravagé, envisageant l'avenir d'un œil pessimiste.

La porte s'ouvrit et Maria, charmante et toute ronde dans son ample chemise de nuit à fleurs, vint se camper devant lui, le front soucieux.

— Louis, mon gros loup, dit-elle, ne reste pas assis là. Tu vas attraper la mort.

Louis éclata d'un rire sincère, qui découvrit ses dents blanches. Soudain le monde venait de redevenir le paradis qu'il aimait.

— Viens ici, ma cocotte, répondit-il en lui tendant les bras.

Elle le dévisagea d'un œil méfiant, la tête inclinée de côté ; puis elle pouffa et répliqua :

— Pas question ! je ne me laisserai pas faire. Il est trop tard. Louis ! Bientôt, il va faire jour, et...

— Vrai, Maria, ça m'étonne de toi ! fit-il en riant toujours et en l'asseyant de force sur ses genoux.

— Mais c'est sérieux pourtant, mon gros loup ! protesta-t-elle en se débattant.

— Bon, bon, fit Louis. J'avais seulement envie de te prendre dans mes bras pour une minute. C'est pas défendu, ça non ?

Maria se mit soudain à lui souffler dans le cou ; il se sentit frémir ; mais aussitôt, elle se dégagea et courut vers la porte. Louis se levait pour aller la rejoindre, quand il fut arrêté par la sonnerie du téléphone.

Il fronça les sourcils et se retourna vers Maria. Il s'apprêtait à grommeler « Quoi ! Encore ? » lorsqu'un espoir vague prit forme dans son esprit. Gus regrettait peut-être de s'être vexé... Il tendit la main vers l'appareil et Maria repartit vers la chambre, en haussant les épaules. Elle avait l'habitude des communications nocturnes.

C'était bien Gus.

— Ecoute, sale caboche ! attaqua Gus de sa voix râpeuse, ça sert à rien de nous faire la gueule...

Louis se sentit soudain léger comme la plume. Ce bon vieux Gus ! Quand même, ce n'était pas pour rien qu'ils avaient usé ensemble leurs fonds de culottes sur les bancs de l'école, ni qu'ils s'étaient bagarrés ensemble contre les sauvages petits Irlandais de la paroisse de Minton Hill.

— T'as raison ! répondit-il. Justement, j'allais te rappeler.

— Quoi ? Pour l'argent ?

Louis avala sa salive, hésitant encore à céder :

— Oui, Gus. Je... je crois que j'y arriverai.

— Ah ! t'es un pote ! s'exclama Gus. Et tu sais, on peut toujours se fier à la parole de Dix. Je te le garantis. Tu pourras l'apporter vers midi ?

— Oui, c'est entendu.

— Bravo. Embrasse le *bambino* de la part de Tonton Gus. Et dis bonjour à Maria de ma part. C'est une gentille môme.

Louis raccrocha et sentit son enthousiasme retomber lentement. Qu'est-ce qu'il avait à tellement se réjouir ? Il venait de paumer treize cents dollars, un point c'est tout. Et Dix ? C'était un besogneux à la petite semaine, même s'il essayait de s'en cacher. Peut-être qu'on pouvait se fier à sa parole, puisque Gus le disait. N'empêche que, avec la meilleure volonté du monde, c'est toujours difficile de rembourser quand on n'a pas le sou.

Tout frissonnant, il se dépêcha de retourner dans la chambre. Maria s'était recouchée. Il s'immobilisa quelques instants sur le seuil avant d'éteindre la lumière de l'entrée et de fermer la porte. Maria était si jolie, avec ses longs cheveux noirs épars sur l'oreiller... Ses paupières se soulevèrent paresseusement et elle marmonna :

— Je dormais...

— Eh bien ! rendors-toi, lui dit Louis d'une voix tendre. Fais dodo, ma poulette...

Elle ferma les yeux. Il éteignit l'entrée, ferma la porte de la chambre et se glissa entre les draps avec précaution. Tout d'abord, il se sentit glacé, mais bientôt son corps se réchauffa et il tourna la tête pour contempler la pluie qui venait cogner contre la vitre. Comme on était bien, à l'abri !

Il s'endormait dejà lorsqu'une pensée gênante lui traversa l'esprit. Elle était si candide, si naïve, c'était affreux de lui mentir, de la tromper ainsi.

Mais d'un autre côté, pourquoi l'accabler de ses propres soucis, lui faire partager ses problèmes ? Un jour viendrait peut-être... ça pouvait mal tourner, il pourrait se faire pincer, et alors, il faudrait bien qu'elle apprenne la vérité. Mais ça viendrait toujours assez tôt. D'ailleurs, il avait de la chance. Il ne s'était jamais fait poisser. Son casier était vierge. Peut-être que sa chance durerait.

C'était un dépanneur hors ligne, employé dans une grande entreprise d'électricité. En fait, rien que dans ce boulot-là, il se faisait de bons mois, qui justifiaient parfaitement leur existence modeste et, de plus, cela lui fournissait une façade commode. L'argent qu'il gagnait autrement, il le mettait de côté. Maria elle-même ignorait tout des trois coffres-forts, que pourtant il avait fait ouvrir en leurs noms à tous deux, en cas de coup dur ; cela s'était passé très simplement et il n'avait même pas eu besoin d'imiter la signature de Maria.

Et puis, comment pourrait-il s'y prendre avec Maria, pour lui expliquer ? Il faudrait toute une préparation compliquée, et peut-être que, malgré tout, elle refuserait d'y croire.

Au moment où Louis allait s'endormir, son petit garçon poussa un grognement étouffé qui réveilla Louis sur-le-champ. Il se glissa hors du lit et alla se pencher au-dessus du berceau.

Ce sacré gosse riait en dormant.

CHAPITRE VI

L'essuie-glace s'arrêta juste au moment où ils atteignaient la petite « garçonnière » d'Emmerich, très loin du centre, au bord du fleuve. Ce long chemin qu'ils venaient de parcourir sous la pluie battante avait été des plus pénibles, Cobby claquait des dents, et rêvait d'un grand verre de whisky. Mais le Herr Doktor n'avait pas pipé depuis leur départ, même quand le roadster de Cobby avait dérapé au virage devant le drugstore de Richmond, et raté de peu le poteau télégraphique.

Ils se précipitèrent au pas de course sous le porche de la maison pour s'abriter de l'averse, mais ils eurent cependant le temps de remarquer la grande Cadillac luisante d'Emmerich, arrêtée près de l'entrée.

Un grand individu souriant, sanglé dans une tenue de chauffeur, leur ouvrit la porte, leur prit leurs chapeaux et les débarrassa de leurs pardessus. Dans le living-room, un poste de radio fredonnait un air de rumba. Riemenschneider jeta autour de lui un regard curieux. Ce soi-disant « pied-à-terre », bien qu'il se limitât à un rez-de-chaussée, était un bungalow de proportions imposantes ; il devait comporter au moins quatre chambres à coucher, et l'ensemble du mobilier, fort luxueux, avait dû coûter très cher.

— Il est assez bien installé, hein, Doc ? fit Cobby, qui enchaîna : Je suis déjà venu ici des tas de fois. Emmerich et moi, on est comme ça !

Il croisait deux doigts de la main droite au moment même où l'avocat sortit d'un fumoir confortable où, au fond d'une petite cheminée, dansait un feu de bois.

Cobby changea aussitôt d'attitude. Il parut tout embarrassé :

— Monsieur Emmerich, annonça-t-il, voici la personne dont je vous ai parlé.

Riemenschneider s'inclina. M. Emmerich avait l'aspect cossu d'un homme arrivé. Or le petit docteur n'estimait que trois choses : l'argent, le pouvoir, et les jeunes personnes. Voyant qu'Emmerich ne disait rien, il lui adressa un second salut, plus appuyé.

Cobby, plein de mépris, le regardait faire du coin de l'œil. « Ah ! ces étrangers, tous des crétins... » songea-t-il.

Emmerich était un quinquagénaire robuste, aux cheveux gris, bouclés et touffus, aux épaules larges, sur un torse impressionnant. On le jugeait magnifiquement en forme, tant qu'on ne remarquait pas ses bajoues. Son smoking était admirablement coupé ; ce détail n'échappa pas à Riemenschneider, que l'élégance de bon aloi impressionnait toujours ; lui, pourtant, préférait dépenser son argent avec les jolies femmes.

Emmerich affectait des allures de jeune homme. Il souriait, se déplaçait, gesticulait comme un adolescent. Mais ses yeux gris avaient une expression lasse et triste, des poches commençaient à se dessiner à ses paupières inférieures et parfois, il poussait un long soupir inconscient, comme si le monde et la vie l'avaient excédé.

Il était depuis des années un avocat d'assises très connu ; peut-être sa réputation n'était-elle pas absolument sans tache, peut-être s'était-il, au cours d'une carrière longue et heureuse, fait beaucoup d'ennemis et avait-il mis la main à mainte histoire louche ; néanmoins, c'était un spécialiste de la corde raide et jusqu'à présent il avait toujours su éviter le faux pas fatal.

Il suffisait de le regarder, de l'entendre parler, pour deviner l'homme riche ; et le petit docteur murmura sous cape : « Quelle allure ! » tout en détaillant ce personnage quasi légendaire dont on lui avait tellement parlé en prison.

Pourtant... le petit docteur se sentait un peu déconcerté. Il avait remarqué la lassitude profonde de l'avocat, ses efforts désespérés pour impressionner l'interlocuteur, sa bonhomie feinte, qui sonnait faux. Qu'est-ce qui pouvait bien inquiéter cet homme comblé ? Il y avait quelque chose, sans l'ombre d'un doute... Sûrement pas l'argent. L'amour, les femmes, peut-être ? Quand on dépasse cinquante ans, cela peut devenir plus dangereux que tout. Le petit docteur réfléchissait toujours en s'asseyant au coin du feu qui flambait gaiement.

— Je me demande si je pourrai faire quelque chose pour Joe, disait Emmerich. Le Conseil des libérations sur parole se fait de plus en plus tirer l'oreille. Mais de toute manière, je ne pourrai commencer aucune démarche avant dix-huit mois.

— Cela, maître, il le sait, répondit Riemenschneider en s'inclinant.

Cobby mâchonnait son cigare, sirotait son whisky, et sentait au fond de son cœur grandir son mépris pour les manières obséquieuses du petit docteur. Pourtant, lui-même ne se trouvait guère à son aise. Il y avait quelque chose dans la personnalité d'Emmerich qui le heurtait et l'humiliait toujours. On aurait dit que, par une sorte de lucidité intermittente, Cobby s'avisait que lui — Charles Cobby, le plus grand bookmaker indépendant de la ville — perdait toute importance, comparé à cet avocat réputé. Et cela, il ne pouvait pas s'y faire.

Plein d'assurance, Emmerich se racla la gorge et alluma un de ses énormes cigares de Cuba, qu'on fabriquait spécialement pour lui et qu'il payait un dollar cinquante pièce.

— Je remarque que vous avez un léger accent, dit-il poliment au petit docteur. Allemand ?

Et, voyant son interlocuteur acquiescer avec le sourire, il enchaîna :

— Si je vous pose la question, c'est que mon grand-père est né en Allemagne, lui aussi. A Berlin.

— Ah! Un Berlinois! C'est très intéressant, répondit Riemenschneider. Je connais très bien Berlin. Mais naturellement, Berlin, à présent, ce n'est plus la même ville...

— Et c'est tant mieux, lança Cobby sans réfléchir.

Mais, sous le regard d'Emmerich, il s'empressa de rentrer dans sa coquille.

— Mon grand-père a été pulvérisé par un obus en pleine rue, là-bas, au cours de la Première Guerre mondiale, continua Emmerich qui soudain éclata de rire. Moi, pendant ce temps-là, j'étais en Europe, avec la R.A.F. !

— Aujourd'hui, c'est exactement la même chose, dit le petit docteur. Ou même pire encore...

Ce bavardage courtois s'éternisait et le petit docteur sentit que le grand homme en avait assez. En effet, Emmerich, tout souriant, attaqua :

— Et maintenant, pour cette proposition de Joe... Cobby m'a lancé par téléphone un chiffre absolument extravagant. Je ne sais plus, quelque chose comme un demi-million de dollars. Naturellement, je n'en ai rien cru, mais...

— C'est pourtant exact, coupa Riemenschneider, et cela peut même faire davantage.

Le front d'Emmerich rougit brusquement et la main qui tenait le cigare se mit à trembler.

— Mais c'est fantastique !

— « Pelletier et Compagnie », répliqua le petit docteur de sa voix calme. Les plus grands joailliers de la région. Et pas un seul cambriolage en plus de quarante ans. Alors, ils ont perdu de leur vigilance. Pour des amateurs, c'est irréalisable, mais pour des professionnels, c'est l'enfance de l'art.

— A vous entendre, ça paraît tout simple, en effet, dit Emmerich, qui baissa les yeux pour cacher son trouble, et parvint à sourire d'un air sceptique.

Le petit docteur haussa les épaules et ouvrit les mains toutes grandes :

— Je vous assure, dit-il sans élever la voix, il faut me croire ; avec une équipe convenable, ce n'est pas plus difficile que de voler la sébile d'un aveugle !

Emmerich se leva et se mit à arpenter la pièce ; après quoi il se retourna et, campé devant le petit docteur, il étudia son visage gras, blême et impassible.

— Mon cher, commença-t-il d'un ton solennel, si l'on en croyait nos amis, toutes les combines seraient faciles. Moi, je laisse passer quelques semaines, et un beau jour on vient me chercher pour que j'essaie de les faire sortir de prison. Il y a toujours eu quelque anicroche, surtout pour les coups d'importance.

— Maître, je vous en prie ! Vous me connaissez peut-être de réputation, fit Riemenschneider avec modestie. J'ai déjà monté des affaires sensationnelles. Et tout compte fait, je n'ai pas passé tellement longtemps en prison. Si j'avais épargné mon argent, au lieu de le jeter par les fenêtres, aujourd'hui je serais riche, je n'aurais plus à me soucier de rien. Vous pouvez me croire. Si je n'étais pas convaincu qu'il s'agit d'un fruit mûr, qui ne demande qu'à être cueilli, croyez-vous que je serais tellement impatient de passer à l'action ? Je sors tout juste de prison ! (Il sourit et tira quelques feuilles d'une de ses poches intérieures.) Je possède là un plan que le premier venu paierait volontiers cinquante mille dollars, sur n'importe quel marché. Les moindres détails y figurent, depuis les heures de travail du personnel et les habitudes de chacun, jusqu'à la marque des serrures, la date de fabrication et l'état précis du coffre-fort principal, sans parler des horaires minutés des agents qui surveillent le quartier. Naturellement, nous aurons à mettre certaines de ces informations à jour, car il s'agit d'un projet qui a déjà quelques années. Mais ce n'est pas grand-chose, maître. Vraiment pas grand-chose.

Emmerich s'assit, croisa les jambes et, tout en tirant sur son cigare, s'efforça de prendre un air dégagé :

— Quels sont les problèmes les plus importants ? demanda-t-il enfin.

— Pour le moment, répondit Riemenschneider, nous ne nous occupons pas de l'exécution du coup à proprement parler. Cela, je m'en porte garant. Donc les problèmes vitaux, ce sont *primo,* l'argent, *secundo,* l'équipe.

— Pour les fonds nécessaires à l'affaire, c'est facile, lança Cobby à brûle-pourpoint, en se tournant vers l'avocat. N'est-ce pas, monsieur Emmerich ?

— C'est à voir.

— Il faut également nous entendre sur le partage du butin, reprit Riemenschneider. Voici ce que propose mon ami Joe Cool : pour vous, maître, un tiers, étant entendu que vous fournissez les fonds nécessaires et que vous vous chargez de faire libérer Joe. Pour Joe, un tiers également, qui sera mis de côté pour lui. (Le petit docteur eut alors un sourire timide et adressa à l'avocat un petit salut.) Enfin, un tiers pour moi, qui réglerai tout.

— Et les autres ? demanda Cobby.

— Nous leur garantirons une somme forfaitaire, expliqua le petit docteur. Ils n'ont rien à voir dans le partage. Ils se conforment simplement aux ordres reçus et, par la suite, on leur règle leur salaire, tout comme à des peintres en bâtiment. On ne leur dira rien du montant de l'affaire. Même, il serait bon de leur cacher son importance. Quelquefois, ces gens-là se montent la tête, conclut-il en gloussant.

— Jusqu'ici, d'accord, dit Emmerich. Combien d'hommes vous faut-il ?

— Eh bien ! nous aurons besoin d'un chauffeur

absolument sensationnel — en cas d'accroc. Il nous faut également un technicien des coffres-forts — et, comme toujours, ce qui est d'ailleurs bien triste, un *pistolero*.

— Un *pistolero* ? répéta Emmerich.

— Un garde du corps, armé, traduisit Cobby, qui, d'un ton avantageux, enchaîna : Un Peau-Rouge, quoi, un tueur, un battant !

— Pour le chauffeur, c'est facile, reprit Riemenschneider. Aucun problème. Pour le serrurier, Joe a déjà proposé quelqu'un, Louis Bellini. Vous le connaissez ?

Emmerich se mit à réfléchir, mais Cobby s'empressa d'intervenir :

— Je le connais bien. Il est épatant. Un des gars les plus calés de la ville.

— Ah ! fit le petit docteur d'un ton satisfait. Lui, nous le paierons bien. Ving-cinq mille dollars, peut-être.

Emmerich tiqua, et, pour cacher son trouble, se détourna et lança son cigare parmi les flammes. Parviendrait-il à leur cacher que, financièrement, il était à bout de ressources ? Il sentit la sueur perler à son front.

— Avec le *pistolero*, reprit Riemenschneider, il faut être prudent. C'est là qu'est le danger. Souvent, ces gens-là se droguent. Ils sont exigeants et rapaces ; quand l'affaire est faite, ils revendiquent un pourcentage plus élevé ; ils vous poursuivent, prétendent que vous les avez trompés. Ce ne sont pas des gens estimables ; sinon, ils n'auraient pas choisi un métier pareil. La violence est forme classique de la bêtise.

— Très juste ! répondit Emmerich que cet étrange petit Allemand grassouillet et impassible commençait à impressionner. Très juste ! Dans ma profession, c'est une des premières notions que l'on acquiert en ce qui concerne les clients !

Le petit docteur exécuta une nouvelle courbette, pour marquer qu'il avait senti le changement de ton dans la voix de l'avocat, et apprécié son effort de courtoisie.

— Une dernière chose, reprit Emmerich après un silence, comment comptez-vous liquider les bijoux ?

— Ah ! répondit le petit docteur, c'est l'essentiel de notre affaire ! Il y a trois mois, ç'aurait été beaucoup plus simple. Lefty Wyatt — un *pistolero,* comme de juste — a trouvé intelligent d'envoyer sa mitraillette dans la poitrine du meilleur receleur de tout le Middle West. Quelle malchance ! Je connaissais bien Johnny Abate. J'avais traité avec lui, dans le temps.

Emmerich se leva et reprit ses allées et venues. De plus en plus passionné par l'affaire, il arrivait mal à se contenir.

— J'étais en train de penser... commença-t-il d'une voix bizarre qui le surprit lui-même. Je pourrais peut-être... enfin, personnellement... je serais capable...

Cobby et Riemenschneider le dévisageaient, interloqués. Cobby s'écria :

— Mais voyons, monsieur Emmerich ! Vous, un fourgue ? C'est pas croyable !

Emmerich se reprit aussitôt :

— Oui, bien sûr ; cependant cette affaire semble tellement intéressante ! Oui, j'en conviens, c'est merveilleux. Alors... vous comprenez, je serais désolé que ça rate pour une simple question de...

Il s'interrompit brusquement et se détourna

pour contempler le feu. Bon Dieu ! il fallait qu'il se ressaisisse. Ces deux individus ne devaient pour rien au monde s'aviser qu'il était aux abois, et prêt à se cramponner au premier fétu de rencontre. Qu'est-ce qui l'avait pris, de se proposer comme receleur ? Comment serait-ce possible ? Où trouverait-il les centaines de milliers de dollars qui seraient nécessaires ? Etait-ce simplement qu'il mourait d'envie de mettre la main sur tous ces bijoux ? Se préparait-il vraiment à doubler ses complices ?

Devant le tour insolite qu'avait pris la conversation, Cobby n'éprouvait que de l'étonnement ; mais Riemenschneider, dérouté, sentait naître une méfiance nouvelle à l'égard de ce bel homme séduisant qui s'habillait si bien et vivait dans un cadre si luxueux : rien que dans ce bungalow — qui était une garçonnière clandestine — le mobilier, sans parler du reste, valait près de cinquante mille dollars.

Emmerich prit enfin une décision et, brusquement, se tourna vers eux. Il se sentait l'estomac noué et les mains froides comme de la glace. Ce qu'il avait à dire n'était pas commode à articuler. Mais il fallait en passer par là. Ce petit Allemand était loin d'être bête.

Avec un sourire insouciant, il lança :

— J'imagine que ce que je viens de dire a dû vous paraître un peu léger. C'est vrai, il vaut toujours mieux s'en tenir à la profession qu'on s'est choisie. Cobb, pouvez-vous vous charger de nous trouver un receleur ?

— Mais oui, monsieur, bien sûr, répondit Cobby en souriant, tout rasséréné.

Riemenschneider, songeur, se frottait le menton

sur sa paume grasse. Quelle habile pirouette ! Le célèbre avocat se rendait-il compte qu'il venait de faire, en somme, une gaffe ? Le petit docteur ne savait trop que penser.

Après un court silence, Cobby se tourna vers son compagnon et lui dit :

— Il l'a pas encore dit pour de bon, mais l'affaire est dans le sac. Pas vrai, monsieur Emmerich ?

Emmerich acquiesça d'un air fort grave et se choisit un nouveau cigare :

— Si on arrive à la mettre sur pied, d'accord.

Puis, se tournant vers Riemenschneider :

— Combien vous faut-il d'argent liquide pour monter l'affaire ? Et comment cette somme sera-t-elle récupérée par la suite ?

— Il nous faudra environ cinquante mille dollars, répondit le petit docteur. Naturellement, nous les déduirons du bénéfice total, et les trois parts seront calculées au tiers de ce qui restera.

— Parfait.

Emmerich se détourna et, pour se donner le temps de réfléchir, alluma son cigare. Ces cinquante mille dollars, il les aurait coûte que coûte, même s'il était obligé de les voler, ou de faire chanter un de ses clients du beau monde ; sinon... il n'avait pas le temps de faire d'autres projets. Mais l'heure n'était pas à la prudence ; que diraient ces deux visiteurs s'ils apprenaient que, pour le moment, Emmerich n'avait pas même deux mille dollars en banque ? Et qu'il devait au fisc un arriéré de cent vingt-cinq mille dollars ?

Brusquement, Emmerich sursauta. Quel crétin il faisait ! Pourquoi ne pas s'occuper personnellement des bijoux — non seulement s'en occuper, mais lever le pied avec le butin dans sa poche ?

Pourquoi avait-il fait marche arrière ? N'apprendrait-il donc jamais à suivre ses premières impulsions ? C'étaient toujours les bonnes.

Cherchait-il à se tromper lui-même ? Il était au bout de son rouleau. En continuant sur cette voie, il courait à la culbute ; et ce serait une catastrophe lamentable et humiliante : une banqueroute, ce qui est le sort des pusillanimes. Pourquoi ne pas plutôt risquer une catastrophe plus noble et plus définitive, la mort ? Il avait toujours été joueur. Alors, pourquoi ne pas aller jusqu'au bout ?

Il reprit la parole, soudain plein d'assurance :

— Mes amis, commença-t-il, je viens de réfléchir. Un seul faux pas, et tout est à l'eau. Depuis la mort de Johnny Abate, il n'y a plus dans la région un seul receleur qui ait assez d'envergure pour se charger de notre affaire. C'est bien ce que vous disiez, n'est-ce pas ? ajouta-t-il en se tournant vers le petit docteur. Si j'ai bien compris, vous comptez sur un bénéfice d'environ un demi-million. Naturellement, cela ne représentera pas la valeur réelle de la marchandise, car de toute manière, aucun receleur n'acceptera de nous en donner plus de cinquante pour cent.

— C'est exact, maître, répondit Riemenschneider, qui commençait à se demander si, après tout, Emmerich n'était pas de bonne foi. Vous dites bien vrai.

— Bon, très bien. Alors, Cobb, avant de prendre des contacts, laissez-moi chercher si je ne pourrais pas trouver moi-même un receleur. Des projets de ce genre, cela se sait vite dans le milieu.

— C'est exact, maître, dit encore Riemenschneider qui commençait à concevoir un certain respect pour l'avocat.

Emmerich poursuivit d'un ton placide :

— Je comprends bien que j'avais tort de penser à m'en charger personnellement, mais je connais des gens très importants, qui peut-être, si on leur présente l'affaire comme il faut, seront intéressés. (Emmerich eut un bon rire, plein de jovialité.) Des personnalités tout à fait respectables... Un jour de plus ou de moins, ça n'a pas grande importance, n'est-ce pas ?

— Aucune ! répondit Riemenschneider. (Il s'inclina d'un air très humble et ouvrit les mains toutes grandes.) Sauf pour une chose, maître. Je suis désolé d'en faire mention, mais je viens tout juste de sortir de prison, et je...

Emmerich fit de nouveau entendre son rire jovial et envoya une claque sur l'épaule de Riemenschneider :

— Ne vous faites pas de bile pour ça, mon cher ! Cobb vous avancera tout ce dont vous avez besoin — il vous trouvera un logement, il s'occupera de vous. Tout ce que vous voudrez. N'est-ce pas, Cobb ? Et nous mettrons cela sur la note des frais.

— Vous parlez ! s'écria Cobb, ravi du sourire aimable dont l'avocat l'avait gratifié.

— Et maintenant, si on allait dormir un peu ? Personnellement, j'en ai bien besoin.

On les renvoyait : Riemenschneider et Cobby se levèrent avec empressement.

— Merci de votre bon accueil, maître, dit le petit docteur en exécutant sa plus belle courbette.

Cobby sourit avec indulgence, maintenant tout attendri par les manières insolites de son compagnon. Le grand avocat lui avait témoigné de l'affection, avait clairement montré à cet étranger qu'ils étaient intimes : les complexes d'infériorité de Cobby avaient reçu les apaisements nécessaires.

Qui plus est, M. Emmerich leur serra la main et les reconduisit jusqu'à la porte où il leur lança en guise d'adieu :

— Ne vous inquiétez pas pour les fonds de roulement. Ça ne présente aucune difficulté. Mais accordez-moi quelques jours pour que je voie comment on pourra écouler la marchandise. Si je ne m'en sors pas tout seul, je vous demanderai de me donner un coup de main.

Emmerich conserva son beau sourire pour les regarder s'éloigner sous la pluie battante, mais dès qu'il eut refermé la porte, son sourire fit place à une expression soucieuse. Lentement, il repartit vers le fumoir, perdu dans ses pensées.

Soudain, il lui vint une idée ; il courut vers le téléphone et composa un numéro. Il dut attendre longtemps avant d'entendre une voix maussade et ensommeillée lui répondre :

— Allô ! Ici, Brannom.

— C'est vous, Bob ? Ici, Emmerich. Dites-moi, pour ce qui est de récupérer l'argent qu'on me doit, quelle est la réputation qu'on me fait, en ville ?

— Vous parlez sérieusement, monsieur Emmerich ?

— Répondez-moi.

— On dit — pardonnez-moi l'expression — que vous êtes une bonne pâte, un jobard, la crème des poires ; heureusement que vous n'êtes pas une femme !

— Il y a plus de cent mille dollars de créances qui figurent sur mes livres. Je me suis montré trop généreux avec les gens. Je veux qu'on me paie ce qu'on me doit — et tout de suite, encore.

— Vous avez trop bu, pas de doute !

— Vous êtes détective privé, n'est-ce pas ? Et encore, je suis poli. C'est-à-dire que vous êtes un sale tricheur, un menteur, un bon à rien. Vous acceptez le travail, ou vous le refusez ?

— Vous parlez ! Au pourcentage habituel ?

— Peut-être davantage. Si vous faites vite.

— Est-ce que je règle ça en employant des ronds de jambe, ou bien voulez-vous que je leur mette le couteau sous la gorge demain dès l'aube ?

— Employez avec chacun les méthodes appropriées. Tout ce que je vous demande, c'est d'obtenir des résultats.

— Qu'est-ce que vous êtes en train de manigancer ? Vous allez enlever une gamine de seize ans ? Non, de quatorze plutôt. Celles de seize ans sont déjà trop malignes.

Emmerich sursauta, se mordit la lèvre et répliqua d'un ton cassant :

— J'aurais bien dû laisser le district attorney vous coffrer. Il vous tenait. Pour un assistant du district attorney, vous vous étiez montré bien imprudent !

— Qu'est-ce que vous attendiez de moi ? De la gratitude, peut-être ?

— Oui. J'aurais bien voulu être payé de mes peines !

— Vous ne voulez quand même pas que je me roule à vos pieds, non ?

Puis d'une voix changée, comme s'il parlait à quelqu'un qui se trouvait à côté de lui, Brannom enchaîna :

— Allons, pousse-toi, mon bijou. Voilà ! C'est gentil.

Puis, s'adressant à Emmerich :

— Il est adorable, mon chien.

— C'est plus que je ne saurais dire de vous. Alors, vous ne vous endormez pas. Et si vous voulez savoir ce qui se passe — il s'agit du fisc, Bob, qui réclame son dû.

— Hé ! Minute ! glapit Brannom. Ne coupez pas ! Qu'est-ce que c'est au juste que votre « davantage, peut-être » ? Vous me dorez tellement la pilule, avec vos brillantes reparties, monsieur Emmerich !

— Deux pour cent de ce que vous récupérerez.

— Bon. Ça va. Bonne nuit !

Emmerich raccrocha, se leva et s'immobilisa un instant, se demandant s'il ne venait pas de faire une bêtise. Il avait les nerfs à fleur de peau, et sentait que sa lucidité flanchait. Très certainement, cette âpreté à réclamer ses créances allait causer bien des remous en ville, provoquer bien des commentaires et bien des bavardages. Mais finalement il sourit et, quittant le fumoir, se dirigea vers le living-room. L'heure n'était plus à des spéculations de ce genre. Il n'avait plus à s'inquiéter de l'avenir ; du moins, son avenir n'était plus lié en rien à la vie de la grande cité, ni à son passé d'avocat coté. Il allait couper les ponts — et sans tarder. Que les autres bavardent et commentent tout leur saoul !

Dans le living-room, la radio chantait en sourdine. Etendue sur le large canapé, dormait une jeune femme rousse ; un magazine ouvert gisait à ses pieds. Emmerich s'immobilisa devant elle et la contempla longuement, d'un œil froid. Pour finir, il haussa les épaules, et repartit vers le fond de la maison.

Dans la cuisine, il trouva Frank, le chauffeur, assis à une table devant une bouteille de bière, et lisant une première édition des journaux du matin. Il s'apprêtait à se lever, mais Emmerich lui fit signe de ne pas bouger ; puis l'avocat se dirigea vers le frigidaire d'où il tira une bouteille de bière qu'il ouvrit avant de s'attabler en face du chauffeur.

— Frank, quand vous aurez fini de boire, vous appellerez Mme Emmerich. Vous lui direz que je suis retenu. Et qu'elle ne s'inquiète pas.

— Très bien, Monsieur.

Pendant un moment, ils vidèrent leurs verres sans rien dire ; puis Emmerich lança :

— Dans le métier d'avocat, on a quand même des compensations : on peut rentrer aussi tard qu'on veut, on trouve toujours des excuses plausibles.

Frank répondit par un rire bref, puis il se leva et s'en alla décrocher le téléphone de service.

Emmerich entendait vaguement sa voix, mais il n'essayait pas de comprendre ce qu'il disait. Il pensait à la jeune femme rousse. Elle lui avait coûté une fortune. C'était pour elle qu'il avait meublé ce bungalow ; il lui avait dispensé l'argent par poignées ; il avait envoyé des chèques à sa mère et à tous ses parents ; il lui avait acheté une voiture, un manteau de vison, un bracelet de diamants. Et maintenant, tout en buvant sa bière, il se demandait pourquoi il avait fait tout cela. Elle était belle comme le jour — ça, pas de doute — avec des cheveux splendides et un corps ravissant, mais, quand on la connaissait bien, on comprenait que ce n'était qu'une pauvre grue paresseuse, ignare et vénale.

— Dire que j'ai mis près d'un an et que j'ai

dépensé plus de cent mille dollars avant de m'en apercevoir ! soupira Emmerich.

Il finit sa bière, et se levait lorsque Frank revint dans la cuisine :

— J'ai parlé à la nouvelle femme de chambre de Madame. Madame dort, annonça-t-il.

— Très bien, fit l'avocat en tournant les talons.

Mais il se reprit :

— Vous rentrerez la voiture, Frank. Je n'aurai pas besoin de vous avant demain vers midi.

— Est-ce que je pourrai dormir ici, Monsieur ? Il pleut toujours, et la route est inondée.

— Bien sûr, Frank, si ça vous arrange !

— Merci, dit le chauffeur qui reprit son journal en voyant que Monsieur s'en allait.

Il était tout triste, Frank et préoccupé du destin de Monsieur et Madame. C'étaient de bons patrons qui le payaient bien, qui étaient gentils avec lui. Mais voyez-moi ça ! Monsieur qui avait l'âge d'être grand-père, cavalait après une rouquine — et une rouquine qui ne valait pas tripète, encore ! Qu'est-ce qu'il croyait ? Et cette pauvre Madame — malade, dégoûtée de tout, toujours toute seule !

Frank grommela, tourna les feuilles de son journal et se promit une fois de plus qu'il ne se marierait jamais, quoi qu'il arrive !

En retournant au living-room, Emmerich pensa soudain aux transes par lesquelles sa femme passait au début de leur mariage, lorsqu'il rentrait en retard ; elle s'affolait, alertait tout le monde, piquait des crises. Et même, une fois, elle avait appelé la police, pour demander qu'on le recherche ! Maintenant... Oh ! ma foi... la vie passe, les choses changent, les sentiments s'émoussent !

Ce qui le ramena à Angela, la jeune femme

rousse. Ah ! bon Dieu ! c'était une trouvaille, ce nom, pour une créature pareille ! Il aurait bien dû la laisser là où elle était. Par un jour de pluie, il était entré dans un petit restaurant chic du centre, dans l'intention d'y déjeuner en vitesse. L'établissement était situé en dehors des quartiers qu'il fréquentait d'ordinaire, et il n'y avait encore jamais mis les pieds. Ce fut Angela qui le conduisit à sa table. Elle souriait poliment, faisait son métier en conscience, sans s'occuper du reste. Mais tous les hommes présents, vieux ou jeunes, n'avaient d'yeux que pour elle. Et ce n'était pas seulement à cause de sa chevelure flamboyante ; cette fille avait un corps délicat mais voluptueux ; et sa démarche — un mélange indéfinissable de langueur provocante et d'insouciance voulue — retenait le regard.

— Hé oui ! dit Emmerich en traversant le salon et en se laissant tomber dans un grand fauteuil à côté du divan où reposait Angela. Hé ! oui, je l'ai soulevée, moi, le héros, devant tous les autres mâles qui en verdissaient de jalousie. Maintenant, je l'ai. Ça me fait une belle jambe !

En tout cas, elle retournerait avant peu à son restaurant.

Angela ouvrit les yeux lentement, et se tourna vers lui. Elle avait des yeux d'un jaune étrange, vaguement mordoré, sous de longs cils noirs et recourbés.

— Mais, à quoi penses-tu de rester là à me regarder, tonton Zozo ?

Tonton Zozo ! Quelle sinistre farce ! Dire que naguère, il avait trouvé cela magnifiquement drôle. A présent, ce surnom n'était plus que grotesque.

— Tu ferais mieux de te reposer un peu, mon

chéri, reprit-elle, très vite, sans lui laisser le temps de placer un mot. Tu as très mauvaise mine, ces derniers temps. Tu travailles trop.

Emmerich sourit, en hochant la tête, lassé. Quelle ridicule comédie ! Il ne se méprenait pas au ton anxieux de sa voix. Elle attaquait tout de suite, essayant de se libérer, de lui échapper, de lui interdire son lit, tout en évitant une scène. Après tout, pour autant qu'elle en savait, il était encore, comme on dit vulgairement, « bourré de fric » !

— Tu as raison, répondit-il. Je fume encore un cigare, et après, je me couche. Mais toi, pourquoi ne vas-tu pas faire dodo, mon chou ?

Aussitôt, Angela se leva et s'approcha de lui :

— Je suis morte de fatigue. Mais je veillerai encore pendant des heures, si tu as envie que je reste... Oh ! laisse-moi faire ça !

Emmerich avait commencé à délacer ses chaussures. Angela s'agenouilla devant lui, et le déchaussa. Après quoi elle se releva et, se penchant vers lui, l'embrassa sur le sommet du crâne.

— A demain matin ! dit-elle avec un doux sourire.

Puis elle enchaîna précipitamment :

— J'ai demandé à l'épicier d'envoyer des harengs saurs, pour toi ; ce qu'ils avaient de plus fin. Je sais que pour le petit déjeuner, tu les adores !

— Merci, mon chou ! répondit Emmerich.

Angela lui envoya un baiser, fila vers l'entrée, gagna sa chambre, dont elle referma la porte sans bruit, et mit le verrou.

Emmerich étira ses longues jambes, approcha ses pieds du feu, alluma un de ses gros cigares de Cuba et se mit à regarder dans le vide. La pluie avait cessé, et un silence oppressant s'était abattu sur le living-room. Emmerich n'avait pas l'habitude d'être seul, et il se sentait nerveux. Soudain, il se rendit compte que son cigare ne lui faisait aucun plaisir, ce qui l'inquiéta : d'ordinaire, lorsque tout le reste l'abandonnait, ses cigares étaient son ultime consolation.

Il déposa son cigare dans un cendrier, se carra dans son fauteuil et ferma les yeux, essayant de se détendre. Il somnolait déjà lorsqu'il sursauta brusquement. Il se sentait pris au piège, traqué, et la sueur perlait sur son front. Qu'est-ce qui se passait ?

Il allait jouer le tout pour le tout, voilà ce qui se passait. Cela venait de le frapper soudain, au moment où il allait s'endormir. Il ne s'agissait plus à présent de gagner ou de perdre une fortune. C'était maintenant une question de vie ou de mort.

Emmerich poussa un gémissement sourd.

— Oh ! Mon Dieu ! Comme je suis fatigué ! s'écria-t-il.

Et le lampadaire à tige métallique qui avoisinait son fauteuil eut une vibration légère qui lui fit l'effet d'un écho chargé de menaces.

CHAPITRE VII

Il était presque midi lorsque Gus sortit du petit réduit qui lui servait de chambre, dans l'arrière-boutique de son bar. Il se sentait abruti de sommeil, énervé, et ne prit même pas la peine de dire bonjour à son aide, Mike Miklos, un grand Grec au regard embrumé qui avait perpétuellement l'air absent, et qui pourtant ne perdait jamais rien de ce qui se passait autour de lui.

Deux petits maquereaux du *pool-room* d'en face mangeaient au comptoir ; un chauffeur de camion, debout devant le comptoir aux journaux, mâchait avec entrain un énorme sandwich au steak haché tout en admirant les photos de femmes quasiment nues qui illustraient un magazine qu'il n'avait pas la moindre intention d'acheter.

Gus lui lança un regard fielleux et répondit par un grognement au salut d'un des petits maquereaux ; puis, relevant son pantalon qui lui glissait sur les reins, il s'avança vers la porte pour étudier le temps qu'il faisait. Il s'était endormi au battement de la pluie qui frappait à coups redoublés contre un toit de zinc, dans l'arrière-cour. Mais, à présent, le temps s'était remis au beau et les rayons d'un soleil timide commençaient à baigner les rues et les courettes du quartier de Camden Square.

Gus ouvrit la porte, renifla, et fit la grimace, comme s'il préférait les relents de fumée et de viande mal cuite aux effluves parfumés du matin. Puis il se pencha pour voir si Terry était bien à l'heure et, naturellement, il l'aperçut. A côté de la boîte aux lettres, à trois ou quatre mètres de la gargote de Gus, un énorme chat de gouttière à l'aspect féroce, aux inquiétants yeux jaunes, était assis sur le trottoir, visiblement en paix avec le monde entier ; sans s'inquiéter de rien, il faisait tranquillement sa toilette.

— Hé ! Terry ! hé ! le gros matou ! appela Gus, dont la grosse face disgracieuse s'éclaira d'un large sourire. Tu attends la distribution, hein ? (Terry répondit par un miaulement aigu, se leva et s'avança vers Gus.) Sacré pique-assiette. Tu te débrouilles drôlement bien pour vivre sans boulonner, toi ! Et tu trouves ce qu'y te faut, hein, gros malin ! Allez, viens, mon beau matou !

Gus rentra dans le bistrot, suivi de Terry qui avançait, très raide, extrêmement digne et la queue toute droite.

Le grand Mike se contenta de sourire en voyant entrer le chat. Le camionneur abandonna ses études d'anatomie féminine pour lancer d'un ton rageur :

— Qu'est-ce qu'y vient foutre dans un endroit où on mange, ce sale greffier ? C'est des bêtes dégueulasses. Moi, chaque fois que j'peux, j'les écrase. Parlez ! donner à bouffer aux chats, quand y a des mômes qui la sautent !

Le grand Mike poussa un soupir et, prudent, se réfugia à l'autre bout du comptoir. Les deux maquereaux ne levèrent même pas le nez. Mais Gus prit le chat dans ses bras, le posa sur le zinc et se mit à lui tendre des boulettes de viande crue hachée, que le chat mangea avec délicatesse.

— Tu l'achètes, ce journal ? demanda Gus d'une voix contenue.

Le camionneur éclata de rire.

— Pourquoi je l'achèterais ! J'ai déjà vu toutes les bonnes femmes qu'y a dessus. Pourquoi ? T'as quèque chose à en faire ?

Une fois de plus, Mike soupira et, tournant le dos, entreprit d'essuyer des verres qui n'en avaient pas besoin.

— T'es pas d'ici, hein, Jules ?

— Pourquoi tu m'dis ça, gros lard ?

— T'es pas un copain de Camden Square. Tu traverses, simplement... Seulement, tu t'es pas assez grouillé !

Gus fit le tour du comptoir avec tant d'emportement que Mike lui-même en fut surpris. Le bossu saisit le bras du camionneur qu'il fit virevolter, puis il l'empoigna par le fond de culotte, et le souleva. Quand le chauffeur ne toucha plus le sol que de la pointe des pieds, d'une glissade il l'expédia par la porte jusque sur le trottoir, puis cria à son ennemi, complètement abasourdi :

— Et remets plus les pieds ici, tu m'entends ? Si jamais j'te vois écraser un chat, j'te mets en purée.

Le chauffeur le dévisageait, reprenant lentement ses esprits, mais encore incapable de décider s'il allait foncer sur le petit bossu ou opérer une retraite prudente. L'un des petits maquereaux installés au comptoir éclata de rire, ce qui parut déconcerter le camionneur.

— Si t'avais une tête de plus, et le dos un peu

moins fantoche, je t'écrabouillerais ! aboya-t-il, la face cramoisie.

Voyant qu'il ne bougeait pas, Gus fit un pas en avant, les bras ballants, le visage livide. La plupart du temps il oubliait sa difformité, il oubliait qu'il n'était pas fait comme les autres. Cela lui était désagréable d'avoir à s'en souvenir.

Mais il sentit une main se poser sur son bras et, comme il se retournait, le camionneur en profita pour s'éloigner en direction de son poids lourd, tout en lançant un dernier regard de défi par-dessus l'épaule.

— Gus ! Qu'est-ce qui te prend, si tôt le matin ?

Gus leva les yeux, les sourcils noués ; mais aussitôt, son visage reprit sa couleur normale et il esquissa un sourire :

— Oh ! le Bricoleur, c'est toi ? Je me demandais si on te verrait — ou si tu serais retenu par une colique de ton *bambino*.

— Qu'est-ce qui se passait ? Il refusait de payer ? demanda Louis Bellini en désignant du pouce le camionneur qui se remettait au volant.

— Terry lui trouvait une sale gueule, répondit Gus en riant. Alors, je l'ai foutu dehors.

En riant, Louis entra avec Gus dans le bar. C'était le grand Mike maintenant qui s'occupait de nourrir le chat, et le gros Terry ronronnait à pleine gorge, presque aussi fort qu'un moteur d'avion.

— Salut, Terry ! lança Louis en passant derrière le comptoir.

Gus l'entraîna jusqu'à son petit cagibi privé, referma la porte, et se retourna vers son visiteur.

— T'as apporté l'oseille ?

Louis acquiesça en avalant sa salive, puis après une ultime lutte intérieure, se décida à tirer de sa poche une liasse épaisse qu'il tendit à Gus. Sans compter, celui-ci enfouit l'argent dans la poche de sa chemise et pouffa en voyant la mine déconfite de Louis.

— Tu peux rigoler, fit Louis d'un ton vexé. Mais c'est quand même un sacré matelas.

— Mais oui, bien sûr, Bricoleur ! s'écria Gus en prenant son ami à bras-le-corps et en l'attirant à lui avec une force de lutteur poids lourd.

Louis qui sentait ses côtes prêtes à céder, se dégagea.

— T'es vraiment un chic type, ajouta Gus.

— Si ç'avait été pour toi, Gus, j'aurais pas hésité une seconde. Mais Dix... il me revient pas.

— T'as tort. C'est un type au poil ! Tu crois peut-être que j'm'y connais pas, pour juger les gens ?

— Si, faut croire, puisqu'on le dit. Mais quand même, tout le monde peut s'gourer.

— Si je m'goure, j'te rembourserai moi-même. Juré, craché !

Louis ne prit pas la main que Gus lui tendait :

— D'ac ! répondit-il, j'te fais confiance, mais j'aime autant pas risquer ma pauvre main dans ta sacrée pogne. J'en ai besoin, moi, de ma fourchette, dans mon boulot !

Gus éclata de rire. Puis se rappelant soudain quelque chose, il demanda :

— Dis voir ! T'es au courant ?

— Au courant de quoi ?

— Paraît qu'y a un grand caïd qu'est sorti de taule hier soir.

— Hier soir, moi, j'étais à la maison. D'ailleurs, on me dit jamais rien, sauf quand on a besoin de moi.

— Y a un copain à moi, qui travaille chez

Cobby : Timmons, tu sais, l'ancien boxeur. Eh ben, y a un grand caïd qui s'est amené. Pour arranger une affaire, à ce qu'y paraît.

— C'est bien possible, répondit Louis d'un air détaché.

Après un court silence, Gus passa à un autre sujet :

— Hé, t'as bouffé ?

— Non, répondit Louis. J'suis venu tout droit en sortant de la boutique.

— Ça te dirait, un bon steak double ? De la viande de choix, tu sais. Je m'suis fait livrer quarante kilos de première. Du filet !

— Du filet ?

— Oui. C'est pour mes copains, pour moi, pour Mike, pour Terry. Pour les gens qu' j'aime pas — les flics, les fumiers, comme ce sale camionneur — j'prends du cheval ! (Et Gus s'envoya une grande claque sur la cuisse.) Tu connais le Tandem du Rire, tu sais, les deux flics du Strip ? Ils passent leur temps à me cuisiner. Eh bien ! y z'en bouffent tellement, du canasson, que pour finir, on les verra hennir en mesure, et ruer des quatre fers !

Louis s'accota au mur pour pouvoir rire plus à l'aise. Gus, lui, rugissait de joie, cognant de toutes ses forces contre la porte, ce qui fit se retourner quelques nouveaux clients qui venaient d'entrer dans la salle.

Louis riait toujours. Il avait des larmes plein les yeux et se tenait les côtes, plié en deux. Gus se sentit tout ému : pas à dire, Louis, c'était son pote. Ce bon vieux Bricoleur de Louis, qui, petit à petit, avait lâché les copains depuis qu'il avait épousé Maria, cette petite Italienne si collet monté... Sans blague, il y avait bien deux ans que Gus n'avait pas vu Louis rire comme ça.

Et pourtant, autrefois, ce garçon-là passait sa vie à rire. Louis, le joli garçon, souriant et mince, avec ses beaux complets, son esprit vif, et son petit carnet noir où figuraient tous les numéros de téléphone intéressants du quartier... L'élégant petit Louis, un peu écervelé, le Don Juan des dancings !

CHAPITRE VIII

Couché à plat ventre, Dix dormait d'un sommeil lourd, malgré les rayons de soleil qui baignaient sa chambre, malgré les bruits de la circulation qui montaient de Camden Boulevard.

Il rêvait et, dans ses rêves, il n'était plus le grand individu maigre et efflanqué, au visage rude, aux joues creuses, aux yeux noirs et farouches. Il était redevenu le petit garçon mince, âgé de onze ans peut-être, que son grand-père — celui qui avait servi dans le régiment de Morgan — venait de jucher sur le dos d'un grand poulain noir. Le cheval avait peur, s'obstinait dans ses courbettes et ses dérobades, guettant avec impatience l'instant où il pourrait se débarrasser de son jeune cavalier, en passant quelque haie. L'enfant, effrayé, l'estomac noué, suait tout autant que sa monture, mais ses lèvres ne tremblaient pas, et son visage restait impassible.

Au moment où le grand-père rendit sa liberté au poulain, l'enfant lança un regard rapide à son père qui, adossé à une palissade se tenait les côtes de rire. Brusquement, le jeune William Tuttle comprit. (Dans ses rêves, il ne s'appelait jamais Dix.) Il s'était vanté de savoir monter à cheval mieux que personne; son père et son grand-père l'avaient sommé de faire ses preuves.

Mais ils n'eurent pas longtemps à attendre : bientôt leurs rires tournèrent à l'aigre. Le poulain entraîna son cavalier, cherchant à s'en débarrasser en frôlant des arbres, ruant et s'arrêtant net. Mais une heure plus tard, le jeune William Tuttle ramena le poulain à la ferme des Jamieson, docile comme un toutou, titubant de fatigue, complètement dompté. Et ce soir-là, au moment où il montait se coucher, il entendit son grand-père dire : « C'est un vrai Jamieson, ce gars-là ! »

C'était un rêve charmant, que Dix faisait souvent.

Cependant, les événements ne s'étaient pas tout à fait déroulés ainsi. Le grand poulain noir l'avait proprement vidé par-dessus une barrière et le père de l'enfant lui avait dit en lui expédiant une bourrade : « Ça t'apprendra peut-être à moins te vanter, petite crapule ! »

Dix se retourna et poussa un soupir. La neige tombait en flocons légers sur le champ de maïs ; la première neige de l'hiver. Il s'en allait avec Sally-Lou chercher des potirons pour la fête de la Toussaint. Le soir tombait, il faisait presque nuit ; un fin panache de fumée montait de la cheminée de la ferme. Le ciel était gris ardoise et le soleil — un soleil rouge d'automne qui ne donnait pas de chaleur — s'enfonçait derrière la petite colline d'en face. Parmi les hautes hampes du maïs, gisaient les gros potirons jaunes. Ils se penchèrent pour en couper un. Autour d'eux, ils pouvaient discerner, sur la neige, les petites traces fines qu'avaient laissées les pattes des mulots...

Une cloche sonna, une cloche qu'il ne parvenait

pas à identifier. Puis, monta la voix d'une femme inconnue... Et soudain, le grand champ familier disparut... Dix venait de se réveiller, dans le grand soleil qui baignait Camden Square.

Il gémit, se frotta les yeux, manquant de courage en face de cette nouvelle journée qui commençait.

Quelqu'un parlait au téléphone, dans la pièce voisine. Doll ! Il l'avait oubliée.

Avec un nouveau gémissement, il se pencha pour atteindre la bouteille posée par terre près de son lit, et avala une bonne lampée. Puis il se laissa tomber sur l'oreiller, pour profiter de la chaleur de l'alcool.

Doll raccrocha, et bientôt elle parut sur le seuil de la chambre. D'une voix timide, elle annonça :

— Mon chou... c'était un type, Gus qu'il s'appelle. Il te fait dire que tu peux passer quand tu voudras. Il a quelque chose pour toi.

— Merci ! fit Dix d'un air bourru.

Mais cette nouvelle lui avait remis le cœur d'aplomb, mieux encore que le whisky. Il allait pouvoir rembourser Cobby, lui balancer ses deux mille trois cents dollars en pleine gueule, et se payer le luxe de le voir ramper. Il se retourna vers Doll, qui attendait toujours à la porte. Elle avait sa robe pailletée, qui au grand jour avait un pauvre air, d'un clinquant affreux. Elle avait coiffé à la diable sa tignasse cent fois teinte et reteinte, et son visage, tiré, paraissait plus vieux. Dix se retourna.

— Je t'apporte ton petit déjeuner tout de suite, mon chou ! dit-elle avec une gaieté forcée.

Puis elle enchaîna :

— Bon Dieu ! cette maison est dans un état ! Ça a besoin d'un fameux coup de torchon ! Pas à dire, ça pue ! Dix, vrai, tu aurais besoin de quelqu'un pour s'occuper de toi. Je me demande comment tu peux vivre dans toute cette crasse !

Ah ! Les bonnes femmes ! toujours à faire l'article; toujours prêtes à s'installer chez vous. Il regarda le ciel, sans répondre. Bientôt, Doll tourna les talons et se hâta de retourner à son fourneau sur lequel cuisaient les œufs de Dix. Elle était sortie elle-même de bonne heure pour les acheter, quand elle s'était aperçue que l'armoire à provisions ne contenait que du café et du pain. Les gens s'étaient retournés sur son passage, quand elle avait traversé le petit marché italien tout au bout de la rue, à cause de ses cheveux mal coiffés et de sa robe insolite. Mais elle s'en fichait pas mal. Qu'ils la regardent, si ça leur faisait plaisir. Il fallait bien que Dix mange !

CHAPITRE IX

Terry était encore couché sur le comptoir quand Dix entra dans le bar de Gus. Un chauffeur de taxi, qui mangeait un steak haché de la catégorie bœuf-pas-trop-dur (car c'était une figure du quartier et qu'il avait une assez bonne réputation) considérait le gros chat aux yeux jaunes avec une curiosité mêlée d'inquiétude. Terry accueillit Dix avec un miaulement amical. Dix s'amusa à le caresser doucement à rebrousse-poil et Terry, couchant les oreilles et grondant, s'en prit à la main de Dix, à laquelle il assena toute une série de calottes bien appliquées, aussi courageusement qu'un boxeur consciencieux.

— Regarde-le foncer ! s'écria Gus, aux anges.

Le chauffeur rit d'un air entendu, pour se ménager les bonnes grâces de Gus et de son inquiétant ami à quatre pattes.

Mais personne ne prêta la moindre attention à lui. Dix et Gus s'en allèrent tous deux s'installer dans le réduit de Gus. Le cafetier tira de sa poche une liasse qu'il tendit à Dix :

— Tiens, vieux, voilà le paquet. Deux mille trois cents. Le Bricoleur a raqué, et moi, j'ai mis le complément.

— Bon, fit Dix d'un ton détaché. Alors, maintenant je crois que je vais filer. J'ai un ami à voir, pour affaires.

— Cobby, peut-être ? demanda Gus d'un air farceur.

Puis, voyant que Dix le regardait d'un œil farouche, sans répondre, il enchaîna :

— Tu sais, je disais ça en l'air. Moi, je sais rien. Mais si jamais c'est bien Cobby, tu l'trouveras pas. Je l'ai vu passer en bagnole, juste après que je t'ai appelé.

Dix se frotta le menton d'une grande main noueuse et puissante, d'un air songeur.

— C'est une sale petite crapule, ce type ! dit-il enfin. Un vrai fumier !

— Oh ! C'est pas si grave que ça, répliqua Gus d'un ton indulgent. Il s'énerve facilement, c'est tout. T'es dans ses petits papiers, Dix. T'en connais beaucoup, toi, des gars du quartier à qui il fait crédit de deux mille cinq cents dollars ?

— J'aime pas ses façons ! Je les emmerde, lui et son crédit !

Gus haussa les épaules sans répondre. Il n'avait jamais bien compris le caractère de Dix. Ce gars-là avait de drôles de manières, des idées bizarres, qui étonnaient toujours Gus et lui semblaient parfois ridicules. Mais quand même, c'était un type au poil et, pour Gus, ça suffisait. A ses yeux, il existait deux sortes d'individus : les types « au poil », et les autres. Les autres, c'était la majorité, l'immense majorité. Gus connaissait des centaines de gens, mais il n'en existait que trois qui avaient trouvé grâce à ses yeux : Mike Miklos, Louis Bellini et Dix Handley — ou du moins, le gars qui se faisait appeler comme ça !

Au bout d'un moment, Gus demanda :

— Tu connais les nouvelles ?

— Non. Quoi ?

— Y a un grand caïd qu'a quitté la prison hier soir. Il est allé trouver Cobby tout droit. Timmons dit qu'y-z-ont parlé d'une combine.

Dix, après avoir réfléchi, répondit :

— Oui. Ça doit être celui que j'ai vu là-bas. Je suis allé dire deux mots à Cobby. Un petit gros — un étranger, je pense.

Gus posa maintes questions, essayant d'éveiller la mémoire de Dix, et d'interpréter au mieux les faibles dons narratifs de son ami. Enfin, son visage s'illumina :

— Je vois ! C'est Riemenschneider. Le Boche ! C'est un caïd de première. Une fois, il a réussi un coup de cent mille dollars !

Dix ne répondit rien. Perdu dans ses pensées, il préparait ce qu'il allait dire à Cobby. Riemenschneider avait beau être un caïd de première, lui, il s'en foutait pas mal.

Bientôt parut Mike Miklos qui leur apportait du café, et qui rougit de plaisir quand Dix lui envoya une bourrade amicale dans les côtes.

CHAPITRE X

Il était tard quand Dix put enfin mettre la main sur Cobby. Le bookmaker essaya, mais en vain, de se cacher dans une des salles de jeu quand il vit apparaître Dix — mouvement instinctif et irraisonné, puisqu'il avait passé sa journée à préparer le discours qu'il tiendrait au grand gars du Sud lorsque celui-ci viendrait lui rapporter l'argent qu'il lui devait. Dix était pour Cobby une énigme vivante, mais, cependant, le book était assez malin pour deviner qu'après la prise de bec qu'ils avaient eue la veille, Dix se débrouillerait pour se procurer la somme, à tout prix, et pour le rembourser. Pourquoi Dix était-il tellement sourcilleux ? Il se prenait pour qui, ce garçon, à se vexer, simplement parce que Cobby lui avait laissé entendre que lorsqu'il atteignait son plafond — deux mille cinq cents dollars, c'était assez coquet, non ? — ça serait une bonne idée d'aligner le fric... Les affaires sont les affaires. « Non, mais ! » avait marmonné Cobby toute la journée, « y s'prend pour un gars de la haute, un type du gratin comme M. Emmerich, pas possible ! Pourtant, c'est rien qu'un pauvre truand à la côte, qui doit faire les tiroirs-caisse des garages, ou buter les fêtards en ribote ! » Comment

Cobby aurait-il pu deviner que, pour Dix, une dette de jeu, c'était une dette d'honneur ? D'honneur ? Avec Dix ? A cette seule idée — en admettant qu'elle lui fût venue à l'esprit — Cobby aurait crevé de rire.

— Salut, Dix ! lança Cobby en se tortillant d'un air nerveux. J'espérais bien te voir. Passons dans mon bureau, je te paie un verre.

Sans attendre la réponse, il tourna le dos à Dix qui le suivit sans se presser, et entra après lui dans la pièce. Il prit dans un tiroir de sa table sa meilleure bouteille de scotch, et deux verres.

— Je m'en fous, de ton hospitalité ! lança Dix, d'un ton rogue qui immobilisa Cobby la bouteille à la main, un sourire crispé sur les lèvres. Voilà ton argent, continua Dix en jetant sur la table un épais rouleau de billets, maintenu par un élastique.

Le rouleau glissa sur le bois ciré, s'arrêta un instant sur le bord, et pour finir tomba à terre.

— Je ne voulais pas te presser, Dix ! protesta Cobby d'une voix désolée. Tout simplement, je disais...

Mais Dix, rageur, lui coupa la parole :

— Tu cherchais à faire ton petit effet. Tu as essayé de me démolir devant ce petit bonhomme que je n'avais jamais vu.

— Non, non ! s'écria Cobby, effrayé par la lueur méchante qui était apparue dans les yeux de Dix. Tu n'as rien compris. Mettons, Dix, j'aurais peut-être mieux fait de ne rien dire, mais...

— Est-ce que j'ai jamais renâclé ?

— Non, Dix, bien sûr que non. Tu as un crédit de deux mille cinq cents dollars chez moi ; qu'est-ce que tu veux de plus ? Ecoute voir, est-ce que tu crois...

— Puisque je n'ai jamais renâclé, pourquoi as-tu gueulé, et devant un inconnu, encore !

— Je te dis que je ne gueulais pas ! vociféra Cobby dont la peur montait et qui avait de la peine, maintenant, à trouver ses mots. Je... je me demande ce que j'avais dans la tête, Dix... Je disais ça comme ça, en l'air. Tu sais ce que c'est.

— Non, répondit Dix d'une voix menaçante, je ne sais *pas* ce que c'est.

Cobby posa la main sur le bras de Dix et leva vers lui des yeux suppliants. Ça devenait sérieux : un tueur comme Dix en guise d'ennemi, c'est vraiment effroyable.

— Ecoute, Dix. C'est des choses qui arrivent. Je t'en prie, n'en fais pas un drame. Peut-être que j'avais un petit coup dans l'aile. Ou peut-être que je pensais à autre chose. Tu fais jamais de gaffe, toi ?

Dix, hésitant, se passa la main sur le menton. Son agréable sentiment de puissance l'avait abandonné. Après tout, ce Cobby était un avorton si médiocre ! Pas plus d'estomac qu'un moustique...

Cobby, le voyant hésiter, reprit courage :

— Là ! fit-il. Alors, on le boit, ce verre ? C'est du premier choix. Je le garde pour mes amis, mes vrais amis.

— Je n'aime pas le scotch, répondit Dix avec dédain. Il y a du bourbon, dans cette boîte ?

— Mais oui, mais oui, bien sûr !

Cobby esquissa quelques pas de gigue, tira une nouvelle bouteille d'un autre tiroir, et enchaîna :

— Tu sais, Dix, quand je t'ai dit que j'espérais te voir, je le pensais. J'ai rencontré un petit gars qui travaillait pour moi dans le temps. Maintenant il bosse au sud de la ville dans une grosse combine de paris. A la première course truquée, il me préviendra. Alors, Dix, j'ai pensé que je t'en ferais profiter. C'est du tout cuit, vieux, de l'argent vite gagné.

Dix se versa du whisky d'une main généreuse et le vida en silence, après quoi il se versa un second verre et, tout en admirant la belle transparence ambrée du bourbon, il murmura pour soi tout seul :

— Ce whisky-là, c'est dans mon pays qu'on le fabrique. Chez nous, l'eau est meilleure que partout ailleurs. C'est pour ça qu'on fabrique de l'eau-de-vie buvable.

— J'ai jamais rien bu de meilleur, s'empressa de répondre Cobby qui en engouffra une gorgée impressionnante et fit claquer ses lèvres d'un air ravi.

— Dis donc, l'histoire de ton petit gars... Pourquoi c'est moi que tu préviendrais ?

— Pourquoi pas ? s'étonna Cobby. T'es mon copain, et t'es un bon client. J'aimerais bien que tu gagnes, une fois, pour changer.

Le regard de Dix pesait sur Cobby avec une telle insistance que le petit bookmaker, décontenancé, de plus en plus nerveux, se mit à se tortiller, à chercher des allumettes, à remplir les verres, se livrant à mille activités vaines pour éviter de croiser le regard fixe, dur et menaçant de son interlocuteur.

Enfin, Dix parut se calmer. Il se pencha pour ramasser le rouleau de billets qui gisait toujours par terre et le tendit à Cobby, qui le prit d'un air gêné. Il aurait bien essayé de refuser, mais il n'osait pas.

— Bon ! conclut Dix. Je t'en reparlerai.

— Bravo, parfait ! s'écria Cobby qui retrouvait

enfin son aplomb. Et maintenant que c'est réglé, tu bois encore un verre ?

Dix acquiesça et Cobby, après avoir rapidement enfoui les billets dans sa poche, lui versa du whisky d'un geste élégant ; pendant un instant, il se permit même de poser la main sur le bras de son visiteur.

Au moment où Dix levait son verre, une main légère frappa à la porte, et le petit docteur apparut.

Cobby, soulagé, l'accueillit avec le sourire :

— C'est Doc ! Entrez donc. Je vous présente un ami à moi, Dix Handley.

Le petit docteur sourit, fit une courbette et tendit à Dix sa petite main replète, qui au toucher était moite et glacée. Dix s'empressa de la lâcher. Ni l'un ni l'autre ne semblaient se rappeler leur rencontre précédente. Ils se dévisagèrent sans rien dire.

Cobby versa au petit docteur un verre de scotch puis enchaîna :

— Dix est un de mes meilleurs clients. Un type formidable. Avec lui, j'ai pas à m'en faire. Sa parole vaut de l'or en barre.

Dix se rendait compte que Cobby en remettait, qu'il appuyait trop sur la pédale, dans l'espoir de se faire pardonner ; cependant, il se sentait flatté. Attirant une chaise à lui, il ôta son chapeau qu'il posa sur le bureau de Cobby, et s'assit.

Désireux de se montrer sociable, le petit docteur prit le verre qui lui était offert, bien qu'il n'en eût pas envie, et s'assit lui aussi. Cobby, ravi de la tournure que prenaient les événements, les imita. Il y avait longtemps qu'il connaissait Dix, mais il ne l'avait jamais vu qu'avec son chapeau sur la tête. Il songea qu'ainsi, ça faisait plus intime. En outre, Dix, découvert, ressemblait beaucoup plus à quelqu'un de normal et perdait son aspect terrifiant. Ses cheveux noirs, épais, aussi rudes que du poil de caniche, étaient bien brossés et sagement séparés par une raie de côté. Il avait un front assez haut, et assez ordinaire. C'était bien rassurant. Sans son inquiétante coiffure, aux bords trop larges, Dix avait l'air possible.

— C'est Erwin Riemenschneider, Dix ! lança Cobby. Tu as dû entendre parler de lui.

— Oui, répondit Dix qui continua d'un ton courtois : Vous êtes allemand, je pense ?

— Mon père l'était, oui, monsieur, répondit le petit docteur d'un ton empreint de respect, car la taille formidable de son interlocuteur l'impressionnait, ainsi que cette cruauté latente qui émanait de lui — une forme de puissance, à sa manière. Ma mère était dalmate, et je suis né à Spalato. Mais je pense que je suis allemand avant tout. J'ai vécu longtemps là-bas. Et même je connais Moabit ! ajouta-t-il avec un petit rire.

— Qu'est-ce que c'est que ça ? demanda Cobby.

— Une prison de Berlin, répondit le petit docteur. Mais c'est un endroit bien démoralisant. Je n'y suis pas resté longtemps.

— Je connais l'Allemagne, lança Dix.

— Ah oui ? fit le petit docteur étonné. Quelle région ?

— J'étais cantonné à Coblentz.

— Oh ! vous avez fait la guerre !

— Oui, répliqua Dix qui grommela d'un air amusé : la Première Guerre mondiale.

Le petit docteur, interloqué, examina avec attention les traits de Dix :

— Il y a trente ans de ça !

— Oui. (Dix se leva, reprit son chapeau et fit un

signe d'adieu.) Il faut que je m'en aille. On se reverra peut-être...

Il sortit et referma la porte derrière lui, sans prêter attention à leurs « au revoir ».

Le départ précipité de Dix déconcerta Cobby et le petit docteur qui restèrent un moment sans voix, le regard perdu dans le vide. On aurait dit que Dix leur en voulait de s'être déboutonné un instant, comme le premier venu, et d'avoir engagé une conversation oiseuse — du moins c'était l'impression qu'il avait donnée à Riemenschneider. Tout songeur, le petit docteur se demandait s'il n'était pas allé un peu vite dans son jugement, et si ce grand gaillard du Sud était bien tel qu'il l'avait cru, le jour de leur première rencontre. Cruel, il l'était ; il avait l'aspect d'un vrai dur, d'un homme toujours prêt à jouer de la gâchette ; mais derrière cette façade, il y avait autre chose — que le petit docteur n'arrivait pas à formuler de façon satisfaisante. Une certaine honnêteté ? Non, non ! Ce n'était pas un mot qui convenait pour un individu de ce genre... De la force de caractère ? De la lucidité ? Le petit docteur abandonna ses conjectures, mais il se sentait vivement attiré, intéressé par Dix.

Cobby, d'une question, le rappela à la réalité :

— Et la fille que Costa vous a procurée ? Elle était bien ?

Riemenschneider haussa les épaules d'un air absent et hocha la tête :

— Une professionnelle. Une petite mercenaire sans cœur. Mais que peut-on attendre de plus ?

Il s'interrompit, dévisagea un instant Cobby, se demandant s'il allait tout lui dire. Enfin, il se décida à parler. Cela pouvait être important :

— Cependant, ces femmes vénales, qui sont coûteuses, je les trouve bien utiles, parfois. Elles connaissent tout le monde, et elles sont bavardes.

— Ah ! oui ? fit Cobby, aussitôt alerté. Et qu'est-ce qu'elle avait à dire, celle-ci ?

— Ma foi, reprit le petit docteur, elle faisait valoir tous les clients du grand monde qu'elle fréquentait... comme elles font toutes. Pour finir — et je vous en prie, ne vous en vexez pas — j'ai amené la conversation sur M. Emmerich.

— Emmerich ! s'indigna Cobby en sautant sur ses pieds. Ah ! ça, vraiment, Riemenschneider...

Le petit docteur sourit en faisant un geste d'apaisement.

— Un instant. Attendez. Elle ne sait pas qui je suis. Et mes questions lui étaient sûrement sorties de la tête, cinq minutes après mon départ.

— Ce n'est pas ça que je veux dire ! glapit Cobby.

— Ecoutez-moi. Il s'agit d'un demi-million. Bien sûr, je sais que c'est votre ami. Mais... cette petite m'a dit qu'il s'est ruiné pour les beaux yeux d'une jeune rouquine... Dans le temps, c'était, paraît-il, un de ses bons clients.

— M. Emmerich ? ricana Cobby. Se ruiner ! Vous n'êtes pas fou ?

— Je suis un étranger dans cette ville. Et je suis en train de monter une grosse affaire. Il faut bien que je me renseigne.

Cobby se mordait les lèvres, au comble de l'énervement. C'était du joli !

— De plus, enchaîna Riemenschneider, il ne faut pas que j'oublie Joe Cool. Il est en prison pour la vie. C'est sa seule chance.

Petit à petit, Cobby se calma. Après tout, on ne pouvait pas lui en vouloir, à ce petit bonhomme...

— Ecoutez, mon vieux, commença Cobby d'un ton péremptoire, si M. Emmerich est ruiné, moi, la seule chose que je demande, c'est d'être ruiné de la même façon. Je suis prêt à le garantir moi-même. Quelle farce ! C'est tout simplement grotesque ! (Cobby s'interrompit pour pouvoir rire tout à son aise.) Doc, vous êtes disposé à croire la parole de qui dans cette affaire ? Celle d'une pouffiasse quelconque, ou bien la mienne ?

— La vôtre, naturellement ! répondit aussitôt le petit docteur.

Cependant il était loin d'être convaincu, bien qu'il eût exagéré les confidences de la fille. Il se rappelait l'impression qu'Emmerich lui avait faite, la veille au soir. L'avocat n'avait pas l'extérieur de l'homme sûr de soi, calme et froid, que Joe Cool lui avait décrit. Riemenschneider décida d'attendre son heure. Il avait du moins appris une chose : s'il y avait quelque chose qui clochait chez Emmerich, Cobby n'en savait rien.

— Allez, on boit un verre, dit Cobby. Tout ça, c'est des conneries.

CHAPITRE XI

L'équipe du commissaire Rieger n'avait encore jamais vu le patron dans un état pareil ; frappés de stupeur, ils essayaient de ne pas croiser son regard. Le brigadier « Tip » Collins, son bras droit, un Irlandais plein d'assurance, était le plus affecté de tous, et tortillait sa casquette entre ses doigts, suant par tous les pores.

Rieger poursuivait une communication téléphonique avec le commissaire général Hardy, qui durait déjà depuis une bonne demi-heure. Son visage revêche était blanc comme un linge et tout emperlé de sueur. De temps en temps, il tendait une main tremblante vers son paquet de cigarettes, et chaque fois, Tip Collins se précipitait pour lui offrir du feu.

Etait-ce la fin du monde ? Les agents réunis dans ce bureau en étaient persuadés. Sinon, comment expliquer le phénomène qu'ils avaient sous les yeux ? John Rieger, le tyran incontesté du quartier de Camden Square depuis des années et des années, s'effondrait devant eux, battu à plate couture.

— Oui, je sais, monsieur le commissaire général... protestait faiblement Rieger, mais...

Il n'allait pas plus loin. Depuis le début de la conversation, il n'était jamais allé plus loin.

Enfin, il raccrocha. D'un geste lent, comme un condamné à mort dont le recours en grâce vient d'être rejeté. Après quoi il regarda autour de lui d'un air absent ; on aurait dit que le monde qui l'entourait avait disparu pour un temps et qu'il avait du mal, à présent, à le retrouver.

Soudain il bondit et vociféra d'une voix suraiguë :

— Dietrich ! Cherchez Dietrich ! Il me faut Dietrich !

Il ne reçut en guise de réponse qu'un silence gêné, et Tip Collins se leva, tout embarrassé. Ses lèvres s'agitaient, mais en vain.

— Alors quoi, bon sang de bonsoir ! glapit Rieger, personne ne peut me répondre ?

— Faites excuses, patron, répondit enfin Tip d'une voix étranglée, mais le sergent Dietrich... il est parti à la chasse au canard...

Rieger lui lança un regard meurtrier, puis il empoigna une éphéméride montée sur bois qui figurait sur la table, et la lança contre le mur. Sans broncher, les flics regardèrent les feuillets retomber, un à un, sur le parquet.

— Vous... vous lui aviez donné la permission, bégaya Tip. Je vous en ai parlé, vous vous rappelez ?

Rieger tira une cigarette de son paquet, se détourna pour éviter l'allumette que Tip s'était empressé de lui tendre, et se débrouilla tout seul. Après quoi, il tira un moment sur sa cigarette, en hochant la tête lentement, d'un air abattu. Pour finir, il se carra dans son fauteuil, et dit d'une voix très humble :

— Je suis désolé, mes amis. Je m'excuse, pour cette exhibition grotesque que je viens de vous donner.

Un peu rassérénés, mais cependant déconcertés par cette nouvelle manifestation insolite — une excuse, venant de Rieger ! — les agents se levèrent comme un seul homme, et se mirent à parler, tous à la fois. Mais Rieger, d'un geste, leur imposa silence :

— Les gars, faut faire du bon boulot. Pour ce qui est de rouler cette petite vermine du commissariat général, on peut tous repasser. Evidemment, je ne vous demande pas d'aller tout droit me cueillir le Riemenschneider. Hardy est braqué sur ce type. Ce mec, il peut aussi bien être à New York, à San Francisco ou à La Nouvelle-Orléans. Comment savoir ? Mais je veux qu'on liquide ces cravates, à la sortie des boîtes de nuit. Faut que quelqu'un invente un moyen. (Il se retourna vers Collins.) Tip, vous allez me trouver Dietrich. Ne vous occupez que de ça jusqu'à ce que vous ayez réussi. Il faut qu'il rentre.

— Très bien !

Tip tourna les talons et fila aussitôt ; on aurait dit que Dietrich venait de s'évader et qu'il s'agissait de le rattraper au pas de course.

Rieger fit pivoter son fauteuil tournant et contempla un moment sans mot dire le gros individu au visage plat qui lui faisait face.

— Janocheck ! commença Rieger.

Et le gros bonhomme se mit aussitôt au garde-à-vous, comme un bon soldat.

— Oui, patron.

— Vous allez filer tout droit sur Camden Square, pour passer un savon aux deux flics qui sont de service cette nuit ! (Il se retourna vers un autre de ses hommes.) Qui est-ce, Le Fèvre ?

Le Fèvre, pris de panique, se mit à tousser derrière sa main levée. Encore ébranlé par le triste spectacle que son patron venait de donner, il se sentait incapable de se rappeler un seul nom, pas même le sien.

— Ben... heu... heu... bafouilla-t-il sous l'œil impatient de Rieger.

Enfin, il recouvra ses esprits, et, rassuré, lança :

— Tom Mattison et Randy Cook, patron.

— Ah ! fit Rieger d'un air satisfait. Un vieux de la vieille et un bleu !

Il se retourna vers Janocheck :

— Engueulez-les comme du poisson pourri. Faut que ça barde. Foutez-leur la trouille. Dites-leur que s'ils ne me rapportent rien, je les fais transférer à Chinatown.

— Entendu, patron, dit Janocheck, qui prit la porte.

— Ne vous éloignez pas, les autres ! grommela Rieger, en se replongeant dans ses dossiers.

Ils sortirent tous du bureau en silence, et disparurent vers l'antichambre. L'un d'eux, Carlson, dont la femme était malade et les deux gosses enrhumés, avait déjà obtenu de Tip Collins la permission de rentrer chez lui si jamais il en avait envie, mais il n'avait pas osé en souffler mot au patron. Tant pis, ils se débrouilleraient comme ils pourraient, sans lui.

Dès qu'il fut seul, Rieger appela par téléphone son ami, le chef de la police, Dolph Franc. Ils avaient débuté ensemble dans la police et leur amitié s'était maintenue à travers vents et marées, politique et promotions. Rieger avait envie de parler du commissaire général avec Dolph, qui détestait ce supérieur désagréable et cassant, contre lequel il savait trouver des boutades très amusantes. Rieger se disait qu'il avait rudement besoin d'une conversation de ce genre pour lui détendre les nerfs.

Mais il ne s'attendait pas à la surprise que son ami lui réservait. Dolph se mit aussitôt à jurer et à sacrer, lui affirmant que son quartier était le plus lamentable de tous, et que, si ça devait durer comme ça, il y aurait des mutations avant longtemps.

— Et par la suite, vociféra Dolph, tâche de ne plus me réveiller comme ça en pleine nuit !

Il raccrocha avec rage.

Rieger se mit à arpenter son bureau :

— Dietrich, quelle andouille ! gueula-t-il. A la chasse aux canards... si c'est pas malheureux !

CHAPITRE XII

Il se passa près d'une semaine avant que Cobby ait des nouvelles d'Emmerich. Enfin, il entendit au téléphone sa voix calme, rassurante, intelligente, et Cobby poussa un soupir de soulagement. L'attente l'avait un peu inquiété, et le petit docteur lui-même avait paru nerveux. Et cependant... que disait Emmerich ? Il parlait par énigmes si compliquées que Cobby, tout en s'appliquant de son mieux, n'arrivait pas complètement à les déchiffrer. Aucune difficulté pour la mise de fonds — absolument aucune difficulté. Inutile de s'inquiéter à ce sujet. Mais la personne qui devait financer l'affaire et qui réglerait le tout quand on aurait mené l'entreprise à bien — oui, bien sûr, il s'était mis en rapport avec elle ; mais uniquement par téléphone, car cette personne n'était pas en ville, actuellement ; et naturellement, une affaire délicate de ce genre ne pouvait se débattre et se régler qu'en tête à tête. Il fallait de l'astuce, de la ruse et... du temps ! Surtout, du temps ! Mais cela ne signifiait aucune difficulté nouvelle. Que Cobby n'aille pas s'y tromper ! Tout se déroulait à merveille... et avec un peu de chance, dans quelques jours à peine...

Emmerich n'en finissait pas !

Le petit visage pointu de Cobby était tiré par l'attention ; il écoutait, essayant de comprendre quelques détails parmi ce flot de paroles qui était déversé sur sa tête avec tant de passion qu'elles avaient *certainement* un sens — mais encore aurait-il fallu savoir lequel. Est-ce que l'affaire était réglée ? Non ? Réglée, à quelques détails près ? Est-ce qu'on pouvait prendre le départ ? Ou fallait-il attendre encore un peu ?

Quand Emmerich parvint enfin à raccrocher, malgré les supplications bégayantes de Cobby qui désirait des précisions, Cobby se sentit la cervelle aussi brouillée qu'un électeur, à la fin de la campagne électorale.

Et pour tout arranger, il abandonna le téléphone et se retourna juste à temps pour voir paraître Riemenschneider. Celui-ci, après avoir frappé courtoisement à la porte, était entré, comme à son habitude.

Cobby le contempla un moment sans rien dire ; puis, gêné par le regard doux, mais pénétrant, du petit docteur, il se décida :

— C'était M. Emmerich.

Cobby avala sa salive avant de poursuivre, et se retourna pour allumer un cigare, ce qui lui permit d'éviter le regard de Riemenschneider.

— Ça se présente bien. Il... il voit des gens très importants ce soir. Il doit me téléphoner demain.

— Ah ! bon, fit le petit docteur. Je suis bien content de l'apprendre. Naturellement, je préfère que ce soit M. Emmerich qui s'en charge, puisque cela correspond aux projets de Joe. Mais je commençais à m'inquiéter, et j'ai vaguement cherché ailleurs. Pour parer à toute éventualité, vous comprenez, ajouta-t-il d'un air confus.

Cependant, ses petits yeux noirs, qui semblaient étranges derrière les gros verres de ses lunettes, observaient Cobby d'un air méfiant.

— Cherché ailleurs ? répéta Cobby. Qu'est-ce que ça veut dire ?

— Ma foi, répondit Riemenschneider en tendant les mains, c'est moi qui mène cette affaire, et j'en suis responsable. Il faut que je la réussisse. Si c'est trop compliqué avec M. Emmerich...

— Mais ça n'est pas compliqué du tout ! protesta Cobby.

— Alors, tant mieux, dit le petit docteur, qui se mit à improviser : Mais si cela peut vous intéresser, il y a un nouveau venu en ville. Il a des tas d'argent et il est bien planqué — d'après ce que je sais. Si jamais M. Emmerich ne pouvait pas s'en charger... nous saurons en tout cas où nous adresser, il me semble.

— Voyons, Riemenschneider ! glapit Cobby qui s'énervait, cherchant à oublier ses propres doutes. Puisque je vous le dis, tout va comme sur des roulettes ! Vous avez déjà vu M. Emmerich. Vous ne pouvez plus faire marche arrière, à présent !

— Je n'en ai pas la moindre intention, répondit le petit docteur d'un ton suave. Il s'agit simplement de parer à toute éventualité.

Brusquement incapable de trouver ses mots, Cobby se mit à arpenter le bureau nerveusement, de son pas de danseur, prodigieusement agacé par le calme du petit docteur qui fumait en silence, l'air parfaitement à son aise, un peu somnolent, et qui paraissait disposé à rester vissé dans son fauteuil pour le reste de la soirée. Cobby cherchait un moyen de s'en débarrasser. Soudain, il lui vint une idée :

— Vous avez vu Costa, ce soir ?

Riemenschneider sursauta, puis il tira sa montre et regarda l'heure :

— Non. Mais il m'a dit de l'appeler. Y a-t-il un autre téléphone d'où je pourrais... ?

Intérieurement, Cobby se félicita. Pourquoi faire tant de manières ? Le petit docteur était un drôle de cavaleur — une fille nouvelle chaque soir, depuis qu'il habitait chez Cobby. C'est vrai qu'il sortait de taule, où il avait tiré une paye assez longue, mais tout de même, il devait bien avoir dans les cinquante ans, au moins. C'était difficile de savoir au juste, tout comme pour Dix. Cobby hocha la tête et se dit : « Heureusement que moi, mon vice, c'est la bouteille ! »

— Dans la salle de jeu ! répondit-il. Pour le moment, y a personne.

Riemenschneider eut un sourire entendu et sortit. Cobby attendit que la porte fût refermée, puis il s'en alla au plus vite jusqu'au drugstore, d'où il pourrait appeler Emmerich sans craindre le retour inopiné du petit docteur.

Dans sa maison de ville, Emmerich arpentait nerveusement la bibliothèque aux murs tapissés de livres, quand le téléphone sonna. Il empoigna aussitôt le récepteur, attendit un instant pour être bien sûr que personne n'avait décroché sur l'un des autres appareils de la maison ; puis, rassuré, il répondit à Cobby qui bafouilla :

— Allô ! Je suis désolé de vous déranger, monsieur Emmerich. Mais...

Tout d'abord, Emmerich se montra prodigieusement agacé. Ce n'était pas le coup de téléphone qu'il attendait, et quand il avait entendu la voix de ce crétin, la surprise n'avait pas été agréable. Mais, plus Cobby parlait, plus Emmerich blêmissait ; après quoi, il répondit d'une voix mal assurée. Non, c'était impossible ! Ce serait la fin de tout. Tous ces derniers jours il n'avait vécu que d'espoir.

— Puisque je vous dis que tout va bien ! cria-t-il. Une affaire comme celle-ci ne peut pas se régler en deux minutes. Voyons, Cobb, je compte sur vous. Faites-le patienter. Ça représente beaucoup d'argent pour nous. Je m'arrangerai pour que vous ayez votre part !

Emmerich parlait indéfiniment. Il aurait promis la lune au premier venu. Pourquoi pas ? Il n'avait pas la moindre intention de tenir aucun de ses engagements.

Cobby, bégayant, tout troublé, s'excusa longuement, expliqua qu'il avait tenu à mettre Emmerich au courant, promit avec enthousiasme de faire patienter l'Allemand, et il parlait encore lorsque Emmerich raccrocha.

Evans, le maître d'hôtel, venait de taper à la porte.

— Oui ? cria Emmerich en se retournant.

Evans hésita avant de répondre, observant du coin de l'œil le visage de son patron qui — sous ses cheveux gris tout décoiffés alors que d'ordinaire il en prenait tant de soin — semblait énervé et de très mauvaise humeur. Que se passait-il ? Monsieur qui était toujours aimable et plein d'égards... tous les domestiques se disaient enchantés de travailler chez lui. Mais ces derniers temps... vraiment... Monsieur devenait impossible !

— Le docteur va arriver dans quelques minutes pour examiner Madame.

— Merci, aboya Emmerich en se détournant.

— Pardon, Monsieur, reprit Evans, mais M. Brannom est ici. Comme Monsieur parlait au téléphone, je l'ai fait entrer dans le petit salon.

Les couleurs étaient revenues aux joues d'Emmerich. Il sourit et soudain tout son visage se transforma, à la stupeur du maître d'hôtel qui ouvrit de grands yeux : il retrouvait son vrai M. Emmerich... cordial, bienveillant...

— Très bien, parfait, Evans. Voulez-vous le faire entrer ici, s'il vous plaît ?

— Oui, Monsieur, répondit Evans, qui s'éloigna en songeant qu'il ferait bien, ce soir, d'avoir une longue conversation avec Emma, la nouvelle femme de chambre de Madame.

Peut-être pourrait-elle lui expliquer pourquoi cette atmosphère antipathique s'était brusquement abattue sur une maisonnée naguère si heureuse.

Emmerich préparait deux grands verres de whisky-soda, sur le petit bar portatif, lorsque Evans fit entrer Brannom.

— Pour vous, c'est du scotch, n'est-ce pas ? demanda d'un ton jovial Emmerich qui semblait avoir de nouveau endossé sa personnalité de maître de maison accueillant et bon compagnon.

Brannom acquiesça d'un air boudeur et s'assit. C'était un grand gaillard d'une trentaine d'années, aux épaules larges, au torse puissant, sur des hanches fines et de longues jambes maigres. Son visage boucané, ses yeux bruns avaient une expression triste et méchante. Au cours de sa carrière, il avait été successivement footballeur professionnel, affecté à la maréchaussée pendant la Seconde Guerre mondiale, inspecteur de police, employé de bureau du district attorney... et pour finir, il se retrouvait détective privé, une triste profession, sinistre et sordide lorsqu'on ne possède pas l'agence la plus cotée de la ville, ce qui n'était pas son cas et ne le serait jamais.

Sa réputation était des plus chancelantes. On le disait non seulement mauvais et dangereux, mais également malhonnête. Emmerich l'avait sauvé de justesse, par une plaidoirie sensationnelle, lorsque le district attorney s'était acharné à tirer au clair le pourcentage que son adjoint avait extorqué aux petites maisons de jeu des faubourgs, au sud du fleuve. Les clients qui le faisaient vivre à présent étaient d'obscurs citoyens qui avaient remarqué son petit placard publicitaire dans la presse du matin : des maris qui souhaitaient faire suivre leur femme, de petits commerçants qui cherchaient à faire cracher leurs débiteurs, ou même parfois des individus assez inquiétants qui désiraient faire flanquer une rossée à quelque ennemi. De temps en temps, Brannom recevait des propositions plus qu'équivoques, mais aucune d'elles n'était jamais, financièrement, très prometteuse.

Pour Emmerich, qui n'était pas très porté sur la psychologie, Brannom semblait un individu très quelconque. Il le prenait pour un jeune gars brouillon, se rappelant le temps où il avait débuté dans la police de la ville, pataugeant dans le labyrinthe compliqué de la politique locale, désireux de faire tout ce qu'il fallait pour obtenir de l'avancement, mais manquant d'astuce et de flair.

— Il est fameux, ce scotch ! lança Brannom en dégustant son whisky. C'est vous qui le fabriquez ?

— Le maître d'hôtel en a encore tout un tonneau

à l'office, répondit Emmerich. En réalité, il s'appelle Mac Tavish[1].

Aucun d'eux ne rit, ni même ne sourit. Ils parlaient de façon machinale, tous deux perdus dans leurs pensées.

Emmerich sentait croître son impatience. Si les nouvelles étaient bonnes, pourquoi Brannom ne disait-il rien ? De son côté, Brannom était déprimé, et sentait son estomac se nouer. Le coup de téléphone qu'Emmerich lui avait passé avait fait naître dans son esprit des espoirs insensés et une énergie nouvelle. Il avait même calculé le montant de sa commission — et Dieu sait s'il en avait besoin !

— Alors, fit Emmerich d'un ton guilleret, que deviennent mes débiteurs ? Vous avez déjà quelques cadavres à votre actif ?

— Oui, répondit Brannom, il y en a quelques-uns de saignés à blanc, mais il ne le savent pas encore.

Il posa son verre, et le contempla longuement, comme hypnotisé par le luxe de ses facettes ; Emmerich, mal à l'aise, cherchant à cacher sa nervosité, demanda :

— Ils acceptent de cracher ?

Après une pause interminable, Brannom répondit enfin :

— Non, aucun... du moins pour le moment.

Emmerich, en bondissant, fit déborder son verre :

— Bon sang ! Et pourquoi ?

Brannom leva les yeux, interloqué. Qu'est-ce qui

1. Une des grandes marques de scotch whisky.

le prenait ? Emmerich n'était quand même pas à la côte !

— Vous voulez que je vous énumère toutes leurs excuses ? J'en ai entendu toute une collection.

Lourdement, Emmerich se laissa retomber dans son fauteuil.

— Ça se présente mal, hein ?

— Ecoutez, répondit Brannom, je ne peux tout de même pas menacer ces gens — surtout de votre part. Pour finir, il faudra que vous leur envoyiez l'huissier à presque tous. George Laughlin crachera peut-être deux mille dollars dans le courant de la semaine — et encore, ce n'est pas sûr.

Emmerich fixait obstinément le plancher. Il paraissait soudain très vieux, très abattu, malade. Un silence pesant envahit la pièce, et l'on entendit battre nerveusement la petite pendule française posée sur le coin du bureau Louis XVI.

— C'est sérieux, reprit Brannom qui, interloqué, étudiait les réactions surprenantes d'Emmerich. Pour qu'ils paient, il faudra leur envoyer l'huissier.

— Ça demande trop de temps, répliqua Emmerich d'un ton cassant. J'ai besoin de cet argent maintenant ; tout de suite.

Brannom éclata de rire. Son rire, vulgaire et malsonnant, choquait toujours les gens, surtout les femmes. Certaines y avaient vu un avertissement utile — qui les avait sauvées à temps.

— Ce n'est pas si grave, fit-il. Après tout, le fisc ne vous met pas le couteau sous la gorge. On peut toujours obtenir des accommodements, des délais. Vous pouvez montrer au percepteur la liste de vos débiteurs, lui expliquer comment ça se présente. Et moi, je ferai l'impossible pour vous.

— Oh ! la ferme ! hurla Emmerich fou de rage.

Brannom blêmit et se pencha en avant. Sa rancœur l'étranglait. Il n'était peut-être pas une personnalité de premier plan, mais cependant, personne n'avait le droit de lui parler sur ce ton — personne ! Pas même le grand avocat Alonzo D. Emmerich.

— Répétez un peu ?... fit-il d'un ton froid et menaçant.

Emmerich leva les yeux, vit le regard sournois et menaçant que lui lançait l'ancien flic à travers ses paupières demi-closes, comprit qu'il était allé trop loin, et s'effondra.

— Ah ! Bob, quelle farce ! cria-t-il d'une voix de fausset... tout ça... c'est une farce sinistre... imbécile... grotesque !

Il s'enfouit la tête dans les mains et se plia en deux, secoué par des sanglots nerveux, sans une larme.

La rancœur de Brannom céda aussitôt. Ce grand homme ne tournait pas rond. Ça, c'était sûr. Cette rouquine peut-être, dont il avait entendu parler... elle devait le faire tourner en bourrique. Brannom eut un rictus de mépris. Aucun type un peu gonflé ne se laissait jamais abrutir par une femme... Normalement, c'était plutôt le contraire...

Il saisit le verre d'Emmerich et le lui tendit d'un geste brusque :

— Avalez ça ! lui dit-il d'un ton sec.

Emmerich leva les yeux et vit clairement le mépris qu'exprimait le visage de Brannom ; puis il prit le verre qu'on lui tendait, le vida et se leva pour se verser une bonne rasade, sans eau. Ses mains tremblaient, mais son désespoir aveugle l'avait quitté et maintenant il réfléchissait, cherchant une solution d'urgence... Mais oui, bien sûr !

Il fallait mettre Brannom dans le secret, l'associer à cette combine ! C'était idiot de se lancer seul dans une affaire aussi risquée. Brannom était une crapule, il s'y connaissait en filouteries. Il allait sauter sur la bonne affaire. Et peut-être que, vu l'imminence de la chose, Brannom trouverait un moyen de réunir cinquante mille dollars en quelques jours...

Il vida son verre d'un coup, et se rassit. Son visage impassible, son calme parfait surprirent Brannom qui ne cherchait pas à dissimuler sa curiosité.

Emmerich attaqua :

— Bob, préparez-vous à avoir un choc tel que vous n'en avez jamais eu. Je vous conseille de vous verser une ration double, bien tassée.

Brannom, étonné par le calme olympien d'Emmerich, ouvrit de grands yeux, et se décida à obéir.

Une demi-heure plus tard, Brannom avait l'air d'un homme qu'on aurait assommé à coups de marteau, puis accoté contre un mur pour lui éviter de tomber.

— Et voilà, conclut Emmerich. Maintenant, vous savez tout. Vous en êtes ?

— Il faut bien, répondit Brannom qui reprenait lentement ses esprits. Je n'ai pas le choix, vu les atouts que vous avez en main. Toute ma vie, j'ai essayé de me procurer du fric. Seulement... on peut y laisser notre peau, dans ce petit jeu-là !

— Je sais, fit Emmerich, sans commentaires.

Après un court silence, Brannom soupira :

— Ce qu'on peut être bête, tout de même ! Dire que moi, je vous croyais en train de perdre pied, alors que pendant ce temps-là, vous vous prépariez à rouler toute cette bande !

Le silence retomba. Brannom regardait fixement le sol, les sourcils froncés, les paupières baissées. Qui aurait jamais pu s'imaginer une chose pareille ? Emmerich, lui, entre mille ! C'était un combinard, rusé et sans scrupules, certes... Mais de là... !

— Alors, demanda Emmerich d'un ton brusque, qu'est-ce qu'on fait ?

Brannom releva la tête, réfléchit un instant, puis répondit, très décidé :

— On s'arrange avec Cobby. Ce n'est pas difficile, pour lui, de trouver cinquante mille dollars !

Emmerich poussa un gémissement, en se tapant le front. Pourquoi n'y avait-il pas songé plus tôt ? Cela lui aurait évité tant de soucis. Quel idiot ! A présent, il avait Brannom dans les pattes. Dans une crise de désespoir, il avait commis une gaffe, et une gaffe qu'il ne pouvait plus rattraper. Maintenant Brannom s'accrocherait jusqu'au bout... il avait reniflé la bonne affaire, la grosse galette.

Tout en acquiesçant, l'avocat alluma un de ses gros cigares de Cuba, et essaya de réfléchir posément ; il voulait comprendre pourquoi cette idée ne lui était pas venue plus tôt. Etait-ce vraiment de l'imbécillité ? Il savait bien que non. Cela venait du fait qu'il avait toujours considéré Cobby comme un sous-fifre, un comparse, une utilité, un petit bonhomme sans envergure à qui on pouvait donner des ordres, que l'on pouvait charger des sales besognes. Cobby était un bookmaker qui avait réussi, bien sûr ; cependant, il était difficile d'admettre que Cobby eût réussi quoi que ce fût. Ce n'était qu'un pauvre diable comme tant d'autres, et terriblement naïf, par surcroît. En admettant que cette idée lui fût venue à l'esprit, il l'aurait vraisemblablement écartée aussitôt, refusant l'humiliation qu'une telle démarche impliquait. Maintenant, cela n'avait plus d'importance.

— Quand vous parlez de s'arranger avec Cobby, vous voulez dire qu'on va lui emprunter les cinquante mille dollars ?

— Naturellement ! Si vous lui annonciez votre intention de faire cavalier seul, il en deviendrait fou !

— Qu'est-ce qu'on lui offre, en contrepartie de son argent ?

Brannom dévisagea Emmerich, mais éclata de rire :

— Quelle importance ?

— Oui, je comprends : de toute façon, il n'aura rien. Mais il faut que notre proposition le séduise. On peut lui offrir de lui rendre son argent avec dix mille de boni.

— Montez jusqu'à vingt. Ça ne coûte rien de faire le généreux.

— Très bien, dit Emmerich. Ça ne m'a pas l'air mal : vingt mille dollars de mieux, pour disposer de son argent pendant... mettons, une semaine. (Emmerich eut un petit rire malgré la honte qu'il sentait monter en lui.) Et maintenant, il faut trouver un motif plausible.

— Laissez-moi faire. Je l'abrutirai de chiffres : vos impôts, des obligations impérieuses, l'impossibilité immédiate de faire rentrer vos créances. L'important, c'est de le persuader que nous disposons d'un receleur de confiance, à qui nous pourrons confier les bijoux.

Emmerich opina de la tête, lentement, tout en

tirant sur son cigare. Brannom leva son verre et dit en ricanant :

— Eh bien ! à la santé des fripouilles !

Emmerich eut un léger sursaut, mais ne releva pas.

CHAPITRE XIII

Nerveux et inquiet, Cobby, qui attendait Riemenschneider et le Bricoleur, ne se sentait nettement pas dans son assiette. Tout à la fois impatient et soucieux de ce qui allait se passer, il n'arrivait pas à se décider s'il s'était conduit comme une andouille, ou comme un petit malin.

En dépit de cette incertitude, il éprouvait encore un peu de cet orgueil qui lui était venu chez M. Emmerich. Comment ! mais ils l'avaient traité en personnage important — ce qu'il était, bien sûr, mais les gens ne paraissaient jamais s'en apercevoir. M. Emmerich avait débouché une bouteille de Heidsieck extra-dry (c'était la première fois que Cobby entendait parler d'une boisson pareille, mais cela, c'était secondaire) et le dénommé Brannom, un grand type costaud, qui avait l'œil mauvais, tout comme Dix, avait fait des efforts pour être aimable et poli. Vraiment ils avaient écouté, dans un silence recueilli, les explications détaillées que Cobby leur avait données sur la technique des paris, la complexité de son métier et ses possibilités infinies. Bon Dieu ! il avait tenu le crachoir pendant plus d'une heure, et ni l'un ni l'autre n'avaient osé broncher. Quand il en était enfin venu aux conclusions, Brannom avait lancé :

— Monsieur Cobb, j'avais toujours été intrigué par les arcanes de votre profession, et je suis ravi qu'un spécialiste nous les ait dévoilés.

Toute la soirée ils lui avaient parlé sur ce ton. Ça faisait quand même plaisir !

Et pourtant !...

Comment se faisait-il qu'un type comme M. Emmerich — malgré tous ses impôts, ses débiteurs malhonnêtes et tout le reste — ne soit pas foutu de trouver cinquante sacs en un clin d'œil ? C'était inquiétant. Enfin, quoi, il possédait deux grandes maisons bourrées de meubles magnifiques, quatre bagnoles, une bonne douzaine de domestiques, et encore bien d'autres choses ! Et ces vingt mille dollars de boni, pour un prêt de cinquante, c'était vraiment de la folie. Emmerich comptait tirer dans les cent mille dollars de l'affaire, peut-être cent cinquante, si tout se passait exactement comme prévu. Mais quelle est la combine, petite ou grande, qui se passe jamais comme prévu ? En général, il faut toujours couper la poire en deux, et même, en trois, ou en quatre, des fois...

Et pourtant...

C'était plutôt flatteur d'être mis dans la confidence d'un type comme M. Emmerich. C'était un type bien — un type de la haute.

— Oh ! merde ! fit Cobby à voix haute. Si ça me rapporte, le reste, qu'est-ce que ça me fout ?

Mais une autre idée lui vint, et il s'avança pour regarder par la fenêtre de son petit appartement, qui était presque au sommet du Slope et jouissait d'une vue magnifique sur l'immense cité étalée dans la plaine. Pourquoi tenir secrète leur association ? Pourquoi était-il nécessaire de faire croire à l'équipe que c'était Emmerich qui fournissait l'argent de roulement ? Etait-ce pour que le petit docteur ne s'inquiète pas du sort de Joe Cool ? Brannom avait fait simplement remarquer que le nom de celui qui aboulait le fric ne regardait personne ; après tout, il avait peut-être raison.

Les pensées se pressaient dans l'esprit de Cobby, l'abrutissant un peu, et soudain, il se rappela ce que la putain avait raconté au petit docteur. Mais... M. Emmerich se ruinant pour une femme... un type comme lui ? Combien *au juste* peut vous coûter une femme ? Non, c'était sûrement un ragot de putain ; elles cherchent toujours à se rendre intéressantes !

Cobby, en soupirant, s'appuya contre le mur, près de la fenêtre. Il avait tort de se faire tant de bile. Inutile de couper les cheveux en quatre. Il aurait besoin d'un fortifiant, peut-être... Quand même, le plus important était réglé : M. Emmerich et Brannom lui avaient tous deux affirmé qu'ils avaient trouvé exactement l'individu qu'il fallait pour racheter les bijoux ; un gros homme d'affaires, dont la réputation était sans tache, qui paierait cash, à la livraison, et qui promettait de donner beaucoup plus de cinquante pour cent de la valeur réelle.

— Mais qu'est-ce que je vais me casser la tête ? s'écria Cobby. M. Emmerich est un grand avocat. Tout le monde le connaît. Même s'il en avait envie, il serait bien incapable de nous rouler. Ça le démolirait pour la vie !

Une fois de plus, Cobby soupira, et se perdit dans la contemplation de la grande ville...

Ce fut Riemenschneider qui arriva le premier. Il regarda Cobby d'un œil interrogateur, puis, voyant

Cobby opiner du bonnet d'un air important, il sourit sans rien dire, prit un cigare et s'assit.

Cobby s'assit en face de lui.

— J'ai pensé qu'il valait mieux nous retrouver ici — c'est plus prudent de ne pas trop nous montrer ensemble à la boîte.

— Naturellement. Bien sûr, fit le petit Allemand en allumant son cigare avec un soupir d'aise.

L'affaire allait marcher, semblait-il. En outre, Costa venait de lui procurer une nouvelle maîtresse, une jeune serveuse qui débutait dans le métier, une fille dont la fraîcheur le changeait agréablement des professionnelles.

— Et le receleur ?

Cobby se perdit dans les explications. Lentement, la béatitude du petit docteur s'évanouit, et il se sentit naître une lourdeur étrange dans l'estomac. Qu'est-ce qui clochait ? Il n'en avait pas la moindre idée, mais son instinct le mettait en garde. Tout semblait se présenter très bien... trop bien, peut-être ?

— Cet homme d'affaires, vous le connaissez ? demanda-t-il d'un ton placide.

— Bien sûr que non. Mais il propose de payer cash — et d'y mettre le prix.

Riemenschneider essaya de se calmer. Sa nervosité était peut-être normale : il était à la veille d'une entreprise très importante, et pleine de risques. Pourquoi suspecter un homme de ce genre ? A la prison, tous les détenus le considéraient comme un homme régulier, et ce n'étaient pas des gens faciles à tromper.

— Cash, dites-vous ? A la livraison ?

— Oui, répliqua Cobby avec un sourire avantageux. C'est pas mal, hein ?

Riemenschneider acquiesça :

— C'est toujours mieux d'encaisser tout de suite. Ainsi, on peut régler les associés et se disperser, pour parer aux coups durs.

Quelques instants plus tard, Louis Bellini arriva, et sa présence transforma l'ambiance. Petit-Louis avait la grippe et son père, qui se faisait du souci, semblait pessimiste.

— Si tu n'avais pas tellement insisté, j'aurais demandé qu'on recule le rendez-vous, dit-il.

Il leur fit part de la maladie de son fils, sans leur épargner aucun détail, et Cobby, agacé, l'écouta néanmoins en silence : le Bricoleur avait une technique imbattable. Si on parvenait à le faire entrer dans une combine, les embêtements étaient automatiquement réduits de moitié. Alors, il fallait bien se montrer un peu indulgent.

De son côté, Riemenschneider écoutait lui aussi sans rien dire, soudain calmé. Il ne lui avait pas fallu plus de deux minutes pour se rendre compte que ce bel Italien, jeune et bien bâti, était un garçon sur qui on pouvait compter. C'était criant.

Enfin Louis se tut et regarda autour de lui d'un air confus.

— Mais je vous rase, les gars. Pardon ! De quoi est-ce qu'il retourne ?

Louis écouta Cobby les yeux baissés et sans manifester la moindre émotion. Mais intérieurement, il sentait croître son enthousiasme. C'était la grosse affaire — celle dont on rêvait toujours !

— Alors ? demanda Cobby d'un air malin, lorsqu'il eut achevé son exposé.

— Ça m'a l'air bien, fit Louis toujours impassible. On doit pouvoir y arriver, si c'est bien mené.

Après un silence, Riemenschneider lança à

Cobby un bref coup d'œil, comme pour lui demander la parole, et commença :

— Vous comprenez, Bellini, cela nous coûte cher de monter cette affaire, et l'argent doit être partagé entre plusieurs personnes. Nous vous offrons une somme forfaitaire — une moitié cash, l'autre moitié quand l'affaire sera réglée. Naturellement, c'est un risque à courir, mais...

— Un forfait, ça me va, coupa Louis. Je me suis déjà fait avoir deux fois, avec des combines au pourcentage. Je demanderai trente mille, avec la moitié tout de suite.

Il pensa que le plafond allait lui tomber sur la tête, mais il ne se produisit rien de semblable. Le petit docteur fit simplement passer son cigare d'un coin de sa bouche à l'autre, et Cobby se tortilla un peu, comme d'habitude, sans paraître particulièrement soufflé. Louis en conclut qu'il n'avait pas dû se tromper tellement sur la somme prévue.

Après une brève discussion, ils tombèrent finalement d'accord sur un forfait de vingt-cinq mille dollars, dont quinze tout de suite.

Ils échangèrent des poignées de main, puis le petit docteur sourit et désigna Cobby d'un geste :

— Voici votre banquier ! annonça-t-il.

Cobby avala sa salive et, le front baigné de sueur, compta les quinze mille dollars qu'il remit à Louis. Cependant, il trouvait que l'affaire se présentait bien. C'était rassurant de voir un gars comme Louis Bellini donner aussi facilement son accord. Pas de doute, tout lui semblait parfaitement régulier, et le Bricoleur n'était pas tombé de la dernière pluie.

— Faut que je rentre chez nous, dit Louis en empochant les billets.

Puis il ajouta d'un ton indulgent et ravi :

— Maria, ma femme, se fait un sang d'encre, avec ce sale môme !

— Encore un détail, dit le petit docteur, après quoi vous pourrez rejoindre votre famille ; et je dois dire que je vous envie !

Bien sûr, ce qu'il en disait, c'était pure politesse. Riemenschneider s'était marié deux fois, avait vécu en concubinage avec bien des femmes, et des rejetons à lui devaient grandir aux quatre coins du monde. Il ne s'en souciait guère. Néanmoins la simplicité de Louis lui plaisait, le rassurait.

— Le *pistolero* ! ajouta-t-il. Ça, c'est un problème.

— Oui, répondit Louis. C'est toujours un problème. Je vous proposerais bien Gus Minisi, seulement c'est le meilleur chauffeur de la ville — et si vous avez besoin d'un chauffeur...

— Et comment ! fit le petit docteur en se tournant vers Cobby. Qui est-ce, ce Gus ?

— Un type parfait, s'empressa de répondre Cobby, non seulement parce qu'il voulait plaire à Louis, mais aussi parce qu'il connaissait la réputation de Gus autour de Camden Square.

— Et maintenant, le *pistolero !* insista le petit docteur. Si on décide de prendre votre Gus comme chauffeur — et c'est très important — qui proposez-vous ?

Après un moment de réflexion, Cobby dit :

— Je connais un gars très bien, mais il y a longtemps que je ne l'ai pas vu. Red Traynor.

— Il se drogue ! rétorqua Louis en hochant la tête. La dernière fois qu'on m'a parlé de lui, il faisait une cure de désintoxication. La dose qu'il prenait, ça finissait par lui revenir trop cher. Tout ce qu'il gagnait était bouffé par son vice !

Riemenschneider eut un bref éclat de rire et haussa les épaules :

— C'est notre cas à beaucoup ! dit-il d'un ton mélancolique.

Puis il ajouta :

— Pas question !

— Et Timmons ? proposa Cobby d'une voix hésitante, tout en évitant le regard de Louis.

Il aurait Timmons pour une bouchée de pain. Ce type n'avait peur de rien, et de plus, il avait une fidélité de caniche — même s'il était peut-être un peu bouché.

— Tu rigoles ? demanda Louis dégoûté.

— Timmons ? demanda le petit docteur d'un ton hésitant. (Puis, dans ses yeux passa un éclair.) Oh ! celui-là ? non ! Un robot nous serait plus utile !

Il réfléchit un instant, se tourna vers Louis, puis vers Cobby, hésita et dit enfin :

— Bien sûr, je ne connais pas cette ville et vous en savez beaucoup plus long que moi, mais que diriez-vous de cet homme du Sud ? De ce Dix ?

Dans un silence gêné, Louis et Cobby échangèrent un regard rapide. Le petit docteur, qui les observait, reprit :

— Je ne l'ai vu que deux fois — et je ne lui ai parlé qu'une seule. Mais à dire vrai, il m'a fait l'impression d'un homme résolu — et pas bête du tout. Ce qui n'est pas le cas de votre Timmons ; celui-là est vraiment bête comme une huître.

Ni Cobby ni Louis ne pipèrent mot. Ils étaient pris de court, mais cependant, cette suggestion ne leur semblait déjà plus aussi inadmissible. De plus, Dix les intéressait tous deux personnellement. Il devait de l'argent à Louis — mille trois cents dollars péniblement gagnés, pour être exact. Et Cobby souhaitait lui rendre service, afin de conserver ses bonnes grâces.

— Ma foi, dit Cobby en guettant Louis du coin de l'œil, il ne fait plus d'affaires bien importantes, maintenant — mais paraît que dans le temps, c'était un gars qui comptait.

— Nous avons tous nos hauts et nos bas, murmura Riemenschneider.

— En tout cas, lui, c'est pas un drogué, ajouta Louis. Pour dire vrai, ce gars-là ne me plaît pas. Mais j'ai jamais rencontré un tueur qui me plaise. Ils me font le même effet que les gauchers : c'est des gens qui tournent pas rond. Quand même — Gus Minisi l'adore. C'est son meilleur copain.

— Alors, conclut Cobby, autant faire confiance à Gus. S'il se goure, celui-là, c'est qu'on ne peut plus se fier à personne !

— A eux deux, c'est une bonne équipe, dit Louis qui voyait avec une certaine stupeur la proposition que Riemenschneider avait lancée se transformer en certitude.

Mais il tenait à récupérer ses treize cents dollars : c'était l'argent de Maria et du petit.

— Que décidons-nous ? demanda le petit docteur, pressé d'en finir.

Mais Cobby fut pris d'hésitation :

— Ecoutez, Doc, on devrait s'entourer de gars vraiment à la hauteur comme Louis, et Gus. Dix a dégringolé la pente, lui. C'est un pas grand-chose, maintenant, tout juste bon pour les agressions nocturnes.

— Je ne demande pas mieux que d'écouter vos

suggestions, répondit Riemenschneider d'un ton accommodant.

Louis, qui s'était levé, se rassit. Le petit docteur alluma un nouveau cigare. Louis et Cobby regardaient fixement le plancher, feignant de réfléchir, de chercher, parmi leurs connaissances, un homme de main « à la hauteur », et cependant digne de confiance.

Dans le silence, vibrait le murmure de la grande ville. Les cris aigus des petits marchands de journaux montaient de la rue, les taxis klaxonnaient sur le Camden Boulevard, et ils entendirent l'horloge de la vieille usine voisine sonner deux heures.

CHAPITRE XIV

Dix, qui regardait par la fenêtre, songeait :

« Je me laisse aller. Je ne suis plus ce que j'étais. » Cependant, il n'éprouvait pas vraiment cette humiliation dont il essayait de se pénétrer. Dans le temps, ça lui était toujours facile de laisser choir une fille qui l'embêtait — ça ne posait jamais de problème. Voilà qu'à présent, tout en désirant se débarrasser de Doll, il s'en faisait tout un monde. Pourtant, elle était venue s'installer chez lui sans y être invitée ; par sa seule présence, elle avait complètement gâté et déséquilibré cette petite existence végétative et sans heurts dont il s'était enfin accommodé, après mille échecs. Il en avait marre, de Doll ; il était temps de lui dire ses quatre vérités, et d'en finir. Néanmoins... il n'arrivait pas à parler ; cela l'étonnait, l'inquiétait.

— Dix ! appela Doll. Mon chou...

Dix abandonna la fenêtre de sa chambre et gagna le living-room. Doll était assise devant une petite table sur laquelle reposaient deux tasses et une cafetière fumante. Coiffée d'un petit chapeau très classique, vêtue d'un tailleur noir, elle avait une allure très convenable — et même, assez quelconque. Dix remarqua la petite valise qui était posée par terre, à côté d'elle. Mais il ne dit rien, bien qu'il ressentît une angoisse imprévue et inexplicable.

— Voilà ton café. Je crois que je vais en boire une tasse, moi aussi.

Dix s'assit et commença à siroter le café qu'elle lui avait versé. Doll prit ensuite la deuxième tasse et but en silence. Enfin, elle lança :

— J'ai trouvé une chambre.

— Ah ! oui ? fit Dix, pris de court, mais s'efforçant de conserver un visage impassible.

— Oui, et même, je crois que je vais retrouver du boulot. Quigley rouvre la boîte dans deux jours. Il a dit qu'il pensait pouvoir me reprendre.

— Quand l'as-tu vu ?

— Aujourd'hui, pendant que tu étais sorti. Tu comprends, je ne vais pas vivre indéfiniment à tes crochets.

Doll baissa les yeux et haussa les épaules. Puis elle reprit sa tasse, pour éviter le regard appuyé de Dix.

Elle l'avait grillé ! Dix eut un furtif sourire. Peut-être que, de son côté, la pauvre grue en avait marre de lui ! Ça, c'était le comble !

Tout en levant sa tasse, il l'observa, sous ses paupières baissées. Ce serait peut-être un peu triste, l'appartement, sans elle... oui, un peu triste. Mais soudain dégoûté de se voir si pusillanime, il reposa avec violence sa tasse sur la soucoupe. Doll sursauta, et il comprit aussitôt qu'elle était bouleversée, prête à s'effondrer... Il se détourna, gêné.

— Ça m'a fait plaisir que tu viennes chez moi, lui dit-il avec une politesse inusitée. Je suis content d'avoir pu t'aider. Tu ne me dois rien. Ça n'a aucune importance.

Doll se ressaisit, vida sa tasse et se leva :

— Voici mon adresse, lui dit-elle en désignant une carte qu'elle avait posée sur la table, et mon numéro de téléphone, en cas...

— Merci, répondit Dix en se levant.

Il se sentait extrêmement mal à l'aise. Mais... n'était-ce pas exactement ce qu'il avait souhaité ? De plus, ça se passait sans histoires, sans larmes, en douceur. Une fois que Doll serait partie, il pourrait reprendre sa vie normale, redevenir un homme libre.

Très gêné, il ramassa la petite valise de Doll et accompagna la jeune femme jusqu'à la porte. Le bagage de Doll était léger comme une plume, et cependant, il contenait tout ce qu'elle possédait au monde.

— Tu as du fric ? lui demanda-t-il en se raclant la gorge.

— Oui, quelques dollars. Ça me suffit, répondit Doll sans lever les yeux.

Dix fouilla dans sa poche et en tira un billet de vingt dollars, crasseux et chiffonné.

— Tiens, fit-il, puis il ajouta presque malgré lui : « Et si les choses ne tournaient pas rond... »

Doll repoussa le billet :

— Non. Dix. Je ne veux pas continuer à t'ennuyer.

Puis, très vite, elle lui ôta la sacoche des mains et posa la main sur la poignée de la porte.

Mais Dix l'arrêta :

— Tu m'en veux ? On est bons copains, pourtant.

Doll eut un petit rire et, levant les yeux sur Dix, remarqua son trouble, sur lequel elle se méprit :

— Oui, conclut-elle. C'est exactement ça, on est bons copains. Mais je me débrouillerai sans tes vingt dollars, Dix. Ils pourraient te manquer.

Le téléphone se mit à sonner.

— Une minute! fit Dix qui courut décrocher l'appareil.

C'était certainement Cobby ou Gus, mais plus vraisemblablement Gus, qui, dans l'après-midi, avait annoncé à Dix qu'il se préparait quelque chose — quelque chose de très important — et avait ajouté qu'il l'appellerait peut-être.

Doll posa sa valise à terre, prit une cigarette et se mit à explorer le fond de son sac, cherchant en vain une allumette.

— Allô ! fit Dix sans quitter Doll du regard.

— Allô ! Dix ? C'est Gus. Le Tandem du Rire vient de partir ; ils vont chez toi, et ils ont emmené un petit gars avec eux. Un type qui s'est fait cravater à la sortie d'une boîte de nuit ; ils pensent qu'il sera capable de te reconnaître. C'est un tuyau que j'ai eu de première main. Alors, mets les voiles, et grouille-toi. Amène-toi chez moi, en passant par-derrière. J'ai à te parler. Mais bon Dieu ! te fais pas coincer ! Ça pourrait te coûter dans les dix ou vingt mille dollars.

Dix faillit laisser tomber l'écouteur.

— Entendu ! fit-il. Et merci.

Il s'empressa de rejoindre Doll qui lui jetait des regards inquiets. Quelque chose d'insolite dans l'attitude de Dix l'avait alertée.

— File, mon chou, en vitesse ! lui dit-il. Passe par la cave, tu sais le chemin, et par la petite porte. Ça n'arrangerait pas tes affaires de te faire pincer ici.

— Mais, Dix, cria-t-elle, et toi, tu ne vas pas te faire prendre ?

— Bien sûr que non ! grommela Dix. Je sais par où me tailler. Allez, file !

Il la poussa dans le couloir, claqua la porte

derrière elle et mit le verrou. Puis il s'immobilisa un moment, écoutant décroître le cliquetis de ses hauts talons. Cette grande grue n'apprendrait donc jamais à marcher sur la pointe des pieds !

Rassuré, il courut à sa chambre, ouvrit tout grand le tiroir qui abritait son gros calibre et fourra l'arme dans sa poche ; après quoi il ouvrit la fenêtre et se pencha avec prudence. Sous ses fenêtres courait une grande corniche à peine inclinée et presque aussi large qu'un toit. L'immeuble de Dix était situé sur le flanc de la colline. Du côté de la façade, la corniche était située à dix mètres au-dessus de la rue ; mais sur l'arrière de la maison, cette corniche n'était guère qu'à trois mètres du trottoir.

Dix se préparait à enjamber sa fenêtre quand il se rappela soudain quelque chose : il repartit dans le living-room pour prendre la carte sur laquelle Doll avait noté sa nouvelle adresse. Il la glissait dans sa poche quand il entendit des pas lourds résonner dans le corridor. C'étaient les flics. Il sourit d'un air méprisant, retira ses chaussures, regagna sa chambre en courant et passa sur la corniche. Au loin, par-delà la colline, s'étendait la ville qui dormait à ses pieds, clignotant de toutes ses lumières.

A l'intérieur de l'appartement, il entendit la sonnette insister longuement.

Dix, abandonnant sa contemplation de la grande cité endormie, s'avança jusqu'au bord de la corniche et se laissa tomber sans bruit sur la chaussée.

Il n'y avait pas une âme en vue. Dix se rechaussa sans se presser.

CHAPITRE XV

Sans dire un mot, Gus fit entrer Dix dans son cagibi mal éclairé, puis lui fit signe d'attendre. Dix, calme et parfaitement à l'aise, regarda Gus ouvrir une porte dissimulée et lui faire signe de le suivre.

Dans le lieu où ils venaient de pénétrer, il faisait noir comme dans un four. Dix fit un faux pas et s'immobilisa. Bientôt, Gus trouva un interrupteur et une ampoule jaunâtre s'alluma, dissipant les ténèbres. Dix vit qu'il se trouvait dans une sorte de resserre, pleine de poussière et de toiles d'araignée.

Gus lui offrit une cigarette.

— Eh bien ! dit-il, on dirait que mon bureau d'information marche au poil !

Il eut un petit sourire plein de fierté et tapota l'épaule de Dix.

— Oui, du moins pour le moment, répondit Dix avec un sourire amer. Ils cognaient à la porte quand je suis parti.

— Bravo ! Ils vont organiser une souricière chez toi, maintenant, en pensant que tu vas revenir. Et pendant ce temps-là, nous, on va pouvoir arranger ton affaire. Si on avait été prévenus assez tôt, il n'y aurait même pas eu de plainte déposée contre toi. Ce gars qui est allé pleurer dans le gilet des flics, c'est le patron d'un grand restaurant, du côté de Polishtown. On peut causer avec lui. Quand les flics verront qu'ils arrivent pas à te mettre la main dessus, ils lui diront de rentrer chez lui et d'attendre qu'ils t'aient pincé. Cully, le gars qui s'occupe des libertés sous caution — tu le connais ? — c'est un copain à lui. Il passera le voir à son bistrot ce soir, il reste ouvert jusqu'à deux, trois heures du matin. Ça n'fait pas de difficultés.

Gus sourit encore, tout en tirant sur sa cigarette. Ça le ravissait, de veiller à la sécurité d'un malabar comme Dix ; de plus, ça prouvait à quel point il était intelligent et débrouillard.

— Ça se présente bien, grommela Dix.

— Mais, attends ! Tu ne sais encore rien ! Louis est passé, pour m'affranchir : s'agit d'une combine comme on en a jamais vu, et on est dans l'coup !

— Une combine de combien ?

— Un demi-million. Y en aura pour tout le monde.

Dix se raidit. Un demi-million ? Il n'avait jamais approché d'une somme pareille. Même à la belle époque, un butin de cinquante mille lui paraissait énorme ; encore fallait-il le partager entre quatre. Il sentit ses mains se glacer.

— Y a quelqu'un qu'a voulu te mettre en boîte ! fit-il en crachant par-dessus son épaule gauche pour conjurer le sort, comme il le faisait à la ferme, avec ses frères, quand il était petit.

— Non. C'est sérieux. Et c'est le boss lui-même qui a insisté pour que tu en sois. Il n'est pas con, le gars.

— Quel boss ?

— Riemenschneider.

— Celui-là ? Oui, on a discuté un moment ensemble, l'autre jour, chez Cobby.

— Eh bien ! tu as dû lui taper dans l'œil. C'est toi qui assures la protection. Moi, j'suis au volant ! Et c'est Louis qui fait le travail. L'Allemand nous accompagne — en surcharge !

Dix écoutait Gus, en fumant cigarette sur cigarette ; peu à peu, son esprit se mit à divaguer, et il se sentit furieux, car il n'arrivait pas à se concentrer sur ce qu'on lui disait. Mais une image l'obsédait, une image très déplaisante : il se revoyait poussant Doll dans le couloir obscur, et lui claquant méchamment la porte au nez. Elle lui avait lancé un regard suppliant. Où était-elle, maintenant, la pauvre grue, avec sa misérable valise et ses escarpins éculés ?

« Mais qu'est-ce que j'ai ! » songea Dix, et Gus surprit son expression soucieuse.

— Je t'assure, Dix que c'est une combine en or ; pourtant, je vois bien que ça ne te plaît pas.

— Ça ne me plaît pas ? fit Dix.

— Ah ! bon, je croyais, enchaîna Gus déconcerté. Mais attends ! Tu demandes une grosse somme d'avance, mais c'est pas tout. Tu exiges aussi un pourcentage. Tu saisis ? C'est Emmerich qui s'en charge.

Dix retrouva aussitôt toute sa lucidité :

— Emmerich ? Le grand avocat ?

— Lui-même. Alors, tu penses, c'est du fric qui craint pas le soleil. Et Louis dit que ça sera versé cash, à la livraison.

Un espoir nouveau se faisait jour dans l'esprit de Dix, la première lueur d'espoir qu'il eût entrevue depuis bien des années. Si cette combine réussissait, il pourrait peut-être retourner chez lui, revoir la ferme... depuis le temps qu'il en rêvait ; près de vingt-cinq ans...

— Mais peut-être qu'ils ne marcheront pas, pour le pourcentage...

— Le boss est pour toi... alors, ton pourcentage, tu l'auras !

CHAPITRE XVI

Et Gus avait vu juste, malgré la répugnance de Louis et de Cobby à voir Dix participer avec eux à l'exécution de ce cambriolage. Mais ils se sentirent rassurés par la satisfaction que manifesta le petit docteur. Après tout, Riemenschneider savait ce qu'il faisait. De plus, les prétentions de Dix étaient très raisonnables : cinq mille d'avance, cinq mille après affaire faite, et trois pour cent sur le bénéfice net.

S'il survenait des ennuis et qu'on ait besoin d'un bon tireur, et si Dix était aussi compétent qu'il en avait l'air, ce n'était pas cher payé.

Gus était aux anges, et ne s'en cachait pas, maintenant que l'accord était conclu.

Ils s'étaient tous réunis dans la petite resserre crasseuse qui s'ouvrait derrière le bar de Gus. Celui-ci avait apporté des caisses pour qu'on pût s'asseoir.

Cobby, Louis et Riemenschneider y semblaient fort mal à l'aise et s'agitaient sur leur caisse, brossant leur pantalon d'un revers de main, et guignant du coin de l'œil les araignées géantes tapies au centre de leurs toiles, dans l'attente de leur proie.

Dix, impassible, les coudes appuyés sur les genoux, balançait son chapeau du bout des doigts et s'amusait de l'inquiétude des autres.

Quand le dernier détail fut réglé et que le plan d'action fut arrêté, Louis sortit par-derrière, courant au plus vite rejoindre Maria et Petit-Louis. Cobby s'en alla par la grande porte, en prenant le temps d'allumer un cigare, mais Riemenschneider s'attardait, et, toujours assis sur sa caisse, tortillait son chapeau d'un air gêné. Il se racla la gorge et, finalement, demanda à Gus :

— Vous permettez que... que je... que nous échangions quelques mots en privé, M. Handley et moi ?

Gus, interloqué, ne comprit pas tout de suite ce que le petit docteur voulait dire. Mais, bien vite, il sourit en disant :

— Et comment, Doc ! Dix est ici à demeure, du moins pour un jour ou deux.

Riemenschneider, qui était au courant de la descente de police chez Dix, sourit en retour. Gus tourna les talons, lança un regard un peu déconcerté à Dix, puis sortit. Riemenschneider s'était toqué de Dix, pas de doute. Mais pourquoi ? « C'est peut-être de la transmission de pensée » se dit Gus en retournant à son cagibi, où il avait ajouté un lit de camp pour Dix.

— J'ai l'impression que je peux vous parler franchement, commença le petit docteur.

— Oui, bien sûr.

— Dites-moi, que savez-vous d'Emmerich ?

Dix n'eut l'air que médiocrement surpris.

— Je sais que c'est un avocat. Un type important. Mais c'est tout.

— Il ne m'inspire pas grande confiance, reprit le petit docteur. Cependant, nous sommes obligés de travailler avec lui. Nous n'avons pas le choix. J'ai eu beau chercher, je ne suis pas parvenu à trouver de receleur à la hauteur. Rien d'assez important pour nous. Naturellement, j'ai dit le contraire à Cobby, lorsque j'avais besoin de lui faire un petit chantage...

Dix se gratta la tête :

— Eh bien ! ça, vous m'en bouchez un coin, Doc ! fit-il, interdit.

— En fait, je n'ai aucune preuve — ce n'est qu'une impression, et je peux me tromper, mais... C'est nous qui encaisserons. Vous et moi. Alors, je voulais vous faire part de mes sentiments. Peut-être que tout se passera bien — le règlement, je veux dire. Car ce n'est pas le cambriolage qui m'inquiète. Mais si ça ne...

— S'il a le fric, il le donnera, coupa Dix.

— Parfait !

Le petit docteur se leva, hésita un instant, et reprit :

— Dès que nous aurons les bijoux, nous irons chez Emmerich pour toucher l'argent. Cobby doit le voir ce soir et fixer un rendez-vous pour nous. Aussitôt, nous réglerons les comptes de tout le monde, et chacun partira de son côté.

Dix acquiesça, puis voyant que le petit docteur le fixait toujours, il répliqua :

— Vous en faites pas, Doc. On touchera l'argent. Ou alors on fera un malheur !

Riemenschneider éclata de rire. Il posa un instant sa main sur l'épaule de Dix, puis se détourna et inspecta le mur, y cherchant la porte dissimulée.

Il avait horreur de la poussière, des toiles d'araignée, et de tous les insectes, aussi ne touchait-il la paroi que du bout du doigt. Dix intervint et lui ouvrit la porte.

CHAPITRE XVII

Dix n'arrivait pas à s'endormir. Etendu sur son lit de camp placé au milieu du réduit de Gus, il regardait par la haute fenêtre le petit carré de ciel, où scintillait une étoile. C'était une nuit sans nuages ; l'atmosphère était pure et transparente, une vague lueur d'un bleu sombre semblait trembler au-dessus des toits.

De l'autre côté de la porte, dans le bar, montaient les cliquetis d'assiettes, les rires, les bavardages. De temps en temps, Mike Miklos, qui aidait Gus ce soir-là, attaquait une chanson, à gorge déployée, mais d'une voix de fausset, et en déformant toutes les paroles.

Plusieurs fois, Dix entendit Gus sommer Mike de se taire, mais sans acrimonie. Dix savait que Gus blaguait, qu'il aimait bien le grand Grec ; et quand Gus aimait bien quelqu'un, ce quelqu'un avait toujours raison.

Petit à petit, les éclats de voix s'atténuèrent, les bruits moururent et Dix céda à une somnolence légère, reprenant de temps en temps conscience ; chaque fois qu'il se réveillait, il jetait un coup d'œil à la petite étoile solitaire qui brillait par la fenêtre, et qui, très lentement, glissait vers l'horizon...

Tout en soupirant et en cherchant une position plus confortable, Dix se mit à rêver de son pays natal — l'herbe bleue, les corbeaux dans les bois, les juments pleines qui tendaient leurs naseaux par-dessus les barrières, les rivières poissonneuses et les soirées d'automne, passées au coin d'un grand feu de bois, qui se terminaient par un bon vin chaud...

Dix s'assit brusquement sur son étroite couchette et jeta autour de lui des regards égarés, comme s'il ne reconnaissait pas le lieu où il se trouvait...

« Mais qu'est-ce qui me prend ? se demanda Dix, mal à l'aise. Ça fait bien vingt-cinq ans, pourtant, que j'en suis parti ! » Tout en jurant, il tâtonna autour de lui, à la recherche de ses cigarettes ; lorsqu'il les eut enfin trouvées, il en alluma une et se recoucha.

Il était bien éveillé, à présent, et les fantômes s'étaient enfuis. Mais l'impression profonde qu'ils lui avaient faite demeurait. Dix se sentait rongé par l'envie de rentrer chez lui — de revoir ce pays merveilleux ; qui sait ? d'y rester pour toujours, peut-être. Il s'était mis à haïr cette ville monstrueuse dont le pouls battait tout autour de cette petite chambre, cette ville qui l'emprisonnait, l'étouffait.

« Et comment, que je vais le toucher, ce fric ! se disait-il avec rage. Après, quand j'aurai en caisse ce qui me revient, je rentre chez nous. C'est là que je suis à mon aise, et pas ailleurs. Dans ce sale trou, je suis comme un poisson hors de l'eau. »

Cette décision le calma, et il continua de fumer, détendu. Mais soudain, une nouvelle image s'imposa à lui : Doll ! Qu'est-ce qu'il ferait de Doll ?

« Pauvre con ! se dit-il. Laisse tomber. Tu rentres chez toi. Tu ne peux pas l'emmener là-bas. C'est une fille pourrie par la ville ! »

Enfin, il s'endormit.

CHAPITRE XVIII

Dans sa bibliothèque tapissée de livres, Emmerich essayait en vain de se ressaisir. Il fumait cigare sur cigare, était passé d'une réussite à un roman policier, et avait même essayé la télévision, contemplant fixement, sans le voir, un combat de boxe de vingtième ordre.

Mais tout cela ne l'avançait à rien. *C'était* la soirée décisive, et plus cela allait, plus Emmerich se persuadait qu'il serait incapable de s'en sortir. Il n'était pas un criminel. Hé ! qui sait ? Qu'est-ce qu'un criminel, tout compte fait ? Un individu qui a tellement besoin d'argent qu'il ne s'embarrasse pas de la délicatesse des moyens nécessaires pour s'en procurer ? Ou bien un être anormal, à l'esprit vicieux ? Ou encore un pauvre type incapable de se conformer aux règles établies et contraint d'improviser au fur et à mesure, ce qui indisposait les joueurs plus classiques ?

Emmerich se leva pour se remplir un verre. C'était idiot ! C'était honteux de se laisser aller à des considérations aussi sottes et aussi stériles alors que tout son esprit aurait dû se concentrer sur ce qui allait se passer bientôt. « Allons, Emmerich, se morigéna-t-il, il s'agit d'un enjeu qui dépasse le million ! Un peu de nerfs ! »

L'effet de l'alcool fut de courte durée, et bientôt, toutes ses angoisses et ses appréhensions reprirent le dessus. Quelques jours plus tôt, cela paraissait si simple ! Il se lançait dans la plus grande aventure de sa vie — et rien de plus. Il s'apprêtait à gagner — ou à perdre gros. Quelle que fût l'issue de cette partie, elle marquerait la fin de ses soucis. Voici qu'à présent il mesurait sa lâcheté... il avait peur, horriblement peur. Et même la menace d'une faillite — menace inévitable, maintenant, s'il reculait — lui semblait beaucoup moins effrayante que ce gouffre inconnu qu'il voyait ce soir s'ouvrir sous ses pas.

Evans, qui frappait à coups redoublés contre la porte ouverte, le fit sursauter :

— M. Brannom, Monsieur !

— Merci, dit Emmerich en évitant le regard inquisiteur d'Evans. Faites entrer.

Brannom avança à pas comptés, en regardant par-dessus son épaule. Puis, en désignant Evans à Emmerich d'un clin d'œil, il lança :

— Il me fait froid dans le dos, ce type !

Agacé, Emmerich haussa les épaules. Brannom avait tout du traître de mélo, ce soir. Vêtu d'un complet de serge bleu marine accompagné d'une chemise de flanelle également bleu marine et d'une cravate blanche, il avait dû réfléchir longuement avant de se composer cette tenue du parfait truand.

— Comment vous êtes-vous habillé ? fit Emmerich en le toisant.

Brannom, bien que vexé, s'empressa de sourire :

— Cette pelure est destinée à intimider mes interlocuteurs.

— Nous avons affaire à une bande qui n'est pas facile à intimider, rétorqua Emmerich. D'ailleurs, il ne s'agit pas de les intimider. Vous auriez mieux fait de mettre un costume fait pour la persuasion !

— Ce rôle-là, je vous le laisse ! répliqua Brannom d'un ton insolent.

Puis il s'assit sans attendre d'en être prié et se remplit un verre.

— Tout est réglé ?

Emmerich fit signe que oui.

— Ils débarqueront chez vous, vers deux heures, dès qu'ils pourront. Probablement à deux heures pile.

Brannom leva son verre et lança :

— Très bien ! A la santé des fripouilles !

Emmerich se détourna, horripilé, et s'aperçut qu'Evans, immobile sur le seuil, frappait doucement contre le panneau de la porte.

— Bon sang, Evans ! cria-t-il. Qu'y a-t-il encore ?

— Que Monsieur m'excuse, répondit Evans en lançant du coin de l'œil un regard à Brannom. Mais Madame demande si Monsieur voudrait monter la voir un instant avant de sortir.

Emmerich, qui visiblement enrageait, se mordit les lèvres, fronça les sourcils, hésita, puis finalement acquiesça. Evans se retira.

— Je reviens tout de suite, dit-il à Brannom.

Puis, en soupirant, il vida son verre.

— D'accord. Mais avant... donnez-moi au moins quelque chose à me mettre sous la dent pendant que vous serez absent. Qui est l'homme de main ?

— Quelqu'un dont je n'ai jamais entendu parler. Un dénommé Dix.

— Un amateur ?

— Non, je ne pense pas.

— Ils l'ont peut-être eu pour pas cher. C'est à espérer. Il ne me fait pas peur, même si c'est une armoire à glace. Le tout, c'est qu'il soit bien idiot. Il viendra avec eux, pour faire la livraison ?

— C'est ce que j'ai compris.

— Très bien.

Emmerich tourna les talons et quitta la pièce.

Brannom vida son verre, puis se leva, déboutonna son veston et déplaça le harnais qu'il portait sur sa chemise, de façon qu'il soit moins visible et moins gênant. Il contenait un 45 réglementaire, énorme et trapu, qui possédait une force d'impact absolument terrifiante.

La chambre de Mme Emmerich était encombrée de tout ce dont s'entourent les malades chroniques : trois lampes articulées, une lampe de chevet spécialement conçue pour la lecture, munie d'une ampoule bleue qui projetait un éclairage blafard sur toute la pièce, et deux tables de chevet chargées de flacons, de verres, de cuillers, de compte-gouttes, d'œillères... La chambre sentait la drogue et le renfermé.

Emmerich détestait la chambre de sa femme, et, autant que possible, évitait d'y mettre les pieds. Il avait moins envie que jamais d'y entrer, ce soir, avec tous les soucis qui le hantaient, et ce sentiment affreux d'être pris au piège. Cependant, Dieu sait pourquoi, en apercevant May, accotée sur ses oreillers, pelotonnée dans sa vieille liseuse toute tachée — elle refusait de s'en défaire — et qui, les lunettes sur le nez, feuilletait un magazine d'un air absent, il eut un coup au cœur. Un sentiment de pitié l'envahit pour cette femme sans joie qui semblait passer sa vie à se faire des soucis : elle se souciait de sa santé, de la bonne marche de la maison, des domestiques, du temps qu'il ferait, et même, assez comiquement, du destin du monde. Heureusement, l'argent ne l'intéressait pas, elle ne disposait d'aucun compte en banque personnel, et s'en remettait entièrement à son mari pour les questions financières.

Les docteurs répétaient tous à Emmerich que sa femme était en grande partie une malade imaginaire ; cependant elle paraissait pâle, anémiée, bien peu solide.

Elle posa le magazine, remonta ses lunettes qui lui avaient glissé sur le nez, puis se retourna vers lui, lentement. Ses yeux bleus avaient pâli, au cours des dix dernières années, et paraissaient maintenant délavés, presque blancs. Sa chevelure blonde, très épaisse, était striée de fils blancs. Pendant des années, elle s'était teinte. Ces derniers mois, elle avait abandonné... Mauvais signe ! Ses cheveux avaient un aspect terne et décoiffé, sous la lumière bleuâtre de la lampe.

— Lon ! Evans m'a dit que tu sortais.

— Oui, May, répondit Emmerich en soupirant.

Sa femme hésita, puis elle eut un petit rire gauche et détourna les yeux.

— J'aimerais bien que tu restes, pourtant !

Eh bien ! ça, pour une surprise ! Il y avait bien dix ans qu'elle n'avait pas dit une chose pareille. Emmerich la dévisagea, interloqué.

— Mais... pourquoi, May ?

— Lon... je ne me sens pas bien ; quand je ne me sens pas bien, je m'énerve. Et quand je suis énervée, je déteste me sentir seule dans cette grande maison.

— Voyons, May... Emma est là. Tu n'es pas seule !

— Emma ! ricana Mme Emmerich avec mépris. Pour le cas qu'elle fait de moi ! C'est une parfaite égoïste, comme toutes les autres. Elle ne se préoccupe que d'elle-même.

— Mais je croyais que tu la trouvais parfaite ! Il y a deux jours encore, tu me disais...

— Oui ; seulement, depuis, j'ai compris, coupa Mme Emmerich. Tu ne croirais jamais... d'ailleurs là n'est pas la question. C'est que j'ai passé une journée affreuse. Parfois je me demande si je guérirai jamais...

Emmerich se sentait de plus en plus irrité. Toujours la même rengaine. Voilà que maintenant Emma, à son tour, ne valait plus rien comme toutes les autres ; une interminable procession de domestiques avait défilé dans la maison, au cours de ces dix années. Emmerich oubliait déjà que, cinq minutes plus tôt, il s'était attendri sur le sort de sa femme. Maintenant, elle ne lui procurait plus que de l'agacement.

— Il me semble, répliqua-t-il d'un ton froid, que tu pourras fort bien passer la soirée sans moi. Même si je restais, que ferais-je ? Je te regarderais lire un magazine...

— On pourrait jouer au casino, comme autrefois.

Ça non plus, il ne s'y attendait pas. Qu'est-ce qui lui passait par la tête ? Avait-elle une prémonition quelconque, sentait-elle venir le désastre, et cherchait-elle d'instinct à le protéger, à le garder à la maison ? Non, c'était idiot. Il haussa les épaules :

— Un autre soir, répondit-il.

Et tout en articulant ces mots, il eut soudain conscience que c'était le *dernier soir*. Il n'y en aurait plus jamais, plus un seul ; c'était la dernière fois qu'il voyait cette triste chambre, et son épouse, si lamentablement changée.

Etait-il vraiment un monstre ? Non, pas vraiment. Elle ne tenait plus à lui depuis bien longtemps déjà. En outre, lorsque les affaires assez embrouillées d'Emmerich auraient été mises en ordre, elle pourrait tirer une fortune rondelette des propriétés hypothéquées, des meubles anciens, des fourrures et des bijoux. En tout cas, elle ne mourrait pas de faim.

— Ecoute, May, dit-il, ce soir, il faut absolument que je sorte. C'est très important.

— Tu ne pourrais pas remettre à demain ? insista Mme Emmerich.

— Mais non, voyons. J'ai un rendez-vous que je ne peux plus décommander.

Ces paroles banales résonnèrent de façon sinistre dans l'esprit d'Emmerich. *Un rendez-vous qu'il ne pouvait plus décommander !*

— Enfin, s'il n'y a rien à faire... murmura Mme Emmerich en reprenant son magazine.

Il se dirigeait vers la porte lorsqu'il s'aperçut que les épaules de sa femme tremblaient. Il s'arrêta :

— Qu'est-ce qu'il y a, May ? cria-t-il, agacé.

— Oh ! rien, répondit-elle sans lever les yeux. Mais la nuit dernière, je ne dormais pas, et j'ai repensé à nos soirées d'autrefois, quand tu restais à la maison, et que nous jouions au casino, tous les deux.

Emmerich crispa les lèvres, et passa la main dans son épaisse tignasse grise. Il ne se sentait pas d'humeur, pour le moment, à faire le sentimental.

— May, je ne voudrais pas paraître sans cœur, mais...

— Je sais, je sais, coupa sa femme en le regardant cette fois droit dans les yeux. Ça n'a pas d'importance, Lon. Tout ça, c'est ridicule. Fais ce que tu as à faire. Je m'arrangerai très bien toute seule. Bonsoir !

Emmerich s'empressa de sortir et referma la porte sans bruit. Mais il se sentait le cœur lourd. Des doutes et des craintes informes l'assaillaient de toutes parts. Etait-il vraiment fait pour une telle entreprise ? Le désespoir vous pousse à agir, mais parfois, il vous fait faire des bêtises. Pourquoi ne pas tout annuler ? Il pourrait certainement inventer quelque prétexte.

Mais non... L'affaire était en route, maintenant, et on ne pouvait plus la stopper. Il fallait qu'il s'abandonne à sa destinée.

Pourtant... ne pourrait-il rester tranquillement chez lui, et envoyer Brannom se charger de la transaction ? Impossible ! D'abord, cela éveillerait les soupçons des autres. Et de plus, comment faire confiance à Brannom ?

Tout près de lui s'éleva une voix qui le fit sursauter :

— Bonsoir, Monsieur !

C'était Emma, une fille d'une trentaine d'années, sans beauté, à l'air sournois.

— Oh ! bonsoir, Emma. Madame est assez nerveuse, ce soir. Il ne faudra pas lui en vouloir, si elle se montre un peu...

Emmerich sourit et, sans achever sa phrase, eut un geste vague.

Emma regardait sans rien dire son élégant patron aux tempes argentées. Elle le trouvait merveilleux, et elle passait son temps à parler de lui à sa meilleure amie, que ce sujet n'intéressait pas. Comment pouvait-il supporter cette malade insupportable, moche et vieille, qui passait sa vie couchée dans la chambre du premier ?

— J'ai l'habitude, répondit Emma, avec un sourire en dessous.

Pour la première fois, il remarqua l'insolence de ses yeux noirs. C'était une femme autoritaire, emportée, peut-être même dangereuse. Et pour finir, il allait abandonner May en son pouvoir... Mais non ! Quelle idée folle ! May avait déjà décidé de renvoyer Emma. Il l'avait compris et, dans le cas présent, ce n'était peut-être pas une mauvaise idée. Il adressa à la femme de chambre un au revoir bref et gagna la bibliothèque sans se retourner.

Brannom, en l'attendant, avait allumé un des coûteux cigares d'Emmerich et s'était installé confortablement dans un fauteuil, avec la bouteille de scotch à côté de lui.

Brusquement, Emmerich comprit à quel point il haïssait Brannom.

— Alors, Mme Emmerich va bien ? demanda Brannom avec un effort marqué pour se montrer poli.

— Oui, merci, répondit l'avocat en se versant à boire.

CHAPITRE XIX

Louis fut ponctuel au rendez-vous. Au volant de son joli coupé Ford, il remonta la petite allée qui menait derrière le bar de Gus, arrêta sa voiture devant la porte de dégagement, klaxonna, puis attendit sans s'énerver. Lorsqu'il était sur une affaire, Louis, calme et précis, ne s'énervait jamais, n'avait jamais besoin de se remonter à l'aide de l'alcool ou de la drogue, comme tant d'autres gars qu'il connaissait. Il écartait toute imagination de danger — ou d'échec — et se concentrait entièrement sur les moyens à employer pour mener à bien son entreprise.

Dans le réduit qui lui servait de chambre, Dix achevait une conversation de la dernière minute avec Gus, qui était en train de dire :

— Louis est certain qu'il pourra faire taire la sonnerie d'alarme et ouvrir la porte de derrière en cinq minutes, mais il vaut mieux compter sept, pour faire bon poids. Deux minutes, ça paraît long, dans un truc pareil, Dix ; ne t'énerve pas surtout !

Dix fit la moue, il semblait vouloir dire : « Tu parles pour ne rien dire. »

La porte qui menait à la salle était entrebâillée, et Dix aperçut Cobby qui, perché sur un tabouret, s'efforçait d'avaler un steak haché. Il avait le teint plutôt brouillé.

Dix le désigna du pouce et demanda à Gus :

— De la viande de cheval ?

— Pour Cobby ? Non ! Du filet ! Qu'est-ce que tu crois ?

— En tout cas, ça a du mal à passer.

— Cobby a toujours été un sale trouillard.

— Dis-lui de rentrer chez lui en vitesse. Qu'il aille se planquer. Un flic n'aurait qu'à le regarder pour se demander qui c'est qu'il a tué !

Gus éclata de rire, puis, comme Dix se dirigeait vers la porte qui menait à l'allée, il lui envoya une claque affectueuse dans le dos.

Voyant arriver Dix, Louis ouvrit la portière de sa voiture. Dix monta sans dire un mot et alluma une cigarette. La petite Ford sortit de l'allée, et se dirigea vers le pont Pulaski. En traversant le pont, Dix dit :

— Ils nous donnent sept minutes d'avance.

Louis eut un rire vite étouffé :

— C'est nous qui les attendrons !

Dix ne répondit pas.

Le grand fleuve noir roulait paresseusement entre ses hautes berges cimentées, vers le Sud, vers son confluent avec le Mississippi. Il n'y avait pas de clair de lune, mais le ciel était sans nuages et quelques étoiles luisaient comme des éclats de diamants au-dessus des toits qui bordaient la rive d'en face. Le long du quai, presque toutes les maisons étaient noires, mais, çà et là, une fenêtre éclairée se réfléchissait en zigzags dans les eaux noires du fleuve. Un vent humide soufflait. Ça sentait l'eau et la boue.

Vu l'heure tardive, il y avait encore passablement de circulation sur le large pont à voie triple. Soudain, l'appel d'une sirène se fit entendre sur le quai opposé. Une auto de police les croisa. Elle se dirigeait vers le faubourg de Camden Square.

Ni Louis ni Dix ne prêtèrent la moindre attention à cette voiture. Bientôt, ils arrivèrent sur l'autre rive, et prirent Blackhawk Boulevard, l'artère principale qui menait au centre.

A un croisement, ils dépassèrent un petit attroupement. Une voiture de police était arrêtée de guingois au milieu de la chaussée ; un gros flic, encouragé par deux agents motocyclistes, questionnait sans douceur un groupe de petits jeunes gens indignés.

— Oui ! cria l'un d'eux au moment où la Ford passait à leur hauteur, c'est vous qui le dites ! Moi, je ne cherchais de crosse à personne, et vous...

Ni Louis ni Dix ne leur prêtèrent la moindre attention.

A un autre carrefour, ils tombèrent sur une bagarre entre deux hommes qu'une fille essayait en vain de séparer. Au moment où la Ford arrivait à leur hauteur, un des deux hommes écarta la femme d'un geste violent ; perdant l'équilibre, elle tomba lourdement sur le derrière et se mit à hurler. Des passants se précipitèrent vers leur groupe.

Dix hocha la tête, mais ne dit rien.

Louis venait de prendre Commerce Street, une petite voie étroite à la sortie du quartier de la Bourse, et maintenant ils roulaient entre les façades obscures des maisons de gros, les immeubles de bureaux, plus modestes, les magasins de plomberie et d'appareillages électriques.

— J'approche de chez moi, dit Louis, en désignant du doigt l'immeuble du coin. C'est ici que je travaille dans la journée.

Dix grommela sans répondre. Louis lui lança un coup d'œil rapide, puis lui offrit une cigarette.

— Tu trouves que ça se présente bien ? demanda Louis, qui se sentait toujours mal à l'aise en face de Dix — mal à l'aise au point que son assurance disparaissait, et qu'il faisait de la conversation uniquement pour dissiper le silence intimidant et hostile que Dix imposait toujours.

— Quoi ? demanda Dix en lançant à Louis un regard surpris.

La présence du Bricoleur à ses côtés ne l'affectait pas davantage que s'il s'était agi d'un mannequin de son. Qu'est-ce que Gus lui trouvait de si sensationnel ? C'était un petit gars coquet et méticuleux, qui parlait sans cesse de son môme. Il était quand même pas le seul à avoir un gosse, non ?

— Ce boulot, répondit Louis, qui se sentait tout honteux de mener une conversation aussi oiseuse.

— Difficile à dire pour le moment, répondit Dix d'un ton condescendant, comme s'il essayait d'expliquer à un petit garçon curieux pourquoi la lune n'était pas verte.

Louis, toujours lucide, se dit que ce ton de mépris était bien naturel, et qu'il ne l'avait pas volé. Cependant, cela lui déplut. Il continua d'une voix têtue :

— Je parierais bien que c'est pas aussi sensationnel qu'ils le disent.

— On verra, répondit Dix en bâillant et se détournant pour contempler les façades obscures.

Louis, agacé, grinça des dents.

— J'arrive pas à comprendre Cobby, dit-il.

A sa grande surprise, Dix éclata de rire, un rire grinçant, presque inhumain.

— Ah ! ça, il avait drôlement les jetons ! répondit-il. Mais c'est vrai que... c'est pas son genre. Il n'a pas l'habitude. Quand on est habitué à son boulot, ça ne vous fait plus la même impression.

Louis se sentit mieux. Dix avait daigné entrer en conversation avec lui, si bien que son bavardage n'avait plus l'air aussi ridicule.

La petite Ford tourna dans une rue secondaire, et ils tombèrent sur Marquette Square, centre du commerce de luxe, où, dans la journée, se trouvaient exposés les plus beaux bijoux, les plus belles fourrures, les plus belles robes de toute la ville. Au centre de la place brillamment éclairée, s'élevait une affreuse statue de quelque général de la guerre de Sécession.

Louis conduisit sa voiture dans une petite rue parallèle à l'un des côtés de la place, et désigna à Dix un magasin à l'autre extrémité de la place.

— Voilà notre chopin ! lança le Bricoleur.

Dix aperçut une façade monumentale fort impressionnante, d'aspect moderne et tout illuminée. Les hautes glaces des vitrines réfléchissaient la lumière des réverbères ; une porte de bronze immense, deux fois plus haute qu'une porte normale, donnait à l'ensemble des allures de forteresse.

— Cette boîte-là n'a pas eu un seul pépin depuis plus de quarante ans, commenta Louis. C'est pour ça que l'idée de Joe Cool est une idée de génie.

Dix répondit par un grognement :

— Ouais, fit-il d'un air assez bonasse.

— Et même, reprit Louis, la place n'a eu aucune salade importante depuis bientôt dix ans — depuis le cambriolage des fourrures Belner. Ça doit être les lumières qui foutent la trouille aux copains.

Il eut un rire un peu nerveux — bien qu'il ne se sentît pas nerveux le moins du monde — et s'en alla garer la petite Ford dans le parc à voitures d'une rue latérale, à quelque trente mètres du magasin Pelletier.

Il était tard, le gardien du parc était rentré se coucher, et les lumières étaient éteintes. Cependant, quelques voitures se trouvaient encore sur le terrain : tout près de là, se trouvait un cinéma qui ne fermait pas de la nuit.

Tout en garant sa voiture parmi les autres, Louis dit à Dix :

— Ce type, il s'y connaît drôlement. C'est exactement comme il l'a dit : pas de flics pour repérer notre bagnole, s'en souvenir plus tard, et se demander ce qu'elle foutait là... Alors, on y va ?

— Allons-y, répondit Dix.

Ils descendirent de voiture et traversèrent à pied le parc à voitures, pour prendre une ruelle qui passait derrière la maison Pelletier. Louis portait un gros pardessus aux poches profondes, dans lesquelles il avait placé ses outils. On les entendait cliqueter légèrement au rythme de sa marche, ce qui, tout d'abord, étonna Dix.

La grande bijouterie semblait déserte comme un tombeau. A la hauteur du premier étage, deux globes énormes projetaient une lumière éclatante sur le perron semi-circulaire de l'entrée de derrière. La lumière gênait Dix — il avait l'habitude de travailler dans le noir. Mais le bon éclairage convenait à Louis ; cela rendait inutile l'emploi de lampes de poche que les flics auraient pu repérer, au cours d'une ronde.

Il se mit au travail aussitôt, tournant le dos à Dix qui inspectait la ruelle.

— Dix, murmura Louis, si jamais je faisais une boulette et que je déclenche la sonnerie d'alarme, on retournerait en vitesse à la bagnole, pour attendre les autres. D'accord ?

— A moins qu'on se fasse repérer.

— Oui, reprit Louis. Si on s'est fait repérer et que les gars ne voient pas la Ford dans le parc à voitures, ils continueront sans s'arrêter.

Des pas lourds se firent entendre sur la place, et Louis leva les yeux. Mais l'attitude de Dix le rassura, et il se remit au travail. Le grand Dix n'avait pas bronché, pas fait un seul geste inutile, mais il prêtait l'oreille.

— Ça y est, je crois, dit Louis. Qu'est-ce que je fais ? J'attends, ou j'essaie tout de suite ?

— C'est deux types. Donc, c'est pas des flics. Dans ce quartier, ils se déplacent toujours seuls. Tu peux continuer.

Mais Louis n'avait pas encore essayé d'ouvrir la porte qu'ils entendirent des voix. Bientôt deux silhouettes apparurent à l'extrémité de la ruelle, clairement dessinées par les lumières violentes de la place.

— Mazette ! fit Dix. Des flics ! Comment ça se fait ?

L'un des deux flics éclata de rire et envoya une tape sur l'épaule de son camarade. Après quoi, ils disparurent.

— Probable qu'ils ont fini leur journée et qu'ils rentrent chez eux, fit Dix. On a dû changer les horaires, ces derniers temps. Autrement, ça ne s'explique pas. Continue, Louis.

Louis reprit haleine et hésita un instant. Il en

était à l'instant crucial : s'il avait fait cela comme il faut, le reste serait facile, mais s'il s'était gouré, la sonnerie d'alarme allait résonner dans tous les coins de Marquette Square.

Dix parut s'impatienter :

— Quelque chose qui cloche ?

— Non ! répondit Louis. On y est !

Dix entendit un craquement léger ; puis la porte vitrée, protégée par des barreaux massifs, qui avaient l'air assez résistants pour affronter victorieusement les assauts d'une foule en délire, s'entrouvrit lentement :

— Les doigts dans le nez ! murmura Louis avec un petit rire.

Ils pénétrèrent tous deux dans les ténèbres de l'immeuble inconnu, pour y attendre le petit docteur.

— Je t'avais bien dit que c'est nous qui les attendrions ! dit Louis, fier de son adresse et désireux d'entendre Dix le féliciter.

— C'est vrai ! fit Dix.

Et bien qu'il eût parlé d'un ton froid et détaché, il avait eu l'intention de faire un compliment ; Louis ne s'y trompa pas, et se sentit flatté !

— J'ai l'impression que ce petit Allemand s'y connaît drôlement, murmura Louis.

Le plan était impeccable, et Dix avait beau être mal noté du côté de Camden Square, il se comportait comme un type à la page.

Des phares apparurent dans le parc à voitures, puis s'éteignirent.

— Ça doit être pour nous, dit Louis. Ils arrivent pile !

Aussitôt après, apparut le petit docteur qui s'avançait vers eux d'un pas tranquille. Il ne lui manquait qu'une canne à la main pour avoir l'air du parfait bourgeois qui fait un petit tour dans le quartier avant de rentrer se coucher. Louis pouffa :

— Quel numéro !

Ils avancèrent en pleine lumière et, voyant le petit docteur s'approcher du perron, Louis, d'un geste noble, lui désigna la porte ouverte, le priant d'entrer. Mais le petit docteur, s'immobilisant, leur dit :

— Excusez-nous, messieurs. Mais il est survenu un grave accident de l'autre côté du pont, et nous avons été retardés. Trois voitures ont percuté, à un carrefour. Il y a, je crois, plusieurs blessés, peut-être des morts.

— On n'aura pas d'embêtements pour rentrer ? demanda Louis.

— Non. Je ne pense pas. Mais, pour plus de sûreté, vous pourriez prendre le pont d'Eric Street.

Louis opina en silence. Il rentrerait seul, puisque Dix devait accompagner les autres pour la remise des bijoux, et il tenait à prendre un chemin sans encombre. Dès qu'il aurait fini son travail, il savait qu'il n'aurait plus qu'une idée en tête : rejoindre en vitesse Maria et le Petit-Louis.

Le petit docteur écarta la porte et passa devant. Dix le suivit. Louis s'arrêta pour refermer la porte derrière lui. Ils se trouvèrent dans un passage assez large, sans lumière, mais vaguement éclairé cependant, car les cloisons ne s'élevaient qu'à mi-hauteur. Au-dessus d'eux s'étendait l'immense plafond du magasin Pelletier et Cie qui, par ses hautes vitrines, bénéficiait de l'éclairage des réverbères.

L'immense salle était entourée de galeries auxquelles on accédait par un escalier à la rampe de fer forgé. A pas étouffés, qui cependant sonnaient sur le dallage de marbre, ils parcoururent ce passage dans toute sa longueur et débouchèrent dans le magasin lui-même, où des chaises modernes, en métal, alignées le long des vitrines, attendaient patiemment les visiteurs du lendemain.

A l'extrémité de la pièce s'élevait une grille d'acier, énorme et menaçante, ornée de motifs compliqués où figuraient des paons de cuivre qui luisaient doucement dans la pénombre. Derrière cette grille, remplissant presque tout le mur du fond, trônait le coffre gigantesque de la maison Pelletier et Cie.

Dix se sentit frappé de terreur en l'apercevant. Il avait l'air imprenable avec sa porte d'acier sans une saillie, ses verrous énormes, ses engrenages mystérieux et tous ses mécanismes incompréhensibles.

Le petit docteur tira d'une de ses poches intérieures un petit sac de cuir qu'il posa devant le coffre. Après quoi il prit une chaise, s'assit et alluma un cigare.

Louis déposa à terre les outils qu'il avait apportés et, à l'aide d'une torche, se mit à chercher une prise électrique.

Dix, qui faisait les cent pas, se décida finalement à repasser de l'autre côté de la grille d'acier, et s'immobilisa au centre de l'immense boutique. Un silence pesant tombait des galeries, sur les couloirs et les dégagements obscurs du rez-de-chaussée ; les miroirs, les vitrines et les hautes appliques ornementales de verre et de métal se distinguaient mal dans la pénombre, et semblaient flotter comme des algues au fond d'un aquarium.

Dix se souvint d'une femme qu'il fréquentait

autrefois, une chanteuse qui gagnait beaucoup d'argent, et qui avait rempli son appartement d'objets qui ressemblaient au mobilier de Pelletier et Cie, en plus petit naturellement. Il se rappela la gêne qu'il éprouvait toujours quand il était chez elle ; il avait toujours l'impression de visiter une exposition de pierres tombales. Un jour, il lui avait fait part de cette impression, et il se rappela la scène qu'il avait provoquée lorsqu'il l'avait blaguée, un soir, sur son « mobilier antirouille ».

Soudain, le silence fut déchiré par le vrombissement léger d'un foret électrique, et Dix prêta l'oreille. Puis il entendit un crissement métallique, sec comme un coup de fouet. Louis jurait d'un ton convaincu : il venait de casser une mèche.

Bientôt le vrombissement reprit, aigu et perçant ; Dix songea à cette autre chanson monotone, qu'il n'avait pas entendue depuis des années et des années, cette chanson qui avait bercé les plus belles années de sa vie : le chant des cigales ! Ces cigales qui, l'été, ne se taisaient pas de la nuit... La lune apparaissait à la crête de la colline qui bordait le champ de maïs ; les grenouilles coassaient dans l'étang, les vaches se raclaient les flancs contre les barrières et, de temps en temps, meuglaient tristement. De ferme en ferme, les chiens s'appelaient, se répondaient interminablement, tandis que très loin, à l'horizon, passaient les trains de marchandises, dans un panache de fumée.

Brusquement, le foret se tut et Dix se ressaisit aussitôt, rappelé d'un coup à la réalité, il y eut un interminable silence, et Dix commençait à se demander ce qui n'allait pas, lorsque le petit docteur lança :

— Vous avez entendu quelque chose, Handley ?

Sans répondre, Dix se concentra, essayant de percevoir, dans le lourd silence ambiant, l'indication d'un bruit quelconque. Enfin il y parvint :

— Une sirène, annonça-t-il, qui s'approche, en venant du fleuve.

Ils s'immobilisèrent tous trois, et bientôt le bruit, tout d'abord imperceptible, s'enfla. On entendit bientôt d'autres appels de sirènes qui, toutes, venant des quatre coins de la ville, convergeaient en direction de Marquette Square.

Dans le silence du magasin, la petite chanson du foret reprit. Dix eut un petit rire et se sentit tout ragaillardi : c'était un gars boulot-boulot, ce Bellini !

— Qu'en pensez-vous ? demanda le petit docteur d'un ton paisible.

— Ça ne m'a pas l'air fameux, répondit Dix.

— Mais comment cela peut-il être pour nous ?

— C'est pas possible, à moins qu'il y ait un mouchard dans la bande. Et alors, qui ?

— Vous n'en avez aucune idée ?

Les sirènes se rapprochaient toujours, et se firent bientôt assourdissantes.

— Non, répondit Dix. A moins que peut-être il y ait un gars trop causant qui n'ait pas su tenir sa langue, histoire de se vanter. Il y a des gens qui se vantent tout le temps, avant et après, quand ils sont sur une grosse affaire.

Le foret tournait toujours, déchirant le silence du magasin, et les sirènes hurlaient dehors, dans les rues encaissées du quartier de la Bourse.

— Où en es-tu, Bellini ? demanda Dix.

— J'y arrive. Encore deux minutes, peut-être.

— C'est quand même bizarre, fit Dix. On dirait qu'ils ont cerné la place. Bellini, cette sonnerie d'alarme, qu'est-ce que tu en penses ? Est-ce que ce n'est pas branché sur un point quelconque, où ça donne le signal ?

— Oui, bien sûr, cria Bellini pour se faire entendre malgré le vrombissement aigu de son foret. Mais je lui ai coupé le sifflet... ou alors, c'est que je ne connais rien à rien !

— Qu'est-ce qu'on fait, Doc ? appela Dix. A vous de décider.

Maintenant l'appel des sirènes semblait décroître.

— Et vous, qu'est-ce que vous en pensez ? cria le petit Doc, qui maintenant s'énervait et commençait à transpirer.

Non qu'il eût peur de la police, mais il avait devant l'esprit, atrocement claire, la vision de cette affaire d'un million de dollars, s'en allant à vau-l'eau...

— Si c'est pour nous, dit Dix, on est pratiquement faits. Alors, autant risquer le paquet.

Le foret avançait toujours, et le petit docteur dut forcer sa voix pour se faire entendre :

— Je suis d'accord.

Puis, se tournant vers Louis, il ajouta :

— Et Gus, croyez-vous qu'il tiendra le coup ?

— Vous faites pas de bile pour Gus, répondit Louis.

Les sirènes se taisaient, l'une après l'autre, et Dix surprit un autre bruit qui se fit aussitôt très distinct. C'était une sonnerie qui résonnait dans la rue, bruyante, insistante.

— Qu'est-ce que c'est que cette sonnerie? demanda-t-il.

— Bon Dieu! s'écria Louis. Une sonnerie d'alarme. J'ai dû déclencher quelque chose.

— C'est drôle qu'on ne l'ait pas entendue plus tôt.

— On ne sait jamais ce qui peut arriver, avec ces machins ! grogna Louis.

Puis aussitôt, il enchaîna :

— Ça y est. J'ai fini. A vous, Doc !

La sonnerie se tut, et Dix entendit un grincement sourd : l'énorme porte bien huilée du coffre s'ouvrait. Il y eut un long silence, mais bientôt une autre sonnerie se fit entendre, plus loin sur la place.

Dix fit rapidement le tour de la grille d'acier et s'approcha du coffre-fort.

— Louis, dit-il, sûr que tu as déclenché quelque chose ! Voilà une autre sonnerie, maintenant.

Ni Louis, ni le petit docteur ne répondirent. Ils ne tournèrent même pas la tête. Ils étaient occupés à fourrer dans leur sacoche les diamants et tous les bijoux. Sous le rayon lumineux de la lamge de Louis, Dix voyait scintiller les pierres qui, l'une après l'autre, étaient entassées sans égard dans le sac, comme de vulgaires cailloux.

— Allez jeter un coup d'œil, Handley, lança le petit docteur par-dessus l'épaule. Voyez un peu ce qui se passe. Nous n'en avons plus que pour une minute. (Une note de triomphe perça dans sa voix.) Et c'est la plus grosse affaire qu'on ait jamais réalisée... Le cambriolage le plus sensationnel dont on ait jamais entendu parler... Attendez de voir les journaux !

Dix eut un petit rire contenu, pour lui tout seul. Ce petit étranger, pas de doute, c'était un type épatant — un grand bonhomme ! Il gagna prudemment la grande vitre de la façade et, écartant de quelques centimètres une lourde tenture, regarda ce qui se passait au-dehors. La place semblait prise d'assaut par les voitures de police, et des agents s'étaient attroupés devant le magasin d'un grand fourreur qui occupait un des angles de la place. Plus loin, deux voitures de police venaient de s'arrêter en face d'une autre boutique et les agents, sautant sur le trottoir, partirent en courant vers les vitrines violemment éclairées. Il les observa un moment, puis rejoignit ses compagnons.

— Ils se sont attroupés un peu plus loin, annonça-t-il, et ils s'affairent comme des fourmis sur un morceau de sucre. Mais bientôt, ils vont passer toute la place au peigne fin — pour être plus sûrs... Qu'est-ce qu'on fait ?

— Je suis prêt, dit le petit docteur.

— Alors, c'est pas le moment de traîner, répliqua Dix.

Tandis que Louis empochait rapidement tous ses outils, le petit docteur ramassa la sacoche, dont il assujettit les courroies.

— Les Rockefeller eux-mêmes ne seraient pas mécontents de mettre la main là-dessus ! dit-il tout content.

— Paré ! annonça Louis.

Ils traversèrent rapidement le clair-obscur de la grande salle, puis ils s'engagèrent dans le passage où il faisait plus sombre, et où ne parvenaient pas les bruits de la rue ; puis ils se dirigèrent vers la porte de service.

— Je passe devant, murmura Dix, pour voir si tout va bien.

Il disparut au tournant du couloir ; Louis et Riemenschneider s'arrêtèrent, attendant son signal.

— Je serai bien content de remettre ce colis à

Emmerich et d'encaisser notre argent, dit le petit docteur. Cela fait, les soucis seront finis.

— Dites voir, demanda Louis d'un ton soucieux, vous pensez que les flics vont établir des barrages à l'entrée des ponts ? Ça pourrait nous obliger à faire un détour de cinquante kilomètres, des fois, et moi, je suis pressé de rentrer.

— C'est à envisager, évidemment. Mais ça m'étonnerait d'eux. Ils vont vite comprendre que c'était une fausse alerte !

Et le petit docteur pouffa de rire.

— Oui, répondit Louis tout rasséréné. Je pense que vous avez raison, Doc.

Dix s'était avancé sans bruit jusqu'à la porte, et il s'apprêtait à l'ouvrir lorsqu'il aperçut une ombre qui se dessinait sur le perron. Puis un homme apparut ; il avançait d'un pas résolu, droit vers la porte de Pelletier et Cie. Dix put l'apercevoir assez clairement, lorsqu'il pénétra dans la zone lumineuse : c'était un individu robuste et trapu, d'une trentaine d'années, qui portait l'uniforme d'une compagnie privée de sécurité ; les différents commerçants de la place s'étaient probablement assuré ses services. D'ailleurs, dans les indications de Joe Cool, il était fait mention d'un gardien de nuit. Mais ils ne s'en étaient pas souciés : les compagnies privées n'avaient aucune importance.

Dix, tous les nerfs tendus, attendait dans l'ombre. Le veilleur de nuit essaya la poignée de la porte, hésita, revint à la charge. A sa seconde tentative, Dix vit que la porte jouait un peu, et il comprit que le policier commençait à s'étonner. Louis avait soigneusement refermé la porte en entrant, mais, en débranchant l'installation de sécurité, il avait probablement imperceptiblement transformé l'équilibre de la porte, et le veilleur de nuit, qui venait la vérifier plusieurs fois chaque soir, avait dû s'en apercevoir.

Dix remonta le couloir, et rejoignit Louis et le petit docteur qui attendaient toujours.

— Un mec de la vigie ! annonça-t-il. Il peut nous amener des emmerdements. Tu feras mieux d'ouvrir cette porte, Louis, que je lui fasse son affaire avant qu'il se mette à gueuler pour appeler les flics.

Louis parut complètement démonté. Au bout du couloir, le veilleur continuait toujours à manipuler la poignée de la porte.

— Y va peut-être s'en aller, répondit Louis.

— Faites ce que vous demande Dix, trancha le petit docteur d'un ton impérieux.

Louis n'aimait pas la bagarre. Ça ne faisait pas partie de son système. Ces tueurs, toujours à l'affût d'un sale coup !... Il s'approcha lentement de la porte, sentant monter en lui une haine farouche pour Dix, et pour tout ce qu'il symbolisait à ses yeux : la cruauté, le goût du sang et de la violence.

Dix le suivit sans bruit, et se posta de l'autre côté de la porte, comme une bête de proie. Louis se pencha, libéra la serrure très vite, d'un seul geste, et ouvrit la porte toute grande.

Le policier s'immobilisa, frappé de stupeur ; aussitôt Dix l'empoigna par le bras gauche, l'attira vers lui d'une secousse et lui assena en pleine mâchoire un coup de poing qui aurait terrassé un bœuf. Néanmoins, le gardien ne tomba pas, car Dix le tenait toujours, mais il s'affaissa et parut se vider comme un sac de grain soudain éventré. Dix lui assena encore deux autres coups de poing avant de l'abandonner.

Le petit docteur avait observé la scène sans

s'émouvoir, mais Louis, qui sentait se crisper ses entrailles, détournait le regard.

Le veilleur, qui n'avait proféré aucun son, tituba comme un aveugle, pour s'effondrer sur le sol avec un bruit épouvantable. On aurait dit qu'il tombait de dix mètres.

Il portait au côté un automatique dans sa gaine, et lorsqu'il roula sur le côté dans une ruade involontaire, la gâchette de son arme frappa le sol de marbre. Dans un éclair aveuglant, une détonation claqua dans l'immeuble vide et se répercuta longuement sous les voûtes.

Puis ce fut le silence.

Dix et le petit docteur échangèrent un regard égaré, secoués par la violence de ce coup de feu, mais Louis lâcha la porte et, après avoir flageolé sur ses jambes comme un ivrogne brinquebalé sur une plate-forme d'autobus, s'affaissa en gémissant.

— Doc, lança Dix, il faut filer. Je vais le porter.

Riemenschneider, cramponné à la sacoche qu'il avait cachée sous son pardessus, rouvrit la porte et Dix, empoignant Louis à bras-le-corps, le remit sur pied et le chargea sur son épaule. Louis jurait d'une voix faible et protestait, disant que Dix allait l'achever, mais Dix n'y prit pas garde.

— Vaut mieux que vous preniez mon feu, murmura Dix. Je suis déjà assez chargé comme ça.

Riemenschneider, après avoir hésité, prit le gros revolver des mains de Dix, bien à contrecœur, mais sans broncher.

— Va falloir que Gus conduise Louis chez un docteur, reprit Dix. Alors c'est moi qui vous ramènerai.

Riemenschneider acquiesça en silence, car il se sentait pour le moment incapable d'articuler un seul mot. Puis, d'un pas vif, il passa la porte et s'arrêta sur le perron, pour inspecter la ruelle. Dix sortit à son tour, portant Louis qui avait cessé de protester, mais qui, à présent, avait un gémissement continu qui émut le petit docteur. Non qu'il se sentît pris de pitié pour Louis ; Riemenschneider était à l'épreuve de tout apitoiement ; mais les gémissements de Louis soulignaient cette fatalité mauvaise qui venait de lui jouer un mauvais tour. C'était l'incident imprévisible, celui avec lequel on ne pouvait jamais compter d'avance, même si on préparait son affaire avec la plus extrême minutie, et l'Allemand était fier de son froid raisonnement et de sa lucidité dans l'action.

Il se sentait découragé, démoralisé. A quoi bon préparer si soigneusement son coup ? Au dernier moment, une sonnerie se dérange, bêtement, simplement pour se moquer de vous ; la gâchette d'un automatique heurte le sol, par hasard... et voilà un homme abattu !

Le petit docteur, qui sentait monter la peur, eut froid soudain, et se sentit pris de vagues nausées. Les faits qui avaient un sens, oui, il était prêt à les affronter. Mais en face d'accidents idiots, comme celui-ci... comment réagir ?

Une poigne de fer lui prit le bras, et son emprise le ramena aussitôt à la réalité :

— Traînez pas les pieds, Doc. Vous allez tomber, lui dit Dix.

Comme un somnambule réveillé trop brusquement, le petit docteur eut un haut-le-corps et lança autour de lui des regards anxieux. Ils approchaient du parc à voitures ; avec ses phares. Gus leur adressa un signal furtif. Le petit docteur lança un dernier regard à la place brillamment éclairée, où le général de marbre, à cheval sur son destrier de marbre semblait brandir son épée de marbre pour encourager les policiers qui inspectaient minutieusement chaque magasin, essayaient chaque poignée de porte, chaque fenêtre, et s'interpellaient l'un l'autre.

En les voyant arriver, Gus descendit de voiture, pour les attendre.

— Gus... gémit Louis, ramène-moi chez nous. Maria et le petit, eux, ils...

— Faut le conduire chez un docteur, coupa Dix. Il a reçu la balle presque à bout portant.

— Dans la cuisse, haleta Louis. Je l'ai sentie me remonter le long de la jambe. Et dans le ventre aussi, je crois.

— Je vais t'emmener chez cet avorteur polonais, conclut Gus. C'est un bon gars.

— Mais, et Maria ! protesta Louis tandis qu'ils l'installaient dans sa propre voiture.

— Je lui téléphonerai, répondit Gus en s'installant au volant, à côté de Louis.

— Je vais ramener Doc, dit Dix.

— Attention pour passer les ponts, recommanda le petit docteur. Ils ont peut-être installé des barrages.

Soudain Dix fit volte-face. Il venait d'entendre des pas, tout près de lui.

— Passez-moi mon feu, Doc, murmura-t-il.

Riemenschneider lui passa son revolver, mais Gus intervint :

— Ça doit être un cinéma qui vient de finir, Dix. Les gens sortent du cinoche, et ils viennent reprendre leur voiture. C'est une veine !

Gus, de sa main courte et grasse, lui adressa un signe d'adieu, et la voiture démarra. Le petit docteur et Dix virent que Louis, tassé sur les coussins, penché en avant, haletait, comme incapable de reprendre son souffle.

Au moment où Dix et le petit docteur s'apprêtaient à les suivre, une dizaine de personnes, hommes et femmes, entrèrent dans le parc, sans se presser, bavardant gaiement, discutant du film qu'ils venaient de voir. Dix dut attendre pour les laisser passer, il démarra enfin et s'engagea dans la large voie sinueuse que Louis avait empruntée pour venir.

Pendant longtemps ils roulèrent en silence ; au bout d'un moment, le petit docteur, approchant le cadran de sa montre du tableau de bord pour y voir clair, murmura :

— Nous serons un peu en retard. Mais pas trop.

Dix, qui se concentrait tout entier sur son itinéraire, car il connaissait mal le quartier qu'ils traversaient, ne répondit pas. L'Allemand enchaîna :

— Heureusement que nous allons nous défaire du colis avant de repasser le pont. Quand le veilleur de nuit va reprendre ses esprits, il ne fera pas bon se faire repérer !

Après un silence, Dix lança :

— Moi, ça m'est égal. Je me tire.

— Vous quittez la ville ?

— Oui.

— Comment pourrai-je vous joindre, par la suite ? demanda Riemenschneider.

Il reconnaissait les bonnes recrues au premier coup d'œil. Mexico, ça ne réussirait peut-être pas. Il vaut toujours mieux prévoir le pire.

— Ça ne sera pas possible, répondit Dix.

— Vous partez pour de bon ? Vous laissez tomber ?

— C'est bien temps, non ? (Dix ricana.) Je rentre chez moi. Ça fait vingt-cinq ans que je n'y suis pas retourné.

Le petit docteur soupira et prit le temps d'allumer un cigare :

— Vous reviendrez. Cobby aura mon adresse.

Dix ne répondit pas, et l'Allemand laissa son esprit imaginer ce que serait son avenir. Petit à petit, il reprenait confiance en soi. C'était bête, toutes ces complications inutiles. Mais cela aurait pu être pire, bien pire. Il prit plaisir à imaginer Mexico... à plus de deux mille mètres d'altitude, une atmosphère claire et pure, beaucoup de boîtes de nuit et de restaurants, un terrain de courses, et des belles filles... des milliers de belles filles !

Mais là encore, il y aurait des difficultés. Un homme comme lui devait toujours être sur ses gardes. Cela finirait peut-être par se savoir, qu'il possédait un portefeuille bien garni, et les fripouilles locales, ignorant qui il était, se présenteraient peut-être à la curée...

— Handley, fit-il, êtes-vous déjà allé à Mexico ?

Dix lui lança un regard interloqué :

— Non. Je n'ai jamais passé la frontière. Sauf quand je suis allé en Europe, pendant la guerre.

— Ça vous plairait d'aller là-bas, tous frais payés ?

— Non, Doc, répondit Dix sans ambages. Merci, mais ça ne me dit rien.

Riemenschneider soupira et, sans rien dire, retourna à son cigare. Avec Dix près de lui, tout aurait été si simple !

CHAPITRE XX

— Il est deux heures passées, aboya Emmerich qui arpentait nerveusement la pièce, tout en lançant à Brannom des regards accusateurs, tout comme si le détective était le grand responsable.

Brannom haussa les épaules et se versa à boire, une fois de plus.

Il commençait à être un peu ivre, et se sentait plein d'assurance, presque agressif. Il avait ôté son veston, déboutonné le haut de sa chemise bleu marine et sa cravate blanche pendait de guingois. Il avait rangé son harnais dans un tiroir et caché son 45 derrière les coussins du canapé sur lequel il se prélassait.

Emmerich l'avait regardé faire d'un œil agacé, mais sans le moindre commentaire. L'impression d'une fatalité contraire, mais inéluctable, s'était abattue sur lui quelques heures plus tôt, et il ne parvenait pas à s'en libérer.

— Brannom, lança-t-il, vous buvez trop.

— Je bois toujours trop.

— Quelquefois vous vous saoulez. Ce soir, vous feriez mieux de conserver tous vos esprits.

— Quand je suis un peu saoul, j'ai plus d'esprit que les trois quarts des gens — et plus de culot !

répondit Brannom. Pourquoi ne vous asseyez-vous pas ? Vous êtes en train d'user mon Aubusson d'uniprix !

— Je ne tolérerai pas vos insolences ! rétorqua Emmerich en faisant volte-face.

— Pas tant de chichis, voyons ! Vous n'êtes pas en face d'un de vos cons de clients, mon vieux.

Ils se dévisagèrent en silence, un long moment, puis Emmerich se détourna et, finalement, s'assit, les coudes aux genoux, le menton dans les mains.

Brannom ne cherchait pas à cacher son mépris ; pour finir, il vida son verre d'un air insolent et, aussitôt, le remplit.

On en apprend tous les jours ! Le grand Emmerich — comme il avait bien trompé la galerie, pendant toutes ces années ! Mais, ce soir, il avait l'air d'une grosse vieille affolée, avec ses joues pâles et molles, ses mains tremblantes, ses yeux injectés de sang. La grande escroquerie du siècle ! « Bob, se dit Brannom, tu as souffert d'un complexe d'infériorité, pendant tout ce temps-là. Rien de plus. Ces grands personnages, qu'est-ce qu'ils ont de plus que toi ? De l'allure, rien que de l'allure... Et quand cela foire... »

En entendant Brannom ricaner, Emmerich leva la tête :

— Qu'est-ce qu'il y a de drôle ?

— Oh ! Je pensais simplement au jour où mon père s'est fait écraser par un tracteur, répondit Brannom.

Dégoûté, Emmerich se détourna, et reprit sa contemplation du tapis. Soudain il se rappela sa femme, toute seule dans cette chambre qui empestait le désinfectant et la maladie, sa femme qui gisait dans son lit, feuilletant sans fin des magazines, prenant ses remèdes, et se plaignant de tout d'une petite voix geignarde. Etait-il personnellement responsable ? Bien sûr, il y avait longtemps qu'il s'était détaché d'elle. Mais... ne l'avait-elle pas volontairement écarté ? Comment savoir ? Emmerich se sentit brusquement saisi par le désespoir, et retint un gémissement. Mais, très vite, il se reprit, en songeant au ricanement qu'aurait ce petit salaud qui se pavanait devant lui en chemise bleu marine, s'il pouvait deviner le cours de ses pensées.

Entendant du bruit, il se retourna. Brannom s'était levé et prêtait lui aussi l'oreille.

— M. Emmerich, dit-il d'une voix mordante, en affectant une extrême politesse, je crois que notre invité arrive !

Emmerich se leva et ils s'immobilisèrent tous deux, l'oreille tendue.

Dehors, Dix venait d'arrêter la voiture ; il descendit, ainsi que le petit docteur.

— C'est la maison de qui ? demanda Dix en inspectant d'un œil méfiant l'humble bâtisse, la minuscule pelouse et les arbustes mal soignés. (Ce quartier aux allures modestes, mais cependant bourgeois, l'inquiétait.) J'avais cru que cet Emmerich était un gars de la haute ! ajouta-t-il.

— Oh ! ce n'est pas chez Emmerich, ici, répliqua le petit docteur. J'ignore à qui appartient cette maison, mais l'idée est bonne. C'est un quartier convenable et tranquille.

Il se tut. Dix lui emboîta le pas. Ils traversèrent la pelouse et se dirigèrent vers la porte d'entrée.

Riemenschneider, qui semblait parfaitement à l'aise, avait parlé d'un ton paisible. Cependant tous les soupçons qu'il avait conçus à l'égard d'Emmerich lui revenaient à l'esprit. Tous ces détails inquiétants : les atermoiements, les beaux discours, les volte-face répétées... Cependant, à tout bien considérer, que pouvait attendre Emmerich d'une éventuelle trahison ?

« Ce doit être mon imagination », conclut le petit docteur en haussant les épaules.

Il sonna. Emmerich vint ouvrir.

— Bonsoir, dit Riemenschneider.

Emmerich, apercevant le petit docteur, parvint à dissimuler son sursaut d'étonnement, et, par-dessus son épaule, essaya d'apercevoir le visage de la grande silhouette maigre qui se tenait dans l'ombre derrière lui.

— Mais, Riemenschneider, s'écria Emmerich, ce n'est pas vous que nous attendions. Quelle chance ! Entrez donc !

Il s'écarta, et le petit docteur avança, suivi de Dix qui, après avoir lancé un regard indécis, retira son chapeau. Le petit docteur souleva la sacoche de cuir et sourit. Il s'apprêtait à dire quelque chose à son sujet lorsque Brannom les rejoignit dans le vestibule. Riemenschneider le toisa ; son sourire s'évanouit aussitôt, et toutes ses craintes lui revinrent.

— Voici M. Brannom, annonça Emmerich en désignant le détective privé. Pour notre affaire, il m'a été très utile. Nous en avons fait, des démarches ! C'est une très grosse affaire, vous savez. Ça demande de la ruse, de l'astuce, et du temps... beaucoup de temps.

Dix et Brannom se dévisageaient, s'évaluant l'un l'autre. Brannom était plus grand et plus fort que Dix. Mais Dix n'en fut guère impressionné et se détourna bientôt pour se concentrer sur Emmerich, dont la jovialité tendue le surprenait et l'irritait. Brannom, que Dix intriguait, lui lançait des regards furtifs, notant la grossière chemise kaki, la cravate bon marché, toute chiffonnée, le complet à quarante dollars qui était trop petit de partout, et les chaussures éculées.

« Il n'a pas dû leur coûter cher », conclut-il en se détournant d'un air dédaigneux.

— Si vous voulez bien me suivre, messieurs, proposa Emmerich, nous serons mieux par ici.

Après quoi, il se tourna vers le petit docteur et désigna la sacoche, comme s'il ne l'avait pas encore remarquée :

— Pleine de Koh-i-Noors, j'espère !

Dix se demanda de quoi diable voulait parler le grand type élégant et se tourna vers Riemenschneider pour essayer de comprendre, mais l'Allemand répondit simplement :

— Peut-être...

Emmerich et Brannom les conduisirent au salon, et leur offrirent à boire ; ils refusèrent. Ils refusèrent même de s'asseoir, si bien qu'Emmerich resta debout comme eux ; mais Brannom s'avança jusqu'au canapé et s'assit dans un coin. Emmerich lui lança un rapide coup d'œil en coin.

— Bon, dit le petit docteur d'un ton positif, voilà la marchandise, maître. Si vous voulez bien nous remettre l'argent, nous pourrons nous retirer.

— Vous me permettez d'y jeter un coup d'œil ? demanda Emmerich en se raclant la gorge.

— Mais comment donc ! répondit le petit docteur en ouvrant la sacoche. Bien sûr que vous avez le droit de vérifier.

Un silence tendu s'abattit sur la pièce. Dix ne quittait pas des yeux Brannom qui, affalé sur les coussins, fumait une cigarette d'un air détaché, comme s'il avait été entièrement indifférent à ce qui se passait.

Riemenschneider s'approcha d'une petite table, tout près de Brannom, poussa un peu les objets qui s'y trouvaient, puis, avec soin, il renversa lentement le contenu de sa sacoche. Des diamants, des émeraudes, des rubis et des saphirs étoilés ruisselèrent sur le tapis de table tout éraillé.

Dix lui-même en resta bouche bée. Tous contemplaient, figés sur place, l'invraisemblable trésor qui scintillait sous leurs yeux. On aurait dit que les bijoux les avaient ensorcelés, changés en pierre.

Finalement, le petit docteur rompit le charme. Avec un petit rire nerveux, il plaça la sacoche grande ouverte contre le bord de la table et y fit glisser toutes les pierres.

— Vous êtes convaincu ? demanda-t-il.

— Bien sûr, bien sûr ! répondit Emmerich d'un ton cordial. En fait, je n'avais jamais eu la moindre inquiétude, connaissant votre réputation. C'était pure curiosité de ma part.

Le petit docteur, qui avait ratissé tous les bijoux refermait les serrures.

— Très bien, fit-il. Alors, maître, dans ce cas, il semble que notre marché soit près d'être conclu.

Au cours du bref silence qui suivit, Emmerich se racla la gorge d'un air sinistre :

— Messieurs, dit-il, je dois vous avouer que c'est pour moi une minute embarrassante.

Après avoir lancé un coup d'œil à Dix, toujours impassible, le petit docteur se retourna et dit :

— Dois-je comprendre... que vous n'avez pas l'argent, maître ?

— Non, ce n'est pas aussi tragique, répondit

Emmerich. J'ai l'argent... c'est-à-dire que je suis certain de l'avoir, et celui qui me l'a promis n'a qu'une parole. Non, ne vous inquiétez pas pour l'argent. Mais il s'agit d'une somme si importante — une somme presque inimaginable — vu les conditions actuelles, et le fait que vous l'avez demandée en argent liquide — alors, pour se la procurer, cela demande quelques jours...

— Donc, vous ne l'avez pas, conclut Riemenschneider.

Dans son visage gras et pâle, aux traits durcis, les petits yeux noirs s'étaient mis à luire de façon inquiétante derrière les grosses lunettes.

— Riemenschneider, reprit Emmerich, vous me décevez. Un homme aussi intelligent, aussi fin... employer des termes aussi brutaux ! Il est exact que je n'ai pas les billets ici, dans ma main. Mais, dans le sens le plus vrai, il est également exact que j'ai cette somme, puisqu'elle m'a été promise par cette personne de confiance. Je regrette la manière dont les choses se sont passées. Nous étions tous si impatients que nous nous sommes trop pressés, et...

— Vous n'avez pas tenu parole.

— Vous voilà reparti, avec vos formules toutes faites, Riemenschneider ! Il y a certains impondérables dont on n'est pas toujours maître : vous le savez bien, vous qui avez de l'expérience !

L'Allemand tiqua légèrement, à cette mention des impondérables, car il se rappelait ces sonnettes d'alarme sans queue ni tête, et le revolver qui était parti tout seul.

Ce changement d'humeur n'échappa pas à Emmerich qui, comprenant qu'il avait marqué un point, s'empressa d'enchaîner :

— C'est comme si l'argent était là. J'ai reçu un coup de téléphone ce soir, et l'on m'a annoncé qu'il faudrait peut-être encore quelques jours pour réunir la somme. Je vous aurais appelé pour vous demander de reculer la... l'affaire — de quelques jours seulement, comprenez-moi bien — mais il était déjà trop tard...

— C'est fort malencontreux, coupa Riemenschneider. Quelques nuits de plus ou de moins, cela ne compte guère pour vous, monsieur Emmerich. Mais pour moi, qui vais avoir à transporter un colis pareil, c'est interminable. Vous verrez ce que vont en dire les journaux de demain. C'est le plus grand cambriolage que cette ville ait jamais connu.

— Je comprends bien, fit Emmerich. Mais cela peut s'arranger.

Il s'interrompit, et son regard plein de bonhomie alla de Dix à Riemenschneider. Après une pause, il reprit :

— Du moins, si vous êtes prêts à me faire confiance, naturellement. Dans le cas contraire... ma fois, je ne vois pas ce qui me resterait à faire, sinon vous offrir mes excuses les plus sincères, pour n'avoir pas été capable de mener cet arrangement avec assez de vigueur.

Il se racla la gorge et, tirant un mouchoir de sa poche, il s'épongea le front, lentement, tout en considérant Dix et le petit docteur d'un air triste et résigné.

— Monsieur Emmerich, demanda Riemenschneider après un bref silence, qu'essayez-vous de nous dire ?

— Les bijoux, répondit Emmerich avec un aimable sourire. C'est très dangereux de les conserver avec vous. Vous venez de le dire.

— Vous voudriez que nous vous les laissions ?

— A moins que vous n'ayez un projet plus satisfaisant. En fait, pour moi, ils ne valent pas plus que pour vous, tant que nous n'avons pas reçu l'argent. Mais pour moi, c'est plus facile. Quand ces policiers vont se mettre à les rechercher, demain, est-ce qu'ils vont me convoquer ou cerner ma demeure ? (Emmerich, dans un grand geste, éclata de rire.) C'est comique, rien que d'y penser. Mais vous... docteur ! Vous venez tout juste de sortir de prison. Je vous certifie que pour une affaire comme celle-ci, la police ne va pas rechercher des petits cambrioleurs de quatre sous. Ils vont chercher parmi les grandes vedettes, parmi les gens comme vous. Et l'un de leurs inspecteurs aura peut-être l'idée d'établir une relation entre ce vol d'un million de dollars et votre levée d'écrou.

Riemenschneider sentit une sueur froide perler à ses tempes. Il ne s'était pas trompé. C'était bien une trahison. Mais de quelle sorte ? Comment ?

— Personne n'est au courant de ma présence dans cette ville, répondit-il.

— En êtes-vous bien sûr ?

Après une courte hésitation, Riemenschneider répondit tout bas, en lançant à Emmerich un regard froid :

— Non, pas encore.

Dix, étourdi par le flot de paroles dont Emmerich les enveloppait et à demi convaincu malgré soi, fut rappelé à l'ordre par une tension nouvelle dans la voix du petit docteur. Après un coup d'œil à Reimenschneider, il se retourna vers Emmerich, dont le visage avait blêmi.

— Enfin, c'est comme ça ! s'écria Emmerich qui s'efforçait de conserver toute sa jovialité, mais qui, sous le regard appuyé de l'Allemand, commençait à perdre contenance.

Son éloquence l'avait abandonné. D'un geste résigné, il fit mine d'écarter cette discussion.

— Mais naturellement, ce que j'en dis, c'est pour vous. Reprenez les bijoux. Dites à Cobb de garder le contact avec moi. A la fin de la semaine, peut-être...

Brannom, que tous semblaient avoir oublié au cours de la discussion, lança soudain d'une voix rauque :

— Vous vous êtes bien défendu, Emmerich. Mais c'est quand même raté. Alors...

Ils se retournèrent tous vers lui, comme un seul homme. Assis sur le bord du canapé, il regardait fixement Dix et Riemenschneider. Dans sa main droite se trouvait le 45 réglementaire. Son visage était pâle, mais sa mâchoire crispée et son regard résolu étaient menaçants.

Emmerich en fut sincèrement choqué. Certes, il n'était pas surpris par l'initiative de Brannom, mais depuis le début, comptant sur sa propre éloquence, il avait pensé que son acolyte n'aurait pas à agir.

— Bob ! s'écria-t-il malgré lui.

— Reculez-vous, et ne vous mêlez plus de rien, Emmerich, aboya Brannom, sans quitter des yeux Dix et le petit docteur. Hé ! là, toi l'homme des champs, les mains en l'air. Et vous... Heinie, jetez cette sacoche par terre. Par ici, à mes pieds. Et faites attention, jetez-la comme il faut, je suis un tireur d'élite.

Le petit docteur lança un regard de côté à Dix, qui, toujours impassible, levait lentement les mains.

— Qu'en dites-vous, Dix ?

— Il n'a rien à en dire, répliqua Brannom. Un seul faux mouvement, et il peut dire adieu pour toujours au fumier de sa ferme !

Dix se racla la gorge et murmura :

— Lancez-lui la sacoche, Doc. Il nous tient.

— Tu es moins bête que je croyais ! dit Brannom.

Dans le silence qui suivit, on entendit le halètement court d'Emmerich. Finalement, Riemenschneider lança la sacoche en direction de Brannom et, au même instant, Dix arracha son automatique qu'il avait caché dans sa ceinture et fit un bond de côté.

Des coups de feu retentirent, assourdissants, ébranlant les murs du petit salon si « comme il faut ». Emmerich, bien qu'il ne se trouvât pas dans la ligne de tir, tourna sur soi-même et tomba sur les genoux. Brannom, après avoir regardé fixement dans le vide un instant, se laissa glisser par terre, s'agenouilla devant le canapé, comme s'il demandait pardon de ses innombrables péchés, et finalement s'affala tout de son long, le nez enfoui dans son « Aubusson d'uniprix ».

L'Allemand se retourna vers Dix. Celui-ci avait, en titubant, reculé jusqu'au mur et, de sa main gauche, se tenait le flanc. Son veston montrait une longue déchirure aux bords dentelés. Avant que Riemenschneider ait pu placer un mot, Emmerich, toujours agenouillé dans un coin, les mains pressées contre sa poitrine, complètement effondré, lui cria :

— C'est mon cœur, messieurs ! Une nouvelle crise ! Cet incident épouvantable ! Je n'y survivrai pas. Ce crétin a signé mon arrêt de mort, en... oh ! seigneur ! Pourquoi a-t-il fait cela ?

Dix s'avança vers lui, lentement :

— Espèce de sale faisan ! T'as la gueule tout enfarinée, et tu voulais nous repasser, avec tes jolis baratins hein, espèce d'ordure !

Bouleversé par ce qui venait de se passer, Riemenschneider, que la violence démontait toujours, comprit qu'il aurait dû intervenir, mais il ne put prendre sur lui. Il ne pensait qu'aux effroyables conséquences que ce désastre risquait d'entraîner.

— Alors, tu es un homme ? hurla Dix en s'avançant d'un pas menaçant vers Emmerich qui le considérait les yeux exorbités, pris de panique. Ou bien tu n'es qu'une lope ? Ou quoi ? Ça essaie de repasser les copains, mais ça n'a pas pour deux sous de courage ! Pourquoi t'es pas crevé depuis longtemps, hein ? Comment ça se fait que tu sois encore en vie ?

Soudain Emmerich se leva et une expression étrange passa sur son visage décomposé — une expression qui surprit Dix et le fit hésiter, une expression où se mêlaient la résignation, la dignité, et une résolution nouvelle. Le sang revint aux pommettes d'Emmerich, et la peur qui avait ramolli tous ses traits s'évanouit. Sa mâchoire se crispa, ses lèvres se contractèrent. Il s'écarta de Dix et, après avoir reculé de quelques pas, il s'immobilisa, et le toisa d'un regard sans effroi.

Emmerich venait de faire une découverte bien curieuse. Lorsque l'humiliation dépassait un certain degré, la mort lui était préférable. Il l'avait déjà entendu affirmer bien des fois, soit au tribunal, soit ailleurs. On le disait parfois avec sérieux, et parfois en plaisantant. Cela lui avait toujours fait l'effet d'une de ces sornettes saugrenues, qui dataient d'un autre âge. *Or, c'était vrai !*

L'Allemand s'était ressaisi. Il comprit qu'Emmerich souhaitait mourir et que, par son attitude d'indifférence hautaine, il cherchait à provoquer son agresseur. Riemenschneider se jeta sur Dix, empoigna la main qui tenait le revolver et mit le cran d'arrêt, tout en disant d'un ton aussi persuasif que possible.

— Dix, écoutez-moi. Il aurait bien mérité qu'on le tue. Mais... et nous ? Nous sommes dans de sales draps, de bien sales draps, et nous avons besoin d'aide. Ne le tuez pas, Dix. Ça serait trop commode pour lui, de s'en tirer comme ça !

Dix, qui se débattait, finit par se retourner. Il dévisagea le petit docteur d'un air absent, puis fit soudain une grimace, et porta la main à son côté, en gémissant. L'avocat jeta un coup d'œil au cadavre de Brannom qui gisait à plat ventre par terre, à côté du canapé et, pour finir, se laissa tomber dans le seul fauteuil de la pièce.

Dans le silence qui suivit, Dix replaça son arme sous la ceinture de son pantalon, et regagna le mur contre lequel il s'accota, en se tenant toujours le flanc ; il désigna Emmerich d'un regard absent :

— Ça vous regarde, Doc ! conclut-il. Mais ce que vous comptez tirer de ce client, ça, je me le demande bien !

Riemenschneider s'avança, et reprit la petite sacoche qui gisait toujours aux pieds de Brannom. Il la posa sur la table et se tourna vers Emmerich :

— A quoi pensiez-vous, monsieur Emmerich ? Vous avez perdu la tête ?

— Oui, probablement, murmura Emmerich. Comme s'il avait été possible que je m'en tire !

— Vous avez de la chance de ne pas y avoir laissé votre peau, voilà la vérité, répondit l'Allemand, en le considérant d'un air interloqué. Vous êtes liquidé, monsieur Emmerich, vidé, rôti !

— Minute, Doc ! lança Dix qui reprenait ses esprits. Ce type-là peut figurer comme témoin. Il m'a vu descendre ce fumier. Vous ne croyez pas qu'il se mettra à table, si on le cuisine ?

— Il n'est guère en mesure de parler, répondit l'Allemand. Mais dites-moi, continua-t-il en s'adressant à Emmerich, qu'est-ce que vous comptiez faire des bijoux, avec cet homme qui est maintenant là, par terre ?

— J'étais aux abois ! cria Emmerich en s'effondrant soudain. Ruiné. Acculé à la banqueroute...

— Vous ! fit le petit docteur stupéfait.

Et soudain il se rappela. Cela expliquait tout — le malaise qu'il avait toujours ressenti en présence d'Emmerich, et ses propres craintes, et ses soupçons. Il avait pressenti l'affolement secret de l'avocat.

— Le désespoir, cela me connaît, reprit-il avec un sourire furtif. (Le mystère Emmerich s'éclaircissait enfin, il commençait à comprendre l'avocat.) Mais les bijoux ? Comment vous y seriez-vous pris ?

— J'aurais quitté la ville. Je les aurais vendus un par un, petit à petit.

— Quelle folie ! La police aurait été à vos trousses tout de suite. Ce genre de marchandises ne peut être vendu qu'à un receleur bien placé, qui connaisse à fond son métier. Il les revend à d'autres bijoutiers... cela demande toute une technique... Vous vous êtes conduit en amateur, monsieur Emmerich. Il va falloir faire un effort...

— Un effort ?

— Oui, pour vous tirer de là. Si je vous ai sauvé la vie, ce n'est pas par philanthropie. Nous n'avons aucune envie de conserver avec nous tous ces bijoux. Si nous ne parvenons pas à les vendre, ils ne valent pas un clou. Réfléchissez, monsieur Emmerich, et vite !

Le visage de Dix était crispé par la douleur, et sa main ne quittait pas son flanc, mais il oublia sa blessure, tant il fut stupéfait par l'attitude que Riemenschneider avait adoptée à l'égard d'Emmerich.

— Dites voir, Doc. Vous vous gourez si vous croyez qu'on peut faire confiance à ce salaud !

— Alors, que faire ?

— Je n'en sais rien. Mais il faut filer. Les gens ont peut-être entendu les coups de feu. C'est plutôt tranquille, ce coin-là. On ferait pas mal de mettre les voiles.

— Une minute, Dix.

Riemenschneider se retourna vers Emmerich qui regardait dans le vide :

— Alors, monsieur Emmerich ?

L'avocat se frotta le front d'une main tremblante. Il avait accepté la mort. Mais maintenant, c'était déjà de l'histoire ancienne. La vie avait repris, avec tous les anciens problèmes, toutes les responsabilités intolérables. Il avait obtenu un sursis, et non un pardon.

— Oh ! Je crois que j'ai une idée, dit-il soudain en se redressant. Que pensez-vous de la compagnie d'assurances ?

— La compagnie d'assurances ? répéta lentement le petit docteur. (Soudain son regard brilla.) Oh ! je vois ce que vous voulez dire.

— Ils se montreront peut-être raisonnables.

C'est un très sale coup pour eux, et ils seront peut-être bien contents de racheter la marchandise — sans poser de question, à quelque chose comme trente pour cent de la valeur réelle.

— Comment peut-on s'y prendre ?

— Doc, cria Dix, faut les mettre !

Ils ne prêtèrent aucune attention à lui. Emmerich se leva, et alla jeter son cigare dans le cendrier. Un vague espoir renaissait en lui. Est-ce que réellement, il allait parvenir à s'en tirer ?

— Donnez-moi votre accord, dit-il, et je commence à m'en occuper dès demain. Mais... gardez les bijoux.

— Et comment qu'on les garde ! lança Dix.

Emmerich serra les lèvres en évitant le regard mauvais de Dix, pour qui, à présent, il ne ressentait plus que du mépris.

— Faites vite ! dit Riemenschneider. Et n'oubliez pas, vous avez bien failli être abattu vous aussi, comme votre ami.

Emmerich détourna les yeux, refusant de voir le cadavre de Brannom.

— Si j'ai quelque chose à vous dire, conclut-il, je préviendrai Cobb.

Riemenschneider acquiesça. Dix, qui pâlissait de minute en minute et qui s'appuyait contre le mur, de peur de perdre l'équilibre, se sentit trop faible pour protester. Riemenschneider l'aida à traverser le vestibule, et Emmerich leur ouvrit la porte.

Il n'y eut plus un seul mot d'échangé.

Après leur départ, Emmerich tendit l'oreille. Ayant entendu leur auto s'éloigner, il tira son mouchoir de sa poche, et, évitant le cadavre de Brannom, il se mit en devoir d'essuyer tous les objets sur lesquels on aurait été susceptible de relever des empreintes. Tout en s'y appliquant, il réfléchissait. Les policiers n'auraient aucun mal à établir les relations qu'il entretenait avec Brannom. Un alibi ? Emmerich eut un sourire plein d'amertume. Après tout, peut-être qu'Angela allait lui être utile ; elle allait peut-être faire quelque chose pour lui, en échange de tout l'argent qu'il avait gaspillé pour elle !

Il était trois heures passées lorsqu'il rentra chez lui. Il ouvrit la porte lui-même avec sa clef, et monta l'escalier sans faire de bruit. Mais la porte de sa femme était ouverte. Sur le tapis du palier, un rayon lumineux tombait sur les dessins de la moquette.

Il entra. Ce soir, cette pièce ne lui faisait plus l'effet d'un lieu repoussant, mais, au contraire d'un refuge. Accotée sur ses oreillers, sa femme lisait un magazine. Elle releva la tête, l'aperçut et ne chercha pas à dissimuler sa surprise. Il y avait tant d'années qu'il rentrait tard sans songer à lui souhaiter une bonne nuit !

— Mais, Lon !... s'écria-t-elle.

— Tu ne dors pas ?

— J'ai éteint deux fois déjà. Mais je n'ai pas pu m'endormir. Quelle heure est-il ?

Emmerich hésita, puis tira sa montre et fit mine de regarder le cadran.

— Bientôt deux heures, répondit-il. A quelques minutes près.

— Comme c'est tard, Lon !

— Oui, je sais. J'ai été retenu. Tu devrais essayer de dormir.

— Oui, je crois que j'y arriverai, maintenant ; je me sens plus tranquille, quand je te sais là.

Emmerich lui caressa la main, puis, en soupirant, repartit vers le couloir. Il n'avait pas envie de s'en aller. Il aurait bien aimé s'asseoir sur le lit et bavarder avec May, comme il le faisait autrefois — il y avait de cela bien longtemps — lorsqu'il était un jeune avocat ambitieux qui travaillait tard sur ses dossiers. Sur le seuil, il se retourna :

— J'ai repensé à ce que tu disais ce soir. Nous nous amusions bien, en jouant au casino, hein ?

— Oh, Lon, dit sa femme toute confuse, il ne faut pas faire attention à tout ce que je dis. Tu me connais...

— Mais si, tu avais raison. C'est une excellente idée. Bonne nuit, May !

Après son départ, Mme Emmerich se sentit toute songeuse. Est-ce que Lon était ivre ? Il lui avait paru un peu pâle, ses yeux étaient congestionnés. Il devenait chaque jour plus nerveux ! Pourtant, non... il avait peut-être bu quelques verres, mais il n'était pas ivre.

« Je me demande où il peut bien aller, songea-t-elle, lorsqu'il rentre si tard ! »

CHAPITRE XXI

Cobby, étendu sur le divan de cuir, dans la salle de jeu du fond, essayait de se calmer. Le visage tiré et blafard, il gémissait parfois, complètement bouleversé, terrorisé et intimement persuadé que le monde allait s'écrouler d'une minute à l'autre.

Dix jurait tout bas ; ayant dénudé son torse puissant, matelassé de poils noirs, il examinait sa blessure, et la badigeonnait de teinture d'iode à l'aide d'un gros morceau de coton. Sa chemise tachée de sang gisait par terre, et Cobby s'appliquait à ne pas la regarder.

Le petit docteur, qui n'avait quitté ni son chapeau ni son pardessus, s'était assis à une petite table à jeu, et il avait posé devant lui la sacoche qui contenait les bijoux. D'un air absent, il la faisait tourner en rond sur le bois lisse.

— Dix, dit-il, vous feriez mieux de joindre Gus et de lui demander de vous conduire chez un docteur ; ne faites pas l'idiot !

— Je n'aime pas les docteurs, rétorqua Dix. Ça va très bien. La balle m'a simplement glissé le long de la côte. Heureusement que j'ai sauté de côté !

Cobby se remit à geindre, d'une voix lamentable. Dix et Riemenschneider lui lancèrent tous deux un regard exaspéré. Depuis qu'ils étaient rentrés et qu'ils lui avaient raconté ce qui s'était passé, Cobby s'abandonnait comme cela de temps en temps à d'interminables monologues dans lesquels il essayait de se justifier.

— Comment vouliez-vous que je me méfie d'Emmerich ? dit-il d'un ton suppliant. Demandez à qui vous voudrez ce qu'il pense de lui... Ils vous diront tous que c'est le type le plus réglo de toute la ville, et un des plus en vue. Je lis pas dans le marc de café, moi. Je marchais avec les autres, et j'essayais d'arranger ça au mieux, pour tout le monde. A présent, regardez-moi ça ! J'ai déjà été refait de trente mille dollars, et vous autres, vous trimbalez de la camelote que vous pouvez pas fourguer sans faire tout péter... deux mecs ont été descendus et...

— Oh ! ta gueule ! hurla Dix.

Cobby, qui aurait voulu ne jamais se taire, car, en même temps qu'il se libérait, il avait aussi l'impression de se protéger, se retourna en gémissant, et ferma le bec.

— Vous auriez dû nous dire que c'était vous le bailleur de fonds ! fit remarquer Riemenschneider. Cela nous aurait alertés, et nous aurions regardé les choses d'un peu plus près.

— Je sais, je sais, grogna Cobby d'un ton contrit. Mais cet Emmerich... il vous fait prendre des vessies pour des lanternes ! (Il se retourna d'un coup de reins et pointa sur Dix et Riemenschneider un index vengeur.) Regardez un peu, vous autres ! Emmerich vous a salement faisandés, et qu'est-ce qui se passe ? Rien de rien. Il continue à faire équipe avec vous...

— Ce n'est pas pareil, coupa le petit docteur. Pour le moment, nous n'avons pas le choix.

— C'est le docteur qui a eu cette idée, coupa Dix. Et il ne veut pas en démordre.

Cobby grommela, puis se leva pour se verser à boire ; mais cette activité brusquée lui tourna la tête, il se rassit et se prit la tête dans les mains, en geignant :

— Quelle gourde je fais ! Dire qu'avec une bonne petite affaire et tout le fric que je veux, je trouve encore moyen d'aller me fourrer dans une dégueulasserie pareille ! J'aurais besoin d'aller me faire examiner par un toubib !

Dix qui s'était levé, remettait sa chemise. Il se tourna vers le bookmaker :

— Allez, Cobby. Arrête-toi de chialer, et donne-moi un coup de bourbon, tu veux ?

Cobby se levait pour lui donner la bouteille quand le téléphone sonna. Il décrocha :

— Allô ! Oui, c'est Cobby. Quoi ?

Il poussa un hurlement tel que Dix et le petit docteur sursautèrent tous deux.

— C'est Gus ! cria Cobby. La rafle ! Les flics vont recommencer à éplucher tout le quartier. Il veut te causer. Dix !

Dix lui arracha l'appareil des mains :

— Gus ? Ici, Dix.

— Ecoute-moi, vieux, fais bien attention : je venais de ramener Louis et je ressortais de chez lui quand, boum ! je suis tombé sur les flics. Ils sont en train de perquisitionner maison par maison, sur le Crane Boulevard — y en a une vraie meute, ils ont sorti les paniers à salade et tout. Dans pas longtemps, ils vont arriver sur Camden. Alors, écoute. J'ai prévenu Eddie Donato. Il tient une épicerie sur le quai — Front Street, au 116. Tu te rappelleras ? Bon. Alors files-y avec le docteur, à tout berzingue.

Eddie gardera sa porte ouverte — celle qui donne sur Guerand Street. Vous entrez et vous montez l'escalier. Eddie vous logera. Ne mettez pas le nez dehors tant que je ne vous aurai pas fait signe. Ah ! vieux, ça va mal.

— Merci, Gus. Et Louis, comment ça va ?

— Pas fort. Et tu parles des chichis qu'il a fallu que je serve à sa bourgeoise ! Tu sais, j'ai pas pu mettre la main sur le toubib polonais. Il a eu des emmerdements, alors il s'est taillé. L'a fallu que je mène Louis à un gars qui s'appelle Halsey — un nouveau, qui arrive de Chicago. Espérons que c'est un type bien ! Mais j'ai pas eu le temps de discuter. Alors, traînez pas !

Dix allait raccrocher lorsque Gus enchaîna :

— Minute, Dix ! Tu as laissé ma bagnole dans la ruelle ?

— Oui.

— Bon. Mais écoute. Ça serait plus sûr d'aller chez Eddie à pied. Passez par le vieux marché. Pendant un bon bout de chemin, vous ne rencontrerez personne. Et après le marché, c'est dans la poche. Le quartier d'Eddie, c'est pépère. Les flics les emmerdent jamais. Salut !

Dix raccrocha.

— En route, Doc ! fit-il. Faut se tailler.

Riemenschneider saisit la sacoche et suivit Dix, qui s'était mis en route tout en enfilant sa veste. Sur le seuil, Dix se retourna :

— Cobby, on va se planquer pour un bout de temps. Si t'as des nouvelles d'Emmerich, préviens Gus.

Ils sortirent. Dix claqua la porte et Cobby sursauta au bruit.

— Mais qu'est-ce qu'on a fait au bon Dieu ?

demanda Cobby aux quatre murs de la pièce. Qu'est-ce qu'on a fait ?

Il se versa un plein verre de whisky sec et, sous la morsure de l'alcool, eut un violent frisson.

Une demi-heure plus tard, Camden Square grouillait de policiers ; les voitures de police encombraient la chaussée et, dans le bureau de Cobby, le brigadier Monk Dietrich, un géant célèbre pour sa brutalité, se prélassait dans un fauteuil, fumant un des meilleurs cigares de Cobby et buvant son scotch. Sous sa tunique déboutonnée, on apercevait un gros gilet de corps tricoté. Il avait repoussé sa casquette sur la nuque et la sueur perlait à son front bas.

— Ton Timmons, disait-il, ça m'embête de le coffrer, Cobby. Mais faut bien qu'on ramène quelque chose. Leur rafle, ça ne rime à rien. On peut foutre des gars au bloc jusqu'à la Saint-Glinglin, on n'en tirera que dalle. Ce que le Boss veut, c'est donner de la matière à copie aux journalistes. Mais moi, je te le dis, pour finir, il y aura un petit mouchard quelconque qui crachera le morceau, et ça éclairera d'un coup toute l'affaire ! Mais ça, c'est entre nous !

Le rire vulgaire de Dietrich emplit la petite pièce et résonna longuement contre les murs.

Cobby, assis en face du brigadier, le contemplait d'un regard fixe, avec un sourire tendu :

— Timmons est un gars inoffensif, risqua-t-il d'un ton conciliant. Il me rend de petits services, il fait mes courses, mais il ne serait même pas foutu de rouler un ivrogne !

— Une nuit en cabane ne peut pas lui faire de mal, répliqua Dietrich en tendant le verre qu'il venait de vider. Demain matin, il se présentera devant l'inspecteur, et on le relâchera.

Cobby remplit le verre.

— Faites ça pour moi, Dietrich, foutez-lui la paix. Il va avoir une pétoche du tonnerre.

— Allez ! répliqua Dietrich, c'était une terreur, dans le temps, tu le sais bien. Et pour lui flanquer la trouille, faudrait trouver plus fort que la bombe atomique ! (Dietrich renversa la tête en arrière et vida son verre d'un coup ; ses petits yeux cochons guignaient Cobby d'un air sournois.) Pourtant, comme tu t'es toujours bien conduit — sauf que tu fais le book en douce, mais ça, on s'en fout — je vais te dire ce que je vais faire. Ton malabar, je le libère...

Dietrich marqua une pause, pour jouir pleinement du sourire ravi de Cobby, puis il enchaîna :

— Oui, je le libère et, à sa place, c'est toi que j'embarque !

Cobby, terrorisé, le contemplait avec des yeux exorbités, incapable de parler. Dietrich attendait, impassible. Enfin, Cobby retrouva sa voix :

— Voyons, mais... Dietrich ! Vous ne pouvez pas faire ça. Je suis un honnête commerçant, moi ! Compromis dans une rafle ?... Voyons, Dietrich !

Brusquement, le gros brigadier se renversa dans son fauteuil et éclata d'un rire homérique. Tout cela lui semblait tellement comique qu'il se mit à hoqueter, les yeux pleins de larmes. Pour finir, il dut même un instant appuyer sa tête contre la table. Enfin, il se remit, mais son gros ventre tressautait encore : il se leva, ouvrit la porte et hurla :

— Hé ! Carlson ! Expédie-moi cet oreillard dans le panier à salade ! On l'embarque !

Puis il revint vers Cobby, qui tout en se versant à boire, souriait jaune.

— Ah ! vous êtes un rigolo, pas de doute ! ironisa Cobby d'un ton ulcéré.

— Avec un boulot pareil sur les bras, faut bien que j'essaie de m'amuser un peu ! A propos, tu connaîtrais pas un nommé Brannom ?

Cobby parvint à conserver une expression à peu près normale :

— Brannom ? Non. Je ne crois pas.

— Tu verras ça dans les journaux de demain. Un de ses voisins a appelé le commissariat, il disait qu'il avait entendu tirer des coups de feu chez lui. C'est une manie qu'ont les gens, de téléphoner au commissariat en disant qu'ils ont entendu tirer. A croire qu'ils passent des nuits blanches, rien que pour encombrer les standards de la police. Mais cette fois-ci... ils ne rigolaient pas ! On avait farci le client en question, en plein dans le battant. Tu parles d'une nuit ! Si t'avais vu le commissaire général ! Il était déjà couché, on l'a tiré du lit. Avec sa tignasse hirsute, qui tenait tout debout sur sa tête, il avait tout du vieux perroquet constipé.

Une fois de plus, le rire de Dietrich se fit entendre, et le brigadier se mit à taper contre le mur de son poing énorme.

— Et c'est tout ? Un mec qui s'est fait descendre ? rétorqua Cobby. C'est qui ? Le fils du gouverneur, ou quoi ?

— Non, fit Dietrich. Ce n'est qu'un détail. Tu verras ça dans ton canard, demain matin. Tu n'as rien d'autre à me proposer comme client, pour que j'aie quelque chose d'un peu convenable à présenter ?

— Ma foi non. Quand on a entendu vos sirènes,

tous les types qui jouaient aux cartes se sont taillés par la porte de derrière.

— Bon alors, on les a déjà tous cueillis. Et ne t'en fais pas pour ton copain, la grosse terreur. On le relâchera demain. File-moi encore deux de tes cigares. Ils sont pas mauvais. Faut être book pour pouvoir s'en payer des comme ça. Un policier honnête n'a pas les moyens.

Il s'empara des cigares offerts et s'en alla. Cobby entendit ses pas lourds s'éloigner dans le couloir.

CHAPITRE XXII

Un peu plus loin, dans l'arrière-boutique du petit bar, le Tandem du Rire, assisté par un des policiers du Quartier Général, cuisinait Gus.

— J'ai pas bougé d'ici, disait Gus. N'avez qu'à demander à Mike. Et puis, pourquoi que vous venez me chercher des puces ? J'ai toujours marché droit depuis que je suis sorti de taule, et vous le savez.

Le policier du Q.G. commençait à s'énerver :

— Allez ! on l'embarque. Ça lui clouera le bec.

— Minute, répondit Tom en s'approchant de Gus, qu'il prit par l'épaule : Ecoute, Gus. Mettons que t'as toujours marché droit. Mais alors, pourquoi tu nous aiderais pas un peu ? Tu pourrais nous dire ce qu'est devenu ton pote — tu sais, Dix...

— Puisque je vous répète que c'est pas un pote à moi ! J'connais même pas son nom — sauf que maintenant vous me dites qu'il s'appelle Dix. J'sais pas où il crèche. J'sais rien. Il m'achète le *Turf* et les journaux ; c'est quand même pas un crime !

— Très bien, conclut Tom. On l'embarque.

— Allez, en route, le boscot, dit le flic du Q.G.

— Voilà, duconeau ! répondit Gus.

— Ah ! Tu veux faire le malin ? cria le flic en

fonçant sur lui. Ça te plairait que je te casse la gueule, dis ?

— J'supporte pas qu'on m'appelle le boscot, rétorqua Gus. J'suis né comme ça. J'l'ai pas fait exprès !

Le flic tourna les talons.

— Allez, ouste ! Au panier à salade !

CHAPITRE XXIII

Maria, la femme de Louis, assise près de la fenêtre de sa chambre à coucher, les mains jointes, cherchait en vain à se calmer. Elle était totalement abasourdie.

De temps en temps, elle levait les yeux vers la vitre, et contemplait la ville obscure qui lui semblait, naguère encore, plaisante, familière, accueillante, et qu'à présent elle sentait hostile et menaçante.

Comment cette catastrophe avait-elle pu se produire ?

Elle se retourna pour jeter un coup d'œil à Louis. Etendu à plat sur le lit, il dormait et avait une respiration paisible, mais son visage était pâle, ses traits tirés ; de temps en temps il murmurait des paroles incompréhensibles et comme empreintes d'épouvante.

Maintenant elle se rappelait les paroles de son frère Attilio : « Louis, c'est un gars inquiétant ; pas du tout ce qu'il faut à une petite pigeonne comme toi ! »

Son Louis ? Inquiétant ? Attilio avait toujours raisonné comme un imbécile.

Mais comment Louis avait-il pu se trouver mêlé

à une bagarre ? Louis — qui savait mieux que personne s'occuper de ce qui le regardait... Et qui donc était cet affreux bossu grassouillet ? Comment Louis pouvait-il être en relation avec un individu pareil ?

Maria, qui depuis un moment déjà entendait l'appel lointain des sirènes, prit soudain conscience de leur insistance et de leur volume inusité.

« Ça doit être un incendie, songea-t-elle, un incendie gigantesque. »

L'idée du feu l'effraya, surtout maintenant que Louis était couché et gravement malade. Elle se leva, ouvrit la fenêtre et se pencha au-dehors. Mais il n'y avait rien à voir. La ville entière était noire et silencieuse... Soudain, la multiplicité de ses innombrables rues aux réverbères alignés fit peur à Maria qui rentra précipitamment la tête et referma la fenêtre.

S'il ne s'agissait pas d'un incendie, alors, que se passait-il ?

Louis eut un gémissement très léger, et elle courut à son chevet. Il faisait rouler lentement la tête au creux de l'oreiller et marmonnait faiblement, d'une voix rauque qu'elle ne reconnut pas.

Maria, maintenant qu'elle ne pouvait plus se reposer sur Louis, se sentait faible et désarmée. Elle aurait tant voulu le réveiller, le supplier de la conseiller ! Se tordant les mains, elle fondit en larmes.

Soudain... elle songea au père Sortino, et cette pensée la calma un peu. Lui, il saurait ce qu'il fallait faire ! Il savait toujours ! Mais... non ! C'était impossible. Louis n'aimait pas les curés... c'était un mécréant ! Il se mettrait dans une colère épouvantable s'il apprenait qu'elle était allée raconter ses malheurs au père Sortino.

Peu à peu, elle se ressaisit. Elle s'avança vers le berceau, et se pencha pour regarder Petit-Louis qui dormait paisiblement, son pouce dans la bouche.

Puis elle revint s'asseoir près de la fenêtre. Les sirènes hurlaient toujours, mais elles semblaient, à présent, s'être éloignées.

CHAPITRE XXIV

Cully, l'homme de loi spécialisé dans le versement des cautions, avait le museau pointu et le poil rouquin d'un renard. Ses petits yeux en vrille avaient un regard vif et perçant, et sa contenance pleine d'assurance annonçait le New-Yorkais, débrouillard et rusé. Pourtant, il était né dans une petite bourgade de la brousse, où il avait fait ses débuts comme patron d'une petite maison de jeu. C'était un truqueur habile, toujours prêt à tourner la légalité. Mais ce que M. Emmerich venait de lui proposer le terrorisait. C'était trop énorme !

Il s'agitait au fond d'un des grands fauteuils de cuir rouge qui meublaient le cabinet d'Emmerich.

— Mais... avez-vous lu les journaux ? demanda-t-il d'une voix étranglée.

— Naturellement, que je les ai lus ! répondit Emmerich d'un ton froid, tout en tirant sur un de ses cigares de Cuba. Mais il n'y a aucune raison de vous affoler pour autant. Tout cet énervement ne durera guère !

— Plus d'un million de dollars ! fit Cully. Raflés comme ça, en une minute ! C'est trop sensationnel pour moi.

— Oh ! vous trouverez bien un moyen d'entrer

en contact avec eux sans vous compromettre, reprit Emmerich d'un ton persuasif. Ils vous en seront reconnaissants. C'est un grand service que vous leur rendrez. Ne croyez-vous pas que la compagnie d'assurances, pour épargner quelque chose comme six cent mille dollars, mettra les pouces bien volontiers ? Si vous en doutez, c'est que vous ne connaissez rien aux compagnies d'assurances !

— Franchement, dit Cully, je suis tellement bouleversé que je n'ai plus les idées très claires. Si jamais ça venait à se savoir...

— Ceci me regarde, Cully. En fait, j'essaie de me conduire en bon citoyen. Une fois les bijoux restitués, tout redeviendra normal. Allons, Cully, je vous ai toujours pris pour un homme habile et plein de culot.

— Je le croyais aussi, répondit Cully. Mais votre affaire, c'est pour les grands as, et moi, je commence à penser que je suis un vulgaire amateur !

— Je refuse de le croire !

Longuement, Emmerich fixa Cully ; celui-ci, fort mal à l'aise, triturait sa lèvre inférieure qu'il tenait entre le pouce et l'index. Pour finir, Cully se remit sur ses pieds et annonça :

— Si j'avais des enfants, je refuserais de m'en mêler. Mais puisque je n'ai qu'une femme..., je vais voir ce que je peux faire.

— Bravo !

— Mais comprenez bien ! Si ça m'a l'air trop dangereux, je laisse tomber.

— Bon. Essayez toujours.

Emmerich se leva et, tout souriant, fit le tour du bureau. Au moment où ils échangeaient une poignée de main, le dictaphone sonna. Emmerich, fronçant les sourcils, poussa le bouton :

— Oui, Miss Thompson ?

— Le commissaire général Hardy voudrait vous voir, monsieur.

Emmerich sursauta ; puis, cherchant à se ressaisir, il se racla la gorge, toussota et répondit :

— Faites-le attendre un instant ; ensuite, vous pourrez me l'amener.

Il se retourna vers Cully qu'il prit par le bras et conduisit vers une porte latérale, tout en disant :

— Vraiment, ce n'est pas compliqué, Cully. Il n'y a certainement aucun danger. C'est une grosse affaire, mais rien de plus. Voyez ce que vous pouvez faire. Je compte sur vous.

Avant d'avoir pu placer un mot, Cully se retrouva dans le couloir. Qu'est-ce qu'Emmerich mijotait ? Il avait peut-être un autre intermédiaire possible... Cully commençait à s'inquiéter à l'idée du pourcentage coquet qui risquait de lui passer sous le nez. Il avait oublié toutes ses hésitations et ses craintes de la minute précédente. Bon Dieu ! il allait montrer à Emmerich qu'il était à la hauteur !

*

Les cheveux grisonnants du commissaire général, décoiffés et hirsutes, lui donnaient des allures de porc-épic. Il avait les yeux cernés et la bouche amère. Il toisa d'un air peu aimable l'avocat qui lui dit courtoisement :

— Asseyez-vous donc, monsieur le commissaire général. Quelle surprise de vous voir dans *mon* cabinet ! Que puis-je faire pour vous ?

Hardy s'assit en grommelant, puis il aboya :

— Où avez-vous passé la soirée d'hier, Emmerich ?

L'avocat, qui s'était cependant préparé à une attaque de ce genre, se sentit pris au dépourvu. Il parvint cependant à conserver un masque impassible. Sans se presser, il déplaça légèrement son fauteuil, s'assit, croisa les jambes et tira une bouffée de son cigare :

— Tout d'abord, fit-il, que voulez-vous savoir ? Vous avez un motif spécial, pour me poser cette question ?

— Naturellement. Un homme, qui travaillait pour vous, vient d'être assassiné.

— Ah ! Je vois ! Il s'agit probablement de Brannom. J'ai vu ça dans le journal. Monsieur le commissaire, si j'avais la possibilité de vous aider, ce serait avec joie. Mais j'ai le regret de vous dire que cela m'est impossible. Cela me gênerait beaucoup de répondre à votre question ; aussi...

Hardy se frotta le menton et fit la grimace. Oh ! cet Emmerich, quel jacasseur, quel faiseur ! C'était un homme cultivé qui se servait de ses dons indiscutables pour tourner la loi à sa guise. Une personnalité extrêmement dangereuse. Sans excuse !

— Oh ! si. Vous allez me répondre, Emmerich ! J'ai déjà vu Evans, votre domestique, et votre femme. Où étiez-vous hier soir ?

Emmerich tira sur son cigare et, avec un sourire, répondit :

— Après avoir consulté mon avocat, j'accepte de vous répondre. Je sais que je peux compter sur votre discrétion, monsieur le commissaire général, et pourtant, cela me gêne un peu. Je suis resté à la maison jusque vers onze heures. Brannom était là.

Nous avons essayé de dresser un plan d'attaque pour contraindre mes débiteurs à me rembourser ce qu'ils me doivent. Il se trouve que je manque d'argent liquide, pour le moment. J'ai ramené Brannom chez lui, et il m'a quitté. Il était environ onze heures et demie.

Hardy attendait la suite, mais, voyant qu'Emmerich se taisait, il lança :

— Et après ? Vous êtes rentré chez vous, je pense ?

— Monsieur le commissaire général, vous venez de me dire que vous aviez déjà interrogé ma femme. Elle sait qu'il était près de deux heures quand je suis rentré.

— Alors ?

Emmerich soupira et baissa les yeux :

— Monsieur le commissaire, c'est un aveu bien pénible pour un homme de mon âge. Mais voyez-vous, il se trouve qu'une ravissante jeune fille aux cheveux roux occupe mon bungalow de la rive. Après avoir quitté Brannom, je suis allé la rejoindre, et je me suis attardé chez elle. Je pense qu'elle vous confirmera mes dires.

Hardy, indigné, toisa Emmerich avec le plus profond dégoût. Ça complétait le personnage ! Plaquer sa femme et s'en aller courir le guilledou avec une petite grue, assez jeune pour être sa petite-fille !

— Alibi parfait, en somme !

Emmerich eut un petit rire :

— La vérité, c'est toujours le meilleur de tous les alibis !

S'étant levé, Hardy se mit à faire les cent pas dans la pièce. Le col de son pardessus était relevé, et il avait aux pieds des snow-boots démodés. Ses lunettes captaient au passage les rayons du soleil. Emmerich, qui le contemplait, toujours carré dans son fauteuil, les jambes croisées, se dit qu'il avait tout du vieil instituteur de campagne surmené, hargneux et passablement loufoque.

— Il y avait longtemps que Brannom travaillait pour vous ? demanda enfin Hardy.

— Depuis quelques semaines — et d'ailleurs il ne m'a été d'aucun service. Voulez-vous que je vous communique la liste de mes débiteurs ? Si vous les coffriez, ça ne serait peut-être pas une mauvaise idée : ils en éprouveraient peut-être une honte salutaire !

— Je suis au courant de cette affaire de dettes. Nous avons examiné les dossiers de Brannom. Il avait déjà recueilli trois mille dollars pour vous.

— Première nouvelle !

— Ma foi, quand on s'acoquine avec des filous, il faut s'attendre au pire !

Hardy se tut et, d'un air songeur, se frotta le menton. Puis, faisant volte-face, il traversa la grande pièce et sortit, tout en lançant par-dessus l'épaule :

— J'aurai peut-être encore besoin de vous !

— Quand il vous plaira, monsieur le commissaire général !

La porte se referma sans bruit. Au bout d'un moment, Emmerich se leva et s'avança vers la fenêtre. Il se sentait étrangement calme. On ne meurt qu'une fois, prétendait le proverbe. Mais c'était faux. Emmerich en était une preuve vivante.

CHAPITRE XXV

Eddie Donato leur apporta leur déjeuner. C'était un petit Sicilien noir et râblé, aux cheveux crépus, aux dents éclatantes.

— Vous aimez les spaghetti ? demanda-t-il. Je les fais très bien. Bonne sauce de viande. Vous aimez ?

— Bien sûr, répondit Dix. Donnez. Merci bien.

L'estomac de Riemenschneider criait famine. Il s'empressa de se mettre à table.

— Des vrais spaghetti ! s'écria-t-il. C'est magnifique. A Naples, j'en avalais des kilomètres.

— Naples ! s'indigna Eddie. Ils savent pas faire des bons spaghetti, à Napoli ! Ils savent rien, à Napoli ! Une ville dégoûtante !

— Ça ne m'avait pas fait cette impression, répliqua le petit docteur de sa voix douce, tout en enroulant les pâtes au creux d'une cuiller, à la mode italienne. Je m'y suis beaucoup plu.

— Bien sûr, les étrangers... ils ont du bon temps, là-bas. Les Napolitains... tous fauchés. On peut acheter tout, même les filles.

— C'est bien vrai, dit Riemenschneider.

— Dites voir, interrompit Dix. Quelle est votre encolure, pour les chemises ?

— Moi ? 39. Mais j'achète 41 parce que j'aime pas quand ça serre. Pareil pour les caleçons et les pyjamas. Toujours je mets les pyjamas. Dans l'Italie, chez nous, ils dorment toujours avec linge de jour — mais c'est une habitude sale.

— Vous n'accepteriez pas de me vendre deux chemises ?

— Mais oui, mais oui ! Quelle couleur vous voulez ? J'ai rose, jaune, saumon — très joli — bleu ciel, violet...

— Du beige, ou du blanc, non ?

Eddie hocha la tête :

— C'est pas des couleurs, beige et blanc.

— Bon, fit Dix qui s'impatientait. Ce que vous voudrez.

Lorsque Eddie eut disparu, Dix s'assit et commença à se débattre avec son assiettée de pâtes.

— Bon Dieu ! conclut-il en faisant tomber des spaghetti sur sa chemise, qu'est-ce que je donnerais pour un bon steak bien épais !

CHAPITRE XXVI

Doll était assise sur une des couchettes inférieures et contemplait la bagarre d'un œil détaché. Des femmes de toutes tailles et de toutes formes, mais pour la plupart assez jeunes — il y avait même une demi-douzaine de petites gosses — se trémoussaient désespérément dans la grande cellule pour femmes, pleine à craquer, hurlaient des insanités, secouaient les portes d'acier, cognaient contre les barreaux avec leurs quarts en étain.

Une grosse matrone à la tignasse orange, qui portait une robe du soir bleu ciel, presque en lambeaux, interrompit un moment ses hurlements pour dévisager Doll :

— Allez, toi ! dit-elle d'un ton agressif. Qu'est-ce que t'attends pour gueuler ?

— J'ai mal à la gorge, répondit Doll qui se tapota le cou, dans l'espoir d'éviter une scène.

— Ah ! chochotte, va ! glapit l'autre. Gueule comme les autres, t'entends ?

— C'est pas de la blague, reprit Doll. J'ai mal à la gorge. Une sale angine, je crois.

La matrone, qui visiblement cuvait une fin d'ivresse, toisa Doll pendant un moment, d'un œil rageur ; mais, finalement convaincue par l'attitude de Doll, elle s'approcha et s'assit à côté d'elle, sur la couchette délabrée, qui craqua sous son poids.

— Une vraie saloperie, hein ? dit-elle. Il est deux heures de l'après-midi, et on est toujours là. On aurait dû être relâchées à l'aube !

— Ils nous relâcheront quand ils auront le temps, répondit Doll. A voir comment les bagnoles de police cavalaient dans toutes les rues de la ville hier soir, j'imagine que tous les commissariats sont pleins à craquer.

— C'est ce salaud de commissaire général ! dit la grosse. J'ai vu sa photo sur le journal, c'est le portrait craché d'un vieux bouc, sauf qu'il a pas de barbe ! Qu'est-ce qu'il a à nous asticoter comme ça ? Faut quand même bien qu'on bouffe, non ? Qu'est-ce qui le prend ? J'aimerais bien savoir. C'est pas parce que lui, c'est un vieux cafard, qu'on changera le monde, non ?

Le vacarme cessa brusquement, pour faire place à un murmure étouffé. Doll et la grosse se retournèrent toutes deux pour voir ce qui se passait. Un geôlier, escorté de deux gardiennes de prison, venait d'apparaître dans le couloir. Ils traînaient derrière eux un tuyau de pompe à incendie. Le geôlier, un petit homme effacé, aux cheveux gris fer, pointa le tuyau vers la cellule en criant :

— Alors, vous avez envie d'une bonne douche ? Ou bien vous vous décidez à la fermer ?

— On veut sortir ! hurla une grande fille robuste, aux cheveux noirs tout emmêlés. Qu'est-ce qui vous prend, de nous laisser mariner là-dedans ?

Autour d'elle, montèrent des vociférations ironiques et rageuses.

— Vos gueules ! dit le geôlier. Maintenant, écoutez-moi deux minutes. C'est le dernier avertissement. La première qui l'ouvre encore, j'ouvre le robinet. Au moins, vous serez plus propres que vous l'avez jamais été de vot' vie !

La belle gaillarde, s'approchant des barreaux, entama un long discours qui, en termes choisis, faisait définitivement un sort au geôlier, à ses ascendants et à ses descendants éventuels. Les autres femmes écoutaient en silence, étouffant leurs rires.

Mais cela ne parut pas impressionner le geôlier. Il l'écouta déblatérer d'un air blasé ; lorsqu'elle eut achevé, il tourna les talons et repartit le long du couloir, suivi des deux gardiennes aux visages impassibles.

La grande fille essaya de ranimer la combativité de ses compagnes, mais les autres en avaient assez. Elles étaient fatiguées, abattues, et, après une nuit blanche, aussi pleine d'aventures et de péripéties désagréables, elles rêvaient toutes de leur lit.

La grosse matrone aux cheveux orange s'en alla parler à la fille surexcitée qui, appuyée contre les barreaux, essayait de voir ce qui se passait dans le couloir, le visage convulsé par la rage.

— Ah ! Si je le tenais, ce petit fumier ! dit-elle. Je lui arracherais sa tignasse, poil par poil.

— Mais oui, bien sûr, ma cocotte, dit la grosse. Je te comprends. Dis donc, ma cocotte, où c'est que tu travailles ?

— Au clandé de Baxter Street.

— Dans cette gargote ? Mince, t'as bien trop d'allure pour une boîte pareille.

— Oui, bien sûr que c'est moche. Mais j'suis pas d'ici. Je suis arrivée du mois dernier.

— Je m'appelle Belle Anderson, annonça la grosse matrone (et le regard de la belle brune s'alluma soudain). Passe me voir. Si c'est pas une honte, qu'une belle poulette comme toi travaille dans un caboulot pareil ! Passe me voir, n'oublie pas, surtout !

— Pas de danger, Miss Anderson, répondit la brune qui arrondit sa jolie bouche en un sourire reconnaissant.

Doll ne prêtait aucune attention à ce qui se passait autour d'elle. Elle regardait fixement le sol de ciment, couvert de poussière, et songeait tristement à l'avenir qui s'offrait. Pourquoi continuer ? Elle avait même perdu toute trace de Dix. Après avoir téléphoné en vain chez lui plusieurs fois, elle s'était enfin décidée à monter chez lui. Pas plus tard que la nuit dernière. Il s'était littéralement évaporé. Puisque Dix avait payé son loyer jusqu'à la fin du mois, la logeuse pensait qu'il reviendrait. Mais ça ne signifiait rien. Il devait se cacher, depuis ce soir où il l'avait précipitamment poussée dehors, en lui claquant la porte au nez.

Doll se sentit prise d'un désir violent de fondre en larmes et de se laisser aller à ses émotions ; mais elle ne voulait pas être prise en pitié par la galerie. Allumant une cigarette, elle se leva et commença à arpenter le coin de la cellule où elle se trouvait. Autour d'elle, s'entrecroisaient des bavardages, mais elle n'entendait pas un traître mot de ce qui se disait.

CHAPITRE XXVII

Emmerich déjeunait dans un petit restaurant situé tout près de son cabinet. C'était un établissement que fréquentaient les hommes d'affaires du quartier ; on y rencontrait aussi des gens venus du terrain de courses de Rivermount — où l'on se préparait au Grand Prix d'automne — ainsi que quelques bookmakers de premier plan, et des journalistes.

Emmerich était attablé avec Ben Craven, un jeune avocat passablement équivoque, qui, depuis la fin de la guerre, s'était constitué une assez jolie clientèle de bookmakers et autres faisans, et Lou Farbstein, le chouchou du grand Gresham, le patron du *World*.

Comme tout le monde en ville, ils s'entretenaient de l'incroyable cambriolage commis chez Pelletier et Cie.

— Le commissaire général aura tiré ça au clair avant la fin de la semaine, dit Farbstein. Il a foutu une trouille du diable à tous ses subordonnés. Ils feront bien de se remuer un peu, sinon... ! Il a pris personnellement la direction de l'enquête en main, et il n'en dort plus. C'est à peine s'il mange un morceau de temps en temps.

— Voyez-vous ça ! s'écria Craven en fixant Emmerich. Le *World* n'avait pas l'habitude de dire tant de bien des flics, pourtant ! Depuis dix ans que vous vous obstinez à casser du sucre sur le dos de la police...

— Et après ? On n'était pas les seuls, et on n'avait pas tort ! Mais maintenant, tout est changé. Le petit bouledogue leur a allumé des pétards sous tous leurs ronds-de-cuir, et ça commence à rendre.

— Quelquefois, les pétards font long feu, répliqua Emmerich, qui dégustait tranquillement son épaisse tranche de rosbif et sa bière de Pilsen.

— Il en a allumé partout, et pas seulement chez les flics. Attendez d'avoir vu la première édition du *World* cet après-midi !

Une idée le frappa et, après avoir regardé sa montre, il fit signe à un des garçons :

— Voudriez-vous aller voir si le *World* est déjà en vente, et m'en apporter un ?

— J'ai l'impression que ce cambriolage n'a pas été fait par des gens d'ici, dit Craven. Probable que les responsables se trouvent maintenant en Californie, en train de racheter quelques grands studios.

— Un million de dollars ! fit Farbstein d'un ton extasié. Il y a vingt ans, personne n'aurait voulu y croire. Maintenant, ça n'a plus l'air tellement formidable.

— Et ça ne l'est pas, enchaîna Craven, si on déduit les impôts et tout. Seulement ces gens-là ont choisi un métier en or : pas d'impôts !

— Ma foi, j'aime quand même mieux être journaliste, dit Farbstein. Je me fais bien assez de mauvais sang comme ça, ajouta-t-il en contemplant d'un œil vague son déjeuner peu appétissant, qu'il compara avec le rosbif d'Emmerich, et le tournedos aux frites à la française de Craven. Ce n'est pas tellement ce qu'on gagne qui compte, c'est ce qui vous reste, je l'ai toujours dit. Tout ce qui brille n'est pas or ; et je me répète toujours qu'un honnête homme, c'est le plus bel ornement de tout l'univers, même quand ma femme me dit qu'elle n'a rien à se mettre pour le grand bal du journal. Nous vivons dans un monde de fous, mes seigneurs. Et je suis le plus fou de tous. Regardez-moi. Pauvre mais honnête... et je passe mon temps à me faire du mauvais sang. Regardez mon patron, le vieux Gresham. Il possède cent cinquante millions de dollars, mais est-ce qu'il en jouit ? Aussi bizarre que ça vous paraisse, la réponse est : oui ! Il bouffe comme un cochon, boit comme un sénateur, et vivra probablement jusqu'à quatre-vingt-dix-neuf ans. Vous savez, quelquefois, je me demande ce que ça vaut, tous ces fameux proverbes...

Emmerich et Craven éclatèrent de rire. Quel type, ce Farbstein ! Il aurait pu continuer comme ça pendant des heures, sans jamais se répéter. Cependant, il y avait en lui quelque chose de triste comme s'il avait depuis longtemps mesuré les limites de l'intelligence. Sa langue acérée lui avait valu maint ennemi ; et son talent, bien des envieux. Cependant, la médiocrité de sa réussite ne lui avait aliéné personne. Ses amis l'adoraient. Emmerich était l'un d'eux.

Il pouvait toujours aller trouver l'avocat pour lui demander de lui prêter une petite somme, sans se sentir humilié. Emmerich avait une certaine générosité et l'argent ne semblait pas compter pour lui.

— Vous savez, reprit Farbstein, sans ma femme, je me serais fait communiste. Mais elle m'a dit : « Pourquoi veux-tu qu'on mette tout en commun ?

En partageant tout l'argent du monde, ça ferait à peu près quatre dollars soixante-cinq par tête... nous nous débrouillons mieux que ça. » Ah ! les femmes, il ne faut pas les dédaigner. Elles ont une espèce de logique à elles, que Dieu est capable de comprendre !

Le garçon interrompit le discours de Farbstein en lui fourrant un journal sous le nez. Le garçon n'aimait pas Farbstein, qu'il tenait pour un bourreur de crâne. Peut-être qu'il était un bon client, mais qu'est-ce que ça faisait ? Ce type-là ne savait que parler, parler, parler !

Farbstein fouilla ses poches dans l'espoir d'y trouver une pièce de monnaie, puis changea d'idée :

— Vous le mettrez sur ma note !

Emmerich remarqua l'attitude offensée du garçon et s'interposa :

— Une seule addition ! Et vous mettrez le journal avec le reste ! (Il tendit un dollar au garçon.) Tenez ! dit-il.

— Quel malotru ! s'indigna Farbstein en dépliant son journal, lorsque le garçon se fut éloigné. Où va le monde ! Ce snobisme des larbins n'a pas fini de nous en faire voir ! Ils ne comprendront donc jamais que nous sommes des êtres humains, tout comme eux ! Cette nouvelle aristocratie, naturellement, se prend pour la race des seigneurs, mais ils pourraient quand même un peu dissimuler leurs sentiments !

Il tendit à Emmerich et à Craven le journal grand ouvert.

Craven n'y jeta qu'un regard bref, mais Emmerich s'y plongea aussitôt, puis, pour cacher son émotion, vida son verre de bière.

A la une, figurait sur deux colonnes une photo d'Erwin Riemenschneider, sous le titre :

AVEZ-VOUS VU CET HOMME ?

La longue légende disait, entre autres :

... Erwin Riemenschneider, le criminel international notoire, a quitté la prison de notre Etat le 15 octobre, et n'a pas été vu depuis. On le recherche afin de l'interroger au sujet du sensationnel cambriolage de la bijouterie Pelletier et Cie...

... Si vous savez où se cache cet homme, ou si vous l'avez vu, présentez-vous aussitôt à votre commissariat ; vous pouvez également communiquer les informations au commissaire général Théodore J. Hardy.

Emmerich s'était calmé. Levant le nez, il demanda d'un ton paisible :

— Et alors ?

— C'est une bombe de taille, répondit Farbstein. Vous avez vu la récompense promise ? Dix mille dollars. Je vendrais ma fille cadette, pour une somme pareille ! sauf que je suis trop imbu de mes devoirs. Pauvre Hardy ! Elle le rendrait fou, avec ses interminables questions...

— C'est une bonne idée, dit Craven.

— Et comment ! reprit Farbstein. Vous savez, tous les journaux de la ville sont prêts à aider Hardy. Ça va barder pour le petit docteur !

— A moins qu'il n'ait déjà filé, fit remarquer Craven. C'est même bien possible qu'il n'ait jamais mis les pieds en ville.

— Avec Hardy, c'est du tout cuit. Il connaît ses criminels, le frère !

Au moment où Emmerich réglait l'addition, un chasseur vint l'avertir qu'on le demandait au téléphone, et le mena vers une cabine réservée aux habitués.

Une voix de femme qu'il ne connaissait pas commença à glapir nerveusement des paroles incohérentes :

— Une seconde, une seconde ! s'écria Emmerich. Parlez moins vite.

— Ici Mme Cully ! Il m'a dit de vous appeler. Je vous ai cherché partout. On a arrêté mon mari !

Elle fondit en larmes et poursuivit en sanglotant :

— Mais, mon Dieu, qu'est-ce qu'il a fait, monsieur Emmerich ? C'est un homme si bon, un mari modèle, il n'est pas capable de faire de mal à une mouche ! Il faut que vous le fassiez relâcher, monsieur Emmerich. Qu'est-ce que vous voulez que je devienne, autrement ?

— Bon, bon ! maugréa Emmerich, essayant d'écarter l'affreuse peur qui l'avait saisi. Ne vous énervez pas. Que s'est-il passé ?

— On l'a arrêté, tout simplement. Je viens de vous dire qu'on...

— Qui est-ce qui l'a arrêté ?

— Les agents. Ils étaient accompagnés d'un type affreux. Un avocat, je crois, ou un juge...

— Quel nom ?

— Oh !... Je crois qu'il s'appelait... Harding.

CHAPITRE XXVIII

La nuit était tombée si vite que le commissaire général n'avait pas encore allumé dans son bureau. Assis à sa table, dans la pénombre, le visage vaguement éclairé par les reflets des lumières de la rue, il se frottait nerveusement les mains, perdu dans ses pensées. Bientôt son secrétaire, un agent en uniforme, entra, tourna le bouton électrique, et se planta devant lui. Hardy leva les yeux :

— Qu'est-ce que c'est ?

— M. Emmerich demande à vous voir.

Hardy fit signe de le faire entrer. Emmerich parut, très digne, dans un costume croisé de serge bleu marine, coiffé d'un chapeau Eden, chaussé de noir. Il semblait sortir de chez le coiffeur, et répandit dans le bureau confiné de Hardy une odeur de lavande et de talc.

— Alors Emmerich ? lança Hardy d'un ton bourru.

— Je vous ai apporté un petit document qui vous intéressera, je pense.

— Qu'est-ce que c'est ?

— C'est un arrêté d'*habeas corpus.*

— Pour Cully, j'imagine ?

— Exactement.

— Qui l'a signé ?

— Le juge Dickerson.

Hardy grinça des dents et se détourna, rageur. Du haut en bas de l'échelle, tant de postes étaient occupés par des incapables ou des faisans... depuis les agents de la circulation jusqu'aux membres du conseil municipal... Heureusement qu'il restait quand même quelques individus intelligents et honnêtes !

Il fit face à Emmerich :

— Si je comprends bien, lança-t-il, votre sens civique n'est pas assez fort pour vous inciter à retarder de vingt-quatre heures l'exécution de cet arrêté ?

Emmerich ricana :

— Formulez votre inculpation, Hardy... sinon, il faut le relâcher.

— Pourtant, je pense que vous savez qu'il est entré en contact avec un agent de la compagnie d'assurances coloniale, pour essayer...

— C'est ce que dit l'agent ! Il n'a aucune preuve. Vous semblez chercher à compromettre mon client, Hardy. Tout le monde est un peu nerveux, depuis ce cambriolage.

— Très bien, conclut Hardy en tournant le dos à Emmerich ; je vais le relâcher.

Emmerich déposa l'arrêté sur le bureau de Hardy et tourna les talons.

Quelques heures plus tard, Cully et sa femme prenaient le train de nuit en direction de Chicago. Ils avaient décidé, d'après ce qu'ils racontèrent à leurs parents et amis, que Cully s'était surmené et qu'il avait besoin de repos.

CHAPITRE XXIX

La conclusion de l'affaire Cully était pour Emmerich un succès, mais un succès stérile. Pressé par le besoin d'argent, il avait risqué non seulement sa réputation, bien médiocre, ou son avenir, des plus problématiques, mais encore sa vie. Et, bien qu'il n'eût, du moins pour le moment, rien perdu encore, ses acrobaties désespérées ne lui avaient pas rapporté un centime. Financièrement, il en était toujours à son point de départ.

Ce qui était plus grave, c'est qu'en dénonçant Cully, la compagnie d'assurances avait définitivement anéanti pour Emmerich les derniers espoirs de se procurer de l'argent en revendant la marchandise volée. Inutile d'y songer plus longtemps. A Riemenschneider et à son grand escrogriffe de décider. Maintenant, on jouait cartes sur table et chacun pour soi.

Après mûre réflexion, Emmerich avait décidé d'agir avec lucidité et, pour une fois, il avait fait appel à des conseils éclairés. Toute la journée, Angus McDonald, l'expert-comptable, avait examiné ses livres et ses dossiers. Maintenant, ils conversaient tous deux, installés dans le fumoir.

McDonald ne semblait pas le moins du monde frappé par la situation.

— Vous auriez dû me consulter plus tôt, monsieur Emmerich, dit-il. Mais ça ne fait rien... donnez-moi un mois ou deux, et vous serez tiré d'affaire. Rien qu'en hypothèques, je peux vous obtenir près de cent mille dollars. Nous en envoyons la moitié pour vos impôts, ça les fera patienter.

Emmerich gémit, mais ne protesta pas, et McDonald enchaîna :

— Je vous conseille de vendre ce bungalow que vous avez au bord du fleuve. Justement, le quartier a pris de la valeur, récemment. Avec un peu de chance, vous pouvez en tirer quatre-vingt-cinq mille dollars, en vendant meublé. J'en parlerai à des agents d'immeubles, que je connais... Vous avez signé trop de polices d'assurances éparpillées partout. Nous allons résilier les unes, et grouper les autres en une seule police, dans laquelle nous prévoirons des clauses de remboursement anticipé, ce que vous avez toujours négligé. Quant à vos diverses créances, ça sera peut-être assez long à recouvrer, mais nous finirons sûrement par réunir une somme rondelette...

Emmerich se répétait bien que tout cela n'avait plus de sens, car il n'avait plus assez de temps devant lui, et néanmoins, il se sentait tout ragaillardi. Et puis, cela le rassurait pour l'avenir de May. M. McDonald, ce petit individu à l'honnêteté scrupuleuse, y veillerait.

Bientôt, M. McDonald, ayant achevé le travail pour lequel on l'avait convoqué, se leva pour prendre congé : ce n'était pas un bavard, ni un mondain. Emmerich le raccompagna jusqu'à la porte et lui donna une poignée de main.

La main de M. McDonald, à peine plus grande qu'une main d'enfant, était sèche et froide au toucher.

« On a l'impression d'échanger une poignée de main avec un lézard », se dit Emmerich en montant vers la chambre de sa femme.

Elle leva les yeux, sourit en le voyant paraître sur le seuil, et, toute joyeuse, lui fit signe d'entrer. Elle avait préparé les cartes sur le lit, et endossé une liseuse toute neuve et très seyante, en molleton de soie rose.

Ils jouèrent longtemps en silence, intimidés tous deux et comme troublés par cette intimité dont ils avaient perdu l'habitude. Puis, Emmerich s'étant rappelé combien elle aimait gagner au jeu, il se mit à tricher en faveur de sa femme.

Bientôt elle éclata d'un rire triomphant :

— Tu es peut-être excellent comme avocat, Lon, fit-elle, mais comme joueur, tu as encore beaucoup à apprendre.

Emmerich se surprit à siffler un petit air de sa jeunesse.

— Tu permets que je fume ? demanda-t-il.

— Bien sûr, voyons ! Oh ! mais comment jouestu, Lon ! Tu ne feras pas une seule levée, cette foisci !

CHAPITRE XXX

Dix regardait par la fenêtre, silencieux, les mâchoires contractées. Derrière lui, le petit docteur faisait les cent pas.

Ils logeaient maintenant au bord du fleuve et, devant eux, s'étendait le large pont de Lackawanna Street, qui menait au centre de la ville. Dix fixait du regard la rive opposée. Il se sentait tendu, nerveux et, de temps en temps, sa blessure au côté lui faisait mal.

— S'il n'a rien de neuf d'ici un jour ou deux, dit-il soudain, moi, je suis pour qu'on le descende. C'est un salaud, et il ne nous sert à rien.

— Comment voulez-vous qu'il obtienne quoi que ce soit, ces jours-ci ? demanda Riemenschneider de sa petite voix apaisante. Toute la ville est sens dessus dessous. C'est la publication de ma photo dans les journaux qui a mis le feu aux poudres. Il y a un type très fort qui mène l'enquête, à la police.

— C'est pas ça la question, Doc. Mais ce faux jeton ne nous a apporté que des emmerdements. Moi, je dis qu'on devrait lui régler son compte.

Le petit docteur soupira :

— Je suis d'accord avec vous — il le mérite. Mais

ce n'est pas à nous de le faire. Ça serait idiot de nous lancer là-dedans maintenant. Occupons-nous de nous, plutôt ! Lui, on s'en moque !

Dix céda, en grommelant.

Avec un nouveau soupir, le petit docteur, la tête penchée, les mains nouées derrière le dos, reprit ses lentes allées et venues ; Dix se retourna vers la fenêtre...

Soudain, l'Allemand lança :

— C'est impossible ! Nous vivons là comme des rats dans une souricière. On ne peut pas se payer le risque d'attendre davantage.

— Et Emmerich ? Qu'est-ce qu'on en fait ? demanda Dix, têtu.

— Emmerich ne nous intéresse pas ! Combien avez-vous en poche, Dix ?

— Des tas de fric. Près de cinq mille dollars. C'est ce que Cobby m'avait versé comme avance.

— J'ai l'impression qu'on ferait mieux d'abandonner, du moins dans cette ville ! reprit Riemenschneider. Dix, si on allait à New York ? Peut-être que là-bas nous trouverons à liquider la marchandise.

— Non, Doc. Moi, je repars dans le Sud. Je vous l'ai déjà dit.

— Ecoutez, Dix. Vous aurez toujours le temps de rentrer chez vous. Et le jour où vous vous déciderez vous verrez, ça n'a pas de sens. Vous pouvez m'en croire. J'en ai déjà fait l'expérience. Absolument aucun sens.

— Ce n'est pas mon avis.

— Bon, mettons. Mais ça ne vous plairait pas de rentrer chez vous avec de l'argent plein les poches ? Il est certain qu'il ne faudra pas être trop exigeants, dans cette transaction. Mais nous en tirerons quand même bien deux cent mille dollars.

— Moi, je me contenterai des cinq mille qu'on me doit encore. Le pourcentage, je m'en fous. C'est trop aléatoire.

En soupirant, le petit docteur se détourna. Dix leva les yeux, et, sans quitter sa chaise, se mit à contempler le ciel piqueté d'étoiles. Une lumière traversa le ciel, puis s'éteignit en tombant. Une étoile filante ! Cela rappela à Dix sa maison natale et les longues nuits d'été de sa jeunesse. Il en oublia sa rancune contre Emmerich, et se perdit dans ses souvenirs d'enfance, oublieux de la menace qui pesait sur lui.

— Dix, reprit l'Allemand, si vous ne venez pas avec nous, accepteriez-vous de m'avancer de l'argent ? Je n'ai plus que quatre ou cinq dollars.

— Naturellement ! Je vous en prêterai. Mais il faudra quand même que j'en garde. Ça peut me faire besoin.

— Je n'ai pas besoin de plus de mille dollars, merci beaucoup. En échange vous pourrez choisir parmi les plus belles pierres. Pour une valeur d'une cinquantaine de mille.

— Et qu'est-ce que vous voulez bien que j'en fasse ? Vous me voyez m'amenant chez un revendeur avec de la camelote pareille ? Ils croiraient sûrement que c'est du toc. Ou alors, ils ameuteraient police-secours. Non, Doc. Je vous donne mille dollars, mais je n'ai pas besoin de vos bijoux.

Après un bref silence, Dix se retourna et se mit à considérer Riemenschneider.

— Mais vous savez, ça va pas être facile, pour vous, de sortir d'ici, Doc.

— Oh ! Je trouverai bien un moyen. Je prendrai

un taxi, je donnerai au chauffeur une adresse du côté des faubourgs. Et quand nous serons arrivés là, je l'obligerai à me conduire jusqu'à Cleveland.

— Bien combiné, sauf que votre tête est mise à prix, avec une prime de dix mille dollars. Et ça fait beaucoup de sous, pour un chauffeur de taxi !

A cet instant un pas résonna dans le couloir et Dix bondit sur ses pieds en tirant son revolver :

On gratta à la porte et la voix d'Eddie murmura :

— C'est moi !

Dix rempocha son arme et ouvrit la porte. Le petit Sicilien entra en coup de vent, comme s'il avait le diable à ses trousses, et jeta un dernier coup d'œil derrière lui en direction du couloir obscur et crasseux avant de laisser Dix refermer la porte.

— Y-z-ont encore embarqué Gus, les amis ! annonça-t-il, la gorge serrée. Juste maintenant, je viens de voir Mike Miklos. Pour sa voiture... Je sais pas très bien. Mais Gus, il disait aux cognes que le soir de la grande rafle, il était pas sorti du tout. Et y a un flic qui a dit que le capot de son auto, il était encore chaud. Alors, ils l'ont embarqué. (Eddie leva vers Dix ses yeux en boules de loto, dont le blanc luisait comme de la porcelaine dans la pièce mal éclairée.) Mike Miklos, il m'a dit de vous dire que les flics, ils perquisitionnent chez vous. C'est tout ; il sait pas plus. Une perquisition, pas plus.

Riemenschneider sifflota doucement, et Dix se mit à se frotter le menton, songeur. Eddie entreprit de les convaincre, d'une voix suppliante :

— Ecoutez, les amis. S'il vous plaît ! Je suis bon citoyen respectable. J'ai une belle petite épicerie. Pour Gus, je veux bien rendre service. Mais s'il vous plaît ! Depuis qu'il y a eu la photo sur le journal, j'ai plus le cœur à mon commerce, je dors plus. J'ai un petit commis, il a quinze ans, et il est pas bête. Il demande : « Qui est-ce qui loge en haut ? » Comment il a su ?

— En somme, vous voulez qu'on se taille, hein, Eddie, c'est bien ça ?

Eddie se recroquevilla de peur, mais n'en continua pas moins ses supplications :

— S'il vous plaît ! Je fais tout ce que je peux. Pour Gus, je rends service. Mais être mêlé dans une affaire d'un million de dollars ! Je vis plus, les amis ! Je vis plus !

Dix le fit taire.

— Très bien, Eddie ! (Il se retourna vers Riemenschneider.) Cette planque ne vaut plus rien, et vaut mieux filer le plus vite possible. Notre petit copain Eddie ne se ferait pas prier longtemps avant de se mettre à table.

— Oh ! Jésus, non ! protesta Eddie. Je dis rien. Gus m'arracherait les yeux ! (Tout en lançant à Dix et à Riemenschneider un regard affolé, il battit en retraite vers la porte.) Je m'en vais, maintenant, les amis. Je suis bien triste de donner des si mauvaises nouvelles, mais...

— Assieds-toi ! coupa Dix. Et ne bouge pas avant que je te le dise.

Eddie, qui fixait sur Dix des yeux terrorisés, essaya de gagner la porte d'un bond, mais Dix l'empoigna par la chemise et le lança sur le lit.

— Reste tranquille, Eddie, ordonna-t-il. Y aura pas de casse, si tu te tiens peinard et si tu ne l'ouvres pas.

Après un long silence, que ne rompaient que les halètements d'Eddie et ses soupirs déchirants, qui auraient attendri une pierre, Dix lança :

— C'est le moment de filer, Doc — comme vous l'aviez dit. Peut-être que c'est une bonne idée.

Dix tira de sa poche une liasse de billets dont il détacha quelques grosses coupures qu'il tendit à Riemenschneider. Celui-ci les accepta avec un bref sourire de gratitude :

— Merci, Dix, dit-il. Ça ne vous prive pas trop ?

— Ça ira, répondit Dix, qui, la veille, en explorant ses poches à la recherche de cigarettes, était tombé sur la carte où Doll avait griffonné au crayon son nom et son adresse, et l'avait soigneusement rangée dans son portefeuille. (On ne sait jamais.) Allez, en route. Sortons d'ici.

Eddie les regardait, figé de peur. Ces gens-là étaient dangereux, comme Gus, mais pires ; parce que Gus, c'était quand même un Italien ; et les Italiens ne peuvent pas vous inspirer la même terreur que ces énormes individus menaçants et sauvages du Nouveau-Monde. Le petit n'était pas aussi monstrueux, mais il avait quand même un drôle de regard derrière ses lunettes. On aurait dit un poisson dans un aquarium.

Dix se retourna vers lui :

— Eddie, si tu as deux sous de jugeote, tu oublieras que tu nous as vus.

Eddie se leva et fit un petit salut, toujours inquiet sur les intentions de Dix :

— Je dirai rien ; à personne ; n'ayez crainte !

Dix et le petit docteur s'en allèrent en silence tous deux, et refermèrent la porte derrière eux. Sur la pointe des pieds, Eddie courut appuyer son oreille au panneau de bois. Il les entendit descendre les marches ; alors il poussa un immense soupir de soulagement. Ainsi, malgré ses pires craintes, il s'en était tiré sain et sauf !

*

Il y avait peu de gens dehors, et les deux compagnons s'en allèrent vers le vieux marché, par de petites rues mal éclairées qui montaient en pente raide de la rive du fleuve au sommet de la colline. Ils traversèrent Hollister Alley, le quartier qu'habitaient les Noirs, puis atteignirent Parkway, une large artère qu'ils traversèrent avec précaution. Mais ils eurent la chance de ne rencontrer ni agent ni voiture de police, et atteignirent enfin le vieux marché dans lequel ils pénétrèrent. Dans l'ancien temps, le vieux marché était le lieu le plus vivant du quartier ; maintenant il était si délabré qu'on l'avait condamné et abandonné aux rats qui y prenaient librement leurs ébats. Dans cette immense carcasse déserte, tous les vents se donnaient rendez-vous, car les Noirs de Hollister Alley avaient emporté les portes de bois et les panneaux pleins des fenêtres pour allumer leur feu.

Les réverbères projetaient une faible lueur à l'intérieur, par les grandes fenêtres en plein cintre, mais, dans les contre-allées, il faisait aussi sombre qu'au fond d'un puits.

Dix et le petit docteur le traversèrent en silence, se dirigeant vers Camden Square, car Riemenschneider avait décidé qu'il valait mieux prendre un taxi sur cette place, mal éclairée, que sur Parkway, baigné de lumière.

Ils n'étaient plus qu'à quelques mètres de l'entrée de Camden Square lorsque le rayon d'une lampe de poche surgit soudain des ténèbres et les cloua sur place. Ils se retournèrent :

— Où allez-vous ? leur demanda une voix rude et lointaine, visiblement une voix de flic.

— On rentre chez nous, répondit Dix. On passe toujours par le vieux marché.

— Pourquoi ?

— C'est plus court. C'est plus tranquille, aussi, y a pas de circulation, et quand il pleut, on est pas mouillé.

— Où habitez-vous ?

— De l'autre côté de Camden Square.

— Pourtant, grommela l'agent, vous n'avez pas le droit de mettre les pieds ici. C'est une propriété de la ville. Vous le savez, non ? C'est placardé partout à l'entrée.

— Tout le monde y passe, protesta humblement Dix.

— A qui le dites-vous ! reprit l'agent. Des tas de sales petits gangsters y amènent tout le temps leurs poules. C'est dégueulasse.

— Vraiment ? fit le petit docteur, intéressé soudain.

— Comme je vous le dis ! Y a déjà un copain à moi qui s'est fait sacquer à cause qu'y avait eu des bagarres. Si j'étais vous, les gars, j'traînerais pas mes guêtres par ici, compris ? C'est plutôt malsain.

— Bon, m'sieu l'agent, fit Dix.

— Tous ces apprentis gangsters ! ronchonna l'agent avec mépris. Ah ! cette ville, vrai, elle finira mal...

Le rayon de sa lampe, se porta du petit docteur à Dix, revint à Riemenschneider, puis s'éteignit. Ils se mettaient en route, quand la lampe se ralluma et vint épingler le petit docteur :

— Hé là ! minute ! cria l'agent. J'ai l'impression...

Il s'interrompit, fouillant dans sa mémoire, puis ordonna :

— Suivez-moi dehors !

Dès qu'il entendit le claquement de l'étui de cuir, Dix bondit sur l'agent fonçant droit sur le point d'où rayonnait la lumière. Ce fut un choc violent, et l'agent lâcha la lampe, qui tomba à terre. L'un d'eux marcha dessus. La lumière s'éteignit. Dix avait manqué le revolver. A l'aveuglette, il envoya deux coups de poing qui atterrirent dans le ventre de l'agent. Mais un coup de crosse cueillit Dix au coin du crâne, lui déchira l'oreille et il poussa un cri de douleur en plongeant en avant, essayant d'atteindre l'agent de son poing droit, et de s'emparer du revolver de la main gauche.

Entendant le cri de douleur que Dix avait poussé, le petit docteur, avec un rictus de dégoût, se lança à l'aide juste au moment où le revolver s'abattait pour la seconde fois. Il reçut le coup sur la tête, tituba, et s'abattit tout de son long parmi les détritus qui jonchaient le sol.

Le combat se poursuivait dans les ténèbres, Dix et l'agent luttaient toujours corps à corps, essayant de frapper un coup décisif, grondant, jurant, essayant désespérément de s'empoigner à la gorge. Mais enfin, Dix parvint à frapper son adversaire d'un coup en plein dans l'aine ; l'agent recula. Dix lui arracha le revolver et l'en frappa de toutes ses forces. L'agent s'affala par terre, lourdement. Dix jeta le revolver au loin, et se mit à la recherche de Riemenschneider.

Tâtonnant au hasard, il rencontra la lampe, qu'il ralluma, et balaya de son rayon le sol alentour. Enfin il aperçut le petit docteur, qui gisait toujours sur une couche de vieux journaux, en remuant faiblement.

Dix s'approcha de lui et le mit sur pieds, sans égards pour ses grognements de protestation, après quoi il éteignit la lampe, qu'il jeta à terre.

— En route, Doc, dit-il. Faut pas traîner ici. Vous avez la camelote ?

Pour toute réponse Riemenschneider eut un grognement indistinct. Jurant sous cape, Dix tendit la main, et se rendit compte que la main droite du petit docteur n'avait toujours pas lâché la sacoche.

Riemenschneider, qui titubait comme un aveugle, et Dix, qui s'efforçait de le guider, sortirent tous deux par la porte de Camden Square.

*

Sans lâcher le docteur, Dix parvint à trouver la porte de Doll, tout au fond du couloir sombre et crasseux. Il frappa avec autorité. Personne ne répondit. Ils eurent l'impression d'attendre des heures. De temps en temps, ils cognaient à la porte. Aucun bruit ne filtrait de l'intérieur.

— Faut pourtant qu'on entre, dit Dix. Sans ça, on est cuits.

Dix inspecta avec soin le couloir. Après quoi, assuré que personne ne l'observait, il s'apprêtait à ouvrir la porte à coups de pied, lorsqu'il entendit bouger dans la chambre : des ressorts de lit qui craquaient, des pas mal assurés et traînants... enfin, une main s'affaissa sur le loquet, et la porte s'ouvrit de quelques centimètres.

Doll, les cheveux en broussaille, les contemplait d'un air hagard.

Sans ménagements, Dix l'écarta et, traînant le

petit docteur, il entra, puis s'empressa de refermer la porte.

Riemenschneider, qui suffoquait, se laissa tomber sur un siège et s'enfouit la tête dans les mains, vidé de toute énergie. Doll vit le sang couler sur ses doigts et fit un pas en arrière, puis elle se tourna vers Dix.

Le grand Dix s'était assis sur le bord du lit et, courbé en deux, pressait son flanc gauche de la main, avec une grimace de douleur. En grinçant des dents, il hocha la tête et repoussa son chapeau sur la nuque. Le chapeau tomba ; Doll vit qu'il avait l'oreille en sang.

— Dix ! cria-t-elle comme si elle venait de se réveiller en sursaut. Mon chou ! Il faut m'excuser, je...

— Va chercher de l'eau froide et des serviettes, au lieu de gueuler comme ça ! coupa Dix.

— Oui, oui, tout de suite, répondit Doll, toute contente de pouvoir lui rendre service. Tu comprends mon chou, j'avais pris des somnifères. Deux cachets, Dix. Alors je... je me sens tout abrutie. Ces derniers temps, j'arrivais plus à dormir, avec toute cette bile que je me faisais pour toi...

— Ça va, ça va ! cria Dix. Mais bon Dieu, magne-toi !

— Voilà, mon chou ! Tout de suite !

Doll courut à la salle de bains, en titubant. C'était trop beau pour être vrai. Incroyable. Juste au moment où elle avait le plus besoin de lui... voilà que Dix arrivait !

*

Bientôt, le petit docteur se trouva étendu sur le lit, la tête enveloppée dans une serviette froide. Il était encore sous le choc, et blanc comme un linge, mais du moins avait-il retrouvé son sourire.

Doll, qui le trouvait antipathique, l'observait d'un œil méfiant, souhaitant pouvoir se débarrasser de lui au plus vite. Dix qui, après avoir lavé sa blessure, changé le pansement, et badigeonné son oreille à la teinture d'iode, se sentait beaucoup mieux, s'était assis au pied du lit et disait à Riemenschneider :

— Doc, aussitôt que vous vous sentirez mieux, faudra filer. Ce flic vous a reconnu. Avec toutes ces sacrées photos dans le journal !

Doll dévisagea une fois de plus le petit docteur et s'immobilisa, bouche bée. *Criminel international notoire,* avait dit le journal qu'elle lisait chaque soir... *Vraisemblablement le cerveau qui dirige un gang gigantesque, spécialisé dans le vol des bijoux.* En un sens, ça l'impressionnait, mais pourtant ce petit bonhomme gras au regard vicieux qui gisait sur son lit défait ne lui disait rien qui vaille. Un cerveau ? Peuh ! A côté de Dix, il n'existait pas !

— Inutile d'insister pour que vous veniez avec moi, si je comprends bien, dit le petit docteur en soupirant d'un air résigné comme s'il devinait par avance la réponse de Dix.

— Je rentre chez nous, fit Dix, je vous l'ai déjà dit vingt fois. Mais tout se passera bien, Doc, si vous partez ce soir.

Doll posa la main sur le bras de Dix.

— C'est vrai ce que tu dis là, Dix ? Tu t'en vas ?

— Oui, dès que j'aurai pu me procurer, par n'importe quel moyen, une voiture.

— Mais pourquoi ça, mon chou ?

Dix fronça les sourcils, et ne répondit pas. Riemenschneider, qui les observait, eut un léger frisson... Une scène de ménage ! Ce qu'il détestait le plus au monde !

Doll avait recouvré toute sa nervosité. Maintenant qu'ils s'étaient retrouvés, elle ne pouvait se faire à l'idée d'un nouveau départ.

— Mais, tu ne peux pas partir tout de suite, Dix ! Tu es blessé. Tu as besoin de quelqu'un pour te soigner.

— Ta gueule ! Mêle-toi de ce qui te regarde. C'est pour le petit docteur que ça barde !

— Oh ! ne vous faites pas de soucis pour moi, dit Riemenschneider avec un petit sourire gêné.

CHAPITRE XXXI

Assis dans son fauteuil de bureau, le commissaire général, qui avait relevé le col de son pardessus, buvait du café dans un gobelet de carton. Dans l'immeuble, on avait éteint le chauffage ; un courant d'air balayait l'étage, et il faisait un froid de canard. Quelques-uns de ses assistants traînaient autour de sa table de travail, fumant ou buvant du café.

— Avec Gus Minisi, quoi de neuf ? aboya Hardy.

— On n'arrive pas à en tirer un traître mot, répondit Andrews, un jeune inspecteur de la criminelle. Il est toujours sous les verrous. Il n'a même pas réclamé d'avocat.

— Et vous l'avez retrouvé l'autre... comment s'appelle-t-il déjà ? Celui qu'on recherchait pour ses agressions nocturnes à la sortie des boîtes de nuit ?

— Non, fit Andrews. Il a disparu. Il prétend s'appeler Handley. Mais les policiers de Camden Square, qui ont perquisitionné dans son appartement, ont retrouvé des vieilles lettres. Ça devait être sa mère, qui lui écrivait. Son vrai nom, c'est William Tuttle Jamieson. Quel nom, pour une petite frappe de rien du tout !

— Et son casier ?

— Arrêté à Youngstown, sous le nom d'Handley, pour agression et tentative d'assassinat. Acquitté. C'était en 1939. Arrêté et questionné une douzaine de fois dans cette ville-ci, mais on n'a jamais rien pu prouver contre lui. Il a été ramassé dans une rafle, il y a un an. Aucun moyen d'existence ; Benny-le-Mouchard m'a dit un soir qu'il faisait des agressions nocturnes, et que Gus Minisi le protégeait. Mais on n'a aucune preuve. Il vit très modestement.

— Quel âge, à votre avis ?

— Environ quarante-cinq ans. Mais il fait jeune.

— Nous devrions en savoir plus long sur son compte, alors.

— On a envoyé au F.B.I. les empreintes digitales que possédait Youngstown. Mais ça n'a rien donné.

Le commissaire général acheva de boire son café, se racla la gorge et s'immobilisa, le regard fixé, perdu dans ses pensées ; enfin, il se tourna vers Macklyn :

— Vous êtes sûr d'avoir bien choisi l'homme qui est chargé de surveiller Emmerich, Mac ? demanda-t-il.

— Oui, répondit Macklyn. C'est le plus habile de toute mon équipe.

— Je ne veux pas qu'on le perde de vue une seule minute. C'est lui qui a monté toute cette affaire, j'en mettrai ma main à couper. Et j'ai bien l'intention de le prouver. Et Cully ?

— Je viens de recevoir un télégramme du commissaire général de Chicago. On le suit.

Le commissaire Hardy alluma un cigare. Il était convaincu qu'il faisait des progrès chaque jour, amassant toujours de nouveaux éléments. Mais jusqu'à présent, il n'avait aucune idée de la façon dont ils s'ajustaient les uns dans les autres... Pourtant, il faudrait bien réussir, au bout du compte. Sinon, c'était la fin de tous ses espoirs. L'audace de ce cambriolage, perpétré dans la plus importante et la plus ancienne bijouterie de la ville avait fait de cette affaire l'événement le plus sensationnel de ces vingt dernières années. Les assassinats, ça ne comptait plus guère, à présent ; on en avait à revendre ! Le public était blasé. Mais Pelletier, c'était une des institutions fondamentales de la ville ; et le fait qu'on soit parvenu à le cambrioler donnait à tout le monde un sentiment d'incertitude et d'angoisse. Cela donnait également aux journaux, ravis, une nouvelle occasion de blâmer et de ridiculiser les notabilités de la ville.

Il se tourna brusquement vers Andrews :

— L'assassinat de Brannom... c'est tombé drôlement à pic, pas vrai ?

— Ah ! ça oui. Mais l'alibi d'Emmerich est confirmé. Cette rouquine, c'est une pas grand-chose, d'accord, mais... elle m'a raconté sa petite affaire sans se troubler le moins du monde, et au procès, ça tiendrait le coup !

« Quel châssis ! pardon ! » songeait Andrews ; mais il ne se serait jamais risqué à faire une remarque aussi déplacée devant le commissaire général, dont il connaissait bien l'âme puritaine.

Le téléphone sonna. Macklyn décrocha aussitôt et répondit d'un ton sec ; mais bien vite son expression changea, et tout son rude visage s'épanouit :

— Macklyn oui, c'est bien ça. Tom Macklyn. Je vois, vous vous souvenez de moi, madame !

Il y eut une pause, pendant laquelle Macklyn

écouta avec recueillement. Hardy l'épiait d'un air indigné. C'était bien le moment de faire son joli cœur ! Enfin, Macklyn éclata de rire :

— Ma foi, on fait de notre mieux, madame. Mais il n'est pas très commode à manœuvrer ! Voilà. Tout de suite, madame ! (Il se retourna et tendit l'appareil au commissaire général.) C'est Mme Hardy ! annonça-t-il.

— Vraiment, Martha... commença Hardy qui fut aussitôt interrompu.

— Théo ! coupa sa femme. Hardy, est-ce que tu as une vague idée de l'heure qu'il est ? Et je parie même que tu n'as pas dîné. Tu t'obstines à traîner dans ces bureaux glacés, alors que tu serais si bien à la maison. Tu sais, le téléphone, c'est une invention très pratique... Ça te permettrait de diriger tes hommes d'ici. Et puis, tu n'es quand même pas obligé de diriger tous les services de la police à toi tout seul. Il y a d'autres commissaires, voyons...

Hardy écoutait, les lèvres crispées, les sourcils froncés, épiant sur le visage des hommes qui l'entouraient le plus faible indice d'ironie. Enfin il éclata :

— Ecoute, Martha ! Je suis occupé. C'est très important. Je te rappellerai. Ou plutôt, non ; inutile. Couche-toi. Je rentrerai quand je pourrai.

— Tu as gardé tes snow-boots ?

— Oui, oui !

— Et ton pardessus ?

— Dans mon bureau, je n'ai pas l'habitude de travailler avec mon...

Il s'arrêta juste à temps, et jeta un regard mauvais à son gros manteau.

— La chaudière est allumée ? demanda sa femme.

Hardy prit le parti de mentir :

— Oui ! bien sûr...

— Quand tu rentreras, je veux que tu prennes un bain bouillant, que tu te fasses une bonne friction à l'alcool camphré et que tu te mettes au lit le plus vite possible. Je vais te préparer des sandwiches que je laisserai sur ta table de chevet. Il faut que tu fasses attention à ta santé, Théo, et je saurai bien t'y forcer. Tu m'entends ? Si je t'empoisonne, ça m'est bien égal, je n'ai pas la moindre envie de porter ton deuil...

Hardy se racla la gorge et étudia l'un après l'autre les hommes qui l'entouraient. Tous, le visage impassible, fixaient le plancher.

— ... Edna et le petit viennent passer le week-end avec nous, disait sa femme, parce qu'il faut que Charles aille à Cleveland, pour ses affaires. Espérons que tu auras débrouillé cette affaire qui te passionne avant leur arrivée, parce qu'Edna se plaint ; elle dit qu'elle ne parvient plus jamais à bavarder plus de deux minutes avec son père. D'ailleurs, tu devrais être content de passer quelques heures avec ton petit-fils.

— Mais oui, bien sûr, répondit Hardy. Seulement, tu n'as pas l'air de comprendre l'importance de cette affaire. Je ne peux tout de même pas...

— On ne t'a pas attendu pour débrouiller tous les crimes de cette ville. Avant que tu sois assez naïf pour abandonner ton cabinet d'avocat, quand tu ne passais pas encore vingt-quatre heures par jour à ce métier ingrat, on arrêtait quand même les gens. Et on les arrêtera encore quand nous serons tous morts et enterrés. N'oublie pas ton bain et l'alcool camphré, surtout, Théo. Et bonne nuit... Si par hasard je ne me réveillais pas quand tu rentreras...

Une chaleur soudaine vibrait dans la voix de sa femme. Hardy ne put s'empêcher de sourire. Même s'il ne rentrait qu'à l'aube, il était sûr de la trouver debout, l'attendant ! Enervante au possible à ses heures, d'accord, mais au demeurant la plus tendre, la plus attentive, la meilleure des épouses. Il avait bien de la chance !

— Bonne nuit, Martha.

En déposant le récepteur, il leva la tête, et rencontra les bons sourires de ses hommes. Il venait, pendant un instant, de leur apparaître comme un individu normal, capable de se tromper, légèrement comique, même. Rien de commun avec cet adjudant tellement à cheval sur la discipline auquel ils obéissaient au doigt et à l'œil. Le visage de Hardy se durcit ; il fit tourner son fauteuil pour échapper à leurs regards, et feignit de se plonger dans des réflexions profondes. En réalité, il se réjouissait à l'avance à l'idée de rentrer chez lui, de prendre un bon bain, un petit souper froid, et de retrouver le lit tiède de la tendre sollicitude de Martha.

— Elle est rudement gentille, Mme Hardy, lança Macklyn, qui était plus courageux que les autres. Rudement gentille.

Hardy, furieux, allait le remettre à sa place vertement lorsque la porte s'ouvrit. C'était le secrétaire de Hardy qui annonça :

— Pardon de vous déranger, monsieur le commissaire, mais il y a un chauffeur de taxi qui vient d'arriver. Il dit qu'il voudrait vous communiquer une information très importante. J'ai essayé de le faire parler, mais...

— Faites-le entrer, coupa Hardy d'un ton impatient.

Le secrétaire ramena bientôt un petit individu maigrichon d'une quarantaine d'années. Il tortillait sa casquette entre ses doigts d'un air gêné et mâchouillait une allumette. En trouvant devant lui un groupe aussi impressionnant de policiers, il eut tout d'abord un mouvement de recul, mais il se reprit et leva les yeux vers le commissaire général.

— De quoi s'agit-il ? lança Hardy en se levant. Vous avez quelque chose à nous communiquer au sujet de l'affaire Pelletier ?

— Oui, répondit le chauffeur de taxi qui s'interrompit pour rassembler ses idées.

Qu'est-ce que ça signifiait ? Pourquoi est-ce que tous ces flics le toisaient comme s'il était un criminel ?...

Le chauffeur s'obstinant dans son mutisme, Hardy finit par aboyer :

— Comment vous appelez-vous ?

— Charles Wright. Numéro de mon taxi : 6456. Compagnie des Chevrons Verts.

— Qu'est-ce que vous voulez nous communiquer ?

— Hé ben !... m'sieu le commissaire... C'est bien vous, hein ? (Hardy acquiesça, impatienté.) Ben... me semble que ce p'tit docteur qu'on cherche partout... j'crois que j'l'ai chargé...

— Vous l'avez conduit quelque part ?

— Ben, c'est-à-dire... j'en jurerais pas... vous comprenez, ça fait quelques semaines que j'l'ai chargé au terminus du bus de Lackawanna — me semble bien que c'était lui, mais...

— Où l'avez-vous conduit ?

— Ben... si c'était lui, je l'ai emmené à Camden

Boulevard. Je m'en rappelle, parce que j'lui ai demandé s'il voulait qu'j'attende. Y faisait nuit, vous comprenez, et c'est pas difficile de s'faire descendre, en pleine nuit, sur l'Camden Boulevard...

— Et alors ? coupa Hardy.

— Ben... il est entré, c'est tout... y trimbalait une p'tite valoche, et il avait pas dit ouf, sur tout l'parcours... m'avait eu l'air d'un petit père tranquille... vous comprenez, m'sieur le commissaire... ça m'embêtait de l'laisser tout seul en pleine nuit.

— Où l'aviez-vous conduit ? Quel numéro ?

— 4717, su' le Camden Boulevard... ça avait l'air d'un entrepôt... tout éteint...

Hardy se tourna vers Macklyn :

— Trouvez-moi Dietrich. Immédiatement. S'il est au lit, qu'il en sorte.

— Entendu, répondit Macklyn qui sortit.

Le commissaire avait déjà ouvert un des tiroirs de son bureau. Il en tira une demi-douzaine de photos qu'il mit sous le nez du chauffeur de taxi :

— C'est lui ?

Le chauffeur, les yeux écarquillés, hésita avant de répondre :

— Oui, c'est bien lui, m'sieur l'commissaire. Pas d'doute, c'est bien lui. Ça, j'en r'viens pas ! Moi qui pensais que j'faisais p't-être une connerie, de v'nir vous déranger... Mince... si ce p'tit bonhomme est un criminel notoire, comm' y disent sur le journal, alors moi, vrai, j'suis drôlement bouché...

— Oui, c'est ça ! coupa Hardy d'un ton excédé. Occupez-vous de lui ! lança-t-il à ses hommes, et notez tous les détails, tout. (Puis il se retourna vers le chauffeur.) Je vous remercie d'être venu nous trouver, monsieur Wright. Vous avez fait preuve de conscience civique et je suis fier de vous. Si tout le monde était aussi dévoué... Vous aurez peut-être droit à une récompense. Je l'espère.

Le chauffeur de taxi, complètement dépassé par les événements, gonfla son maigre torse. C'était bien la première fois qu'un flic lui passait de la pommade !

Macklyn rentra dans le bureau, l'air tout excité :

— Vous avez trouvé Dietrich ? demanda Hardy.

— Oui. Il arrive. Mais ce n'est pas tout. Un de nos agents avait été détaché au vieux marché. Vous savez, pour ces histoires de viol...

Macklyn expliqua ce qui s'était passé, et les yeux de Hardy étincelèrent :

— Très bien ! Parfait ! s'écria-t-il pour couper la parole à Macklyn qui se perdait dans des commentaires superflus. On va tendre un filet autour de ce secteur, et pas de sirènes, surtout... en douce. Dépêchez-vous, Mac.

Macklyn n'avait pas fini de tout raconter, mais il comprit soudain que ce n'était pas le moment de discuter, et tourna les talons. Hardy le rappela :

— Et cet agent ? Est-il grièvement blessé ?

— Des vilaines blessures à la tête, je crois, mais c'est un type costaud, et le docteur ne croit pas qu'il y ait de fracture.

Macklyn sortit. Hardy s'approcha de la fenêtre et, mâchouillant un cigare éteint, contempla longuement la ville endormie. Il avait oublié le bain chaud, le lit tiède, et les autres attraits de la vie privée.

La curée s'annonçait !

CHAPITRE XXXII

Cobby jouait au poker dans la salle du milieu lorsque Timmons ouvrit la porte et fit signe qu'il avait à lui parler. Cobby se sentit aussitôt fort inquiet, car Timmons n'avait pas pour habitude d'interrompre pour des bagatelles une partie sérieuse. Cependant, comme Cobby avait un brelan de valets en main, et la quasi-certitude de gagner, il fit signe à Timmons d'attendre. Mais Timmons hocha la tête d'un air angoissé. Pourtant Cobby ne céda pas encore. Se retournant vers les joueurs, il lança :

— Je vois !

— C'est pas à toi de parler, Cobby, protesta l'un des joueurs. Bon Dieu, qu'est-ce qui nous a fichu un partenaire pareil !

— Bon, bon ! lança d'un ton excédé celui qui avait ouvert. De toute manière, c'est une partie foutue. Je vois !

Tous les joueurs abattirent leurs cartes, en rechignant, et Cobby interloqué, s'aperçut qu'il n'était que le troisième. Aussitôt, il se leva. Il sourit, malgré ses appréhensions : Timmons, en interrompant la partie, lui avait épargné de l'argent.

Il quitta la pièce, suivi par Timmons qui lui murmura à l'oreille :

— Dietrich !

— Quoi ! Encore une rafle ?

— Non, répondit Timmons. Moi aussi, c'est ce que j'avais cru d'abord. Mais c'est pas à moi qu'il en a. C'est vous qu'il veut voir. Je l'ai fait entrer dans la première salle.

Cobby, les nerfs tendus, se racla la gorge, avala sa salive, puis, arborant son plus beau sourire, il ouvrit la porte de la première salle. Le grand Dietrich leva la tête d'un air jovial. Il avait un grand verre de whisky en face de lui, et un des meilleurs cigares de Cobby entre les dents. Cobby, se détendit un peu et s'assit en face du gros brigadier.

— C'est ton oreillard qui m'a installé, commença Dietrich. Je pense que tu ne m'en veux pas, hé, vieux ?

— Non, non, pas du tout, Monk ! protesta Cobby qui fondait de plus en plus. Vous êtes ici chez vous. Vous le savez bien !

— Merci. Alors, à ta santé !

Dietrich vida son verre ; après quoi il se mit à tirer sur son cigare, en guignant du coin de l'œil le bookmaker qui se tortillait sur sa chaise.

— Tu sais, Cobby, fit-il enfin, c'était un peu mort, ce soir, alors je me suis dit : « Si je passais voir le copain Cobby ? » Tu comprends, je me fais de la bile pour toi, Cobby. T'es un chic gars, t'as un bon boulot, un peu illégal, qui te rapporte gros — tu te débrouilles très bien. Seulement des fois, on devient trop gourmand et alors, on se fourre dans de drôles de merdiers !

— Qu'est-ce que vous voulez dire, Monk ? Moi... j'ai jamais piétiné les plates-bandes des autres.

Cobby qui se sentait une crispation dans l'épine dorsale, s'agita un peu dans l'espoir de se calmer.

— Oui, ma vieille, enchaîna Dietrich, comme s'il n'avait pas entendu la protestation de Cobby. On piétine les plates-bandes des autres et ce jour-là — bang ! — on est cuit. Ah ! si les gens s'en tenaient à leurs oignons ! Toi, par exemple, Cobby, est-ce que tu savais que celui qui aide à monter un cambriolage est tout aussi coupable que celui qui fracture le coffre-fort ?

— Je n'y ai jamais pensé, bafouilla Cobby. Vous prenez un autre verre, Monk ?

— Non, merci. Pas ce soir, Cobby. Mais écoute voir. Si jamais une bande de cambrioleurs se trouve coincée — tu vois ce que je veux dire — et qu'ils aient besoin de donner quelqu'un... Eh bien.. le frère qui se tourne les pouces chez lui, bien peinard, mais qui pourtant a aidé à monter l'affaire... il est coupable, aussi coupable que n'importe qui. On peut l'envoyer à la chaise. Hein ? Qu'est-ce que tu en penses, Cobby ?

— J'y ai jamais réfléchi. Qu'est-ce que ça peut bien me foutre ?

Le gros visage souriant et vulgaire de Dietrich se fit soudain menaçant ; tendant son énorme patte au-dessus de la table, il empoigna Cobby par les revers de son veston et le secoua dans tous les sens.

— Eh ben ! tu feras bien d'y réfléchir, à présent, et de te faire une idée, sans traîner, encore ! Sinon, tu vas aller prendre l'air en prison, au quartier des condamnés à mort, c'est moi qui te le dis !

— Monk ! Non ! cria Cobby. Mais qu'est-ce qui

vous prend ? Vous êtes saoul, ou bien c'est encore pour rigoler, comme l'autre fois ?

Dietrich lui hurla en pleine figure :

— Où est Riemenschneider ?

Cobby sursauta ; son visage devint pâle comme un linge. Dietrich le lâcha, en le repoussant brutalement, et le petit bookmaker s'affala sur une chaise. Il tremblait de la tête aux pieds.

Se penchant en avant, Dietrich lui assena une gifle, d'un revers de main. Cobby perdit l'équilibre et tomba par terre ; il resta à quatre pattes, hochant la tête, le cerveau vide, le corps secoué de frissons. Dietrich, qui s'était levé, s'approcha de lui et leva un pied énorme, chaussé de lourds brodequins. Pour éviter le coup de pied, Cobby se releva aussitôt, et tenta de se réfugier derrière la table, mais Dietrich l'ayant rattrapé et giflé de nouveau, il retomba encore, en entraînant, cette fois, une chaise dans sa chute.

Cobby, les yeux pleins de larmes, commença à supplier le brigadier en rampant à ses pieds. Il était mort de peur. S'il restait par terre, le brigadier allait lui briser les côtes à coups de pied. S'il se relevait, ce serait pour recevoir d'autres bourrades sous lesquelles il s'effondrerait... Cobby avait tellement peur de la souffrance physique, qu'à cette seule pensée, il se sentait anéanti...

— Monk, Monk vous êtes pas fou ! Ecoutez, c'est moi ! Moi, Cobby ! Je vous en supplie, Monk...

— Où est Riemenschneider ? tonna Dietrich en lançant à Cobby un regard assassin. Réponds-moi, ou je te fais sauter toutes les dents à coups de pied !

Epouvanté, Cobby se releva, protégeant sa bouche de la main ; Dietrich le frappa et l'envoya rebondir contre le mur, où sa tête vint heurter un tableau de chasse, dont le verre se brisa.

— Il est parti, gémit Cobby. Il s'était d'abord caché ici, mais maintenant il est parti, je ne sais plus où il est !

Jusqu'à présent Dietrich s'était contenté de le gifler. Maintenant, il avait fermé le poing et, menaçant, fonçait sur Cobby :

— Tu vas causer, non ? A moins que t'aies envie que j' t'ouvre le crâne !

— Monk ! je vous en supplie, hurla Cobby qui haletait. Qu'est-ce que vous voulez que je vous dise ? C'est vrai, ce que je vous dis. Le docteur est parti. Je vous le jure ! C'est vrai !

Dietrich le dévisagea longuement, d'un œil impitoyable, sans attacher aucune importance au tremblement fébrile de Cobby, qui se cramponnait à la table pour être sûr de ne pas tomber.

Finalement, Dietrich répondit, d'un ton étonnamment doux :

— Peut-être, Cobby, je veux bien te croire. Maintenant, pour ce qui est de l'affaire Pelletier, qu'est-ce que tu dirais de descendre avec moi au Q. G. pour faire une déposition devant le commissaire général ?

— Une déposition ?... bafouilla Cobby, dont les yeux terrifiés commençaient à briller d'un espoir nouveau. Sur... sur quoi ?

— Sur ceux qui ont monté le cambriolage, sur ceux qui l'ont mis à exécution... sur l'assassin de Brannom. Enfin, sur tout ça, quoi...

Cobby acquiesça, incapable d'articuler un traître mot. Des larmes se mirent à ruisseler sur ses joues ; brusquement effondré, il se laissa tomber sur une chaise et, posant sa tête sur la table à jeu, se mit à sangloter, comme un enfant de cinq ans.

Dietrich lui posa sa lourde poigne sur l'épaule :

— Voilà ! ça, c'est bien ! On va faire un petit marché, Cobby — enfin, entre toi et le commissaire général, bien sûr. Tu nous renseignes, et en échange on pourrait peut-être t'avoir un sursis.

Sans relever la tête, Cobby acquiesça. Dietrich s'assit, reprit son cigare, dont il tira quelques bouffées. Soudain, il éclata d'un rire gras :

— Tu te rappelles, Cobby, ce que je t'avais dit l'autre jour ? Je savais bien qu'on finirait par dénicher un mouchard qui casserait le morceau !

Cobby leva sur lui un regard mort ; puis il se redressa et s'efforça de se ressaisir :

— C'est pas... c'est pas que je suis un mouchard... commença-t-il d'une voix égarée.

Mais il renonça vite, et se détourna, cherchant maladroitement un cigare.

— Non, non ! bien sûr que non ! répliqua Dietrich en lui tapotant l'épaule. Je disais ça manière de parler !

CHAPITRE XXXIII

Debout au milieu de la pièce, Doll regardait en silence Dix qui aidait le petit docteur à cacher les bijoux dans l'ourlet de son pardessus. Riemenschneider avait pensé qu'à présent, il serait trop dangereux de se faire voir avec la sacoche en main.

— Comment ça va, votre tête, Doc ? demanda Dix lorsqu'ils eurent achevé. Ça gaze ?

— Je crois que ça ira, répondit Riemenschneider. Si nous n'avions pas rencontré cet agent, je m'attarderais un peu en ville. Mais, étant donné...

— C'est aux Five Corners que vous aurez le plus de chances, Doc. Il y a toujours des taxis, là-bas, de jour comme de nuit.

— Aux Five Corners, dites-vous ? Comment y va-t-on ?

— Vous prenez la rue de derrière, en descendant vers le fleuve. Ça vous y mènera tout droit.

— Entendu, dit Riemenschneider qui prit la main de Dix et la serra longuement, en le regardant droit dans les yeux. J'aurais été ravi que vous soyez plus raisonnable, et que vous vous décidiez à m'accompagner. Nous tenons la fortune, si, à New York, j'arrive à trouver l'intermédiaire dont j'ai besoin...

— Non, merci, Doc, répondit Dix. J'aime pas ces trucs-là. Et puis, je veux rentrer chez nous.

— Donnez-moi l'adresse. Qu'au moins je puisse vous envoyer les cinq mille dollars qui vous reviennent.

Dix, hésitant, se frotta le menton. Brusquement l'argent ne l'intéressait plus. Cinq mille dollars. Cinquante mille dollars. Cinq cent mille dollars. Qu'est-ce que ça changeait ? Pendant des années, il avait jeté par les fenêtres des masses d'argent. Et après ? D'ailleurs, une fois qu'il serait rentré chez lui, il n'avait pas envie de conserver la moindre relation avec des gars comme le petit docteur.

— Non, Doc, ça n'a pas d'importance. On se rencontrera peut-être une autre fois...

Riemenschneider abandonna la discussion. C'était la première fois qu'il rencontrait un homme comme Dix — un homme dont la présence lui inspirait un tel sentiment de sécurité. A l'idée de repartir seul, il se sentit bizarrement désemparé.

— Enfin, dit-il avec un sourire triste, tant pis. Adieu.

— Adieu, Doc, répondit Dix qui bientôt se reprit : Hé, Doc, minute ! Vous n'avez pas d'arme. Je vous donnerais bien la mienne, mais... (Il se tourna vers Doll.) Tu as un feu ?

— Non, Dix. J'en avais bien un, dans le temps, mais on me l'a volé.

Dix eut l'air furieux, mais l'Allemand, pour le calmer, lui posa sa main sur le bras :

— Ne vous faites pas de souci, Dix. Il y a des années que je n'ai plus jamais de revolver. Si on est armé, on risque toujours de descendre un agent. C'est une bien sale affaire. On a bien du mal à s'en tirer. Tandis que si on n'est pas armé, on abandonne la partie, quand ce sont eux les plus forts !

Riemenschneider haussa les épaules et eut un petit rire.

— Je comprends bien, Doc, insista Dix, mais cette fois-ci, vous êtes sous le coup d'une accusation d'assassinat... si jamais ils arrivent à le prouver.

Une fois de plus, Riemenschneider haussa les épaules :

— Ça ne sera pas la première fois. Mais ils n'arriveront jamais à le prouver. Ils ne pourront m'accuser que de délits bien moins graves.

— Comme vous croyez, Doc. Vous vous y connaissez mieux que moi.

Riemenschneider sourit, regarda une dernière fois Doll, puis Dix, et sortit sans dire un mot. Ils entendirent ses pas étouffés décroître dans le couloir. L'escalier grinça deux fois ; puis ce fut le silence.

Dix s'était immobilisé près de la porte, qu'il fixait sans la voir, perdu dans ses pensées. Doll l'épiait, se demandant à quoi il songeait, craignant qu'il ne se décidât quand même à s'en aller avec l'affreux petit Allemand.

— Tu veux un peu de café, mon chou ? demanda-t-elle avec une gaieté affectée.

Dix fit mine de ne pas avoir entendu.

— Il est drôle, ce petit Allemand, dit-il d'un ton rêveur. J'arrive pas à me faire une idée. C'est peut-être qu'il est étranger. Ces gens-là, leur cerveau ne fonctionne pas comme le nôtre ! (Il se retourna, mais regarda Doll d'un air absent, comme s'il ne la voyait pas.) J'avais déjà remarqué, quand j'étais soldat en Allemagne. Même les Boches qui savaient l'anglais, j'ai jamais pu arriver à comprendre de quoi ils parlaient. N'empêche qu'étranger ou pas, c'est un type qui est drôlement gonflé !

— Tu veux un peu de café, mon chou ? insista Doll.

— Oh ! la barbe, avec ton café ! Fais-le ou ne le fais pas, mais boucle-la !

Doll, terrifiée, se réfugia dans la kitchenette, où il l'entendit moudre son café.

Après avoir hésité, il l'y suivit et s'arrêta sur le seuil, la regardant faire sans rien dire. Soudain il eut une grimace, étouffa un juron et porta la main à son côté. Des douleurs intolérables lui poignardaient le flanc ; bientôt, elles gagnèrent l'épaule gauche, puis la nuque.

— Qu'est-ce qu'il y a, Dix ? demanda Doll affolée.

Dix gémit, s'éloigna en titubant et parvint à atteindre une des chaises de la chambre, sur laquelle il se laissa tomber, plié en deux, haletant. Doll se précipita à sa suite et s'agenouilla près de lui.

— C'est cette blessure ? cria-t-elle.

— Ah ! pas de doute, tu devines tout ! ironisa Dix.

— Je sais ! De l'aspirine ! Il faut en prendre au moins trois. Ou même quatre. Ça te fera du bien.

Elle bondit, courut à la salle de bains et presque aussitôt revint avec un tube d'aspirine et un verre d'eau. L'espoir renaissait en elle. Peut-être que ça allait quand même marcher : Dix était blessé, malade, ça risquait d'empirer. Elle avait déjà une vision fort claire de l'avenir qu'elle attendait : Dix gisait sur son lit, malade et conciliant ; elle se dévouait sans compter, comme une créature angélique, elle lui faisait la cuisine, le soignait, le veillait des nuits entières !

— Voilà, mon chou ! s'écria-t-elle. Il vaut mieux que tu en prennes quatre.

Dix se redressa pour avaler l'aspirine, et il ne put s'empêcher de gémir, puis il dit :

— Il faut absolument que je m'en aille, que je quitte cette ville. Si jamais je me trouve cloué au lit, en tout cas, faut pas que ce soit ici !

Il lança un regard soucieux à la fenêtre de la chambre, par laquelle on devinait l'immense cité, avec ses hauts immeubles et ses kilomètres d'asphalte, et, prenant peur soudain, il essaya de se lever. Mais en vain. Il retomba lourdement, en gémissant.

— Tu ne peux pas partir, Dix, tu es trop malade ! protesta Doll, en se mettant à genoux près de lui. Tout seul, tu n'y arriveras jamais !

— N'empêche que je m'en vais, répondit Dix, obstiné. Je m'en irai à pied s'il faut !

Soudain Doll eut une idée :

— Je peux te trouver une voiture, Dix. Quigley a une vieille Ford toute déglinguée qu'il m'a proposée pour trois cents dollars une fois que je parlais d'acheter une voiture.

Dix oublia sa blessure, se redressa et tira de sa poche une liasse de billets tout froissés, qu'il tendit à Doll en disant :

— Va me chercher cette bagnole !

— Mon Dieu, Dix ! Ça en fait, de l'argent !

— Quatre mille, répondit Dix d'un ton détaché. Prends-en quatre cents, c'est plus sûr, et rends-moi le reste.

Doll compta les billets dont elle avait besoin ; après quoi, elle commença à protester :

— Mais, Dix, mon chou... tu ne vas quand même pas conduire, pendant tout ce trajet, dans l'état où tu es ?

— Je m'en tirerai. Je m'en tirerai !

— Non, répondit Doll d'un ton sans réplique. Si je t'amène cette bagnole, c'est moi qui te conduirai là où tu veux aller.

— Tu n'es pas folle ? Je suis recherché par la police. Ça te dirait, peut-être, de tirer quelques années dans une prison pour femmes ?

Doll hésita, puis répondit très vite, en un murmure gêné :

— Ça m'est égal, Dix, mais je ne veux pas te quitter.

Interloqué, Dix la dévisagea :

— Eh bien ! ça, alors ! Enfin... Bon. Va me la chercher, cette bagnole.

Doll bondit sur ses pieds, contenant mal un sourire de triomphe. Elle avait gagné. Maintenant ce serait Dix-et-Doll, pour le meilleur ou pour le pire. Comment pourrait-il jamais, par la suite, se défaire d'elle ?

CHAPITRE XXXIV

Deux voisines essayaient de calmer Maria Bellini qui, folle de douleur, ne cessait de se débattre pour quitter le lit sur lequel elles l'avaient étendue. On lui avait fait boire de l'alcool, administré des calmants — mais rien ne semblait agir.

— Comment est-ce possible ! hurlait-elle. Louis ! mon beau, mon gentil Louis !

— Maria, dit l'une des Italiennes, aie confiance dans notre Sainte Mère. Elle sait, elle. Louis est heureux, maintenant, il est là-haut, et il vous attend...

— Oui, enchaîna l'autre voisine, il vous attend. Mais il n'est pas pressé. Il veut que tu élèves le Petit-Louis, que tu en fasses un bon sujet, un bon mari, comme il l'était lui-même.

— Mon Petit-Louis ! s'écria Maria en se redressant. Oh ! Je l'avais oublié ! Comment est-ce possible ! Où est-il ?

Les deux femmes échangèrent un coup d'œil rassuré : Maria s'en remettrait.

— Il dort comme un Jésus, ma belle. Pas le moindre souci dans sa jolie tête. Couche-toi, Maria. Il faut te reposer.

Pendant un moment, Maria ne bougea pas ; mais

bientôt, elle se tourna sur le côté et posa sur elles le regard de ses magnifiques yeux noirs — ces yeux qui avaient eu assez de pouvoir sur Louis pour l'arracher aux bistrots, aux salles de jeu, aux dancings, et à tout ce milieu interlope dans lequel il avait mené sa vie de joli garçon.

— Vous croyez vraiment que Louis... que Louis nous attend là-haut, madame Maggio ?

— Bien sûr, mon petit chou, répondit Mme Maggio. Il attend. Tout comme mon mari. Ils sont peut-être en train de bavarder tous les deux, en ce moment.

Maria éclata en sanglots et se jeta dans les bras de la vieille femme.

— Il restera toujours près de toi, ma petite Maria. Comme mon Pete, reprit Mme Maggio. Je ne me fais jamais de souci. Je n'ai jamais peur de rien. Je sais qu'il est là-haut, et qu'il veille sur nous, sur les gosses et sur moi.

— Oui ! s'écria Maria. Vous avez raison, j'en suis sûre. Louis serait capable d'attendre pendant des siècles. Il était si merveilleux !

Lentement, elle céda au sommeil. Mme Maggio l'observa un moment, puis elle s'assit par terre et fondit en larmes. L'autre voisine s'approcha d'elle, essayant de la consoler.

Quelques minutes plus tard, le père Sortino entra dans la chambre ; les deux Italiennes s'empressèrent de se relever, tout intimidées et confondues de respect. Le prêtre lança un coup d'œil sur le lit, et sourit tristement. C'était un grand Italien maigre et très digne, au beau visage d'ascète.

— Elle a fini par s'endormir, murmura-t-il.

— Oui, mon père, répondit Mme Maggio. La pauvre petite !

— Je viendrai la voir demain de bonne heure. Vous comptez rester avec elle ?

— Nous allons rester toutes les deux, mon père. Ne vous inquiétez pas.

— Si elle se réveille, dites-lui que j'ai pu me procurer tous les papiers, tous les documents de Louis — tout ce qui l'a tant inquiété à ses derniers moments. Et les clés aussi. Elle comprendra.

— Oui, mon père.

Il posa une main sur l'épaule de chacune des deux femmes.

— Je vous remercie toutes les deux. Vous êtes bonnes, de vraies chrétiennes. Merci.

Mme Maggio se remit à pleurer, mais elle parvint à se ressaisir et sourit au prêtre qui en retour lui sourit aussi, puis s'en alla et referma la porte sans bruit.

Il avait déjà parcouru quelques mètres lorsqu'il entendit des pas lourds dans l'escalier. Serrant les lèvres, il hâta le pas, pour faire cesser le tapage. C'étaient des ivrognes, sans aucun doute.

Mais lorsqu'il fut parvenu au haut des marches, il se trouva face à face avec deux gros agents en uniforme, accompagnés d'un policier en civil.

— Voudriez-vous faire un peu moins de bruit, s'il vous plaît ? demanda le père Sortino. Il y a eu un décès à cet étage.

— Oui, bien sûr, mon père, répondit l'un des agents, qui était irlandais. Mais vous comprenez, avec ces godasses... !

Il eut un large sourire.

Ils le dépassèrent, continuant leur chemin, et le prêtre s'apprêtait à descendre lorsqu'il s'aperçut que les agents venaient de s'arrêter devant la porte de Maria. Il courut à eux, pour les empêcher de frapper. Le policier en civil le toisa sans aménité. Il était méthodiste et les curés en soutane ne lui disaient rien qui vaille.

— Vous devez vous tromper de numéro, messieurs, dit le prêtre.

— C'est Louis Bellini, qu'on cherche.

— Et pourquoi, si je ne suis pas indiscret ?

— Ça ne vous regarde pas, répondit le policier. Mais j'ai l'esprit large. Alors, je veux bien vous répondre. Il est accusé de cambriolage, et, peut-être, de meurtre.

Le père Sortino ne put cacher un léger mouvement de recul :

— Il doit y avoir erreur.

— Peut-être. Mais on a nos consignes. Alors, permettez qu'on fasse notre travail.

— Je vous ai dit qu'il y avait eu un décès à cet étage. C'est Louis Bellini qui vient de mourir.

Le policier en civil dévisagea le prêtre d'un air soupçonneux, puis, repoussant son chapeau en arrière, se gratta le front :

— De quoi est-ce qu'il est mort ?

— Des complications survenues à la suite d'une blessure provoquée par un coup de feu qu'il avait reçu au cours d'une bagarre de rue.

— Une bagarre de rue, hein ? Faut que j'aille jeter un coup d'œil au cadavre.

L'agent irlandais fit un pas en avant :

— Quand le père te dit quelque chose, Williams, c'est que c'est vrai.

Le policier en civil hésitait, mâchonnant un cigare qu'il venait de tirer de sa poche.

— Je vous serais très reconnaissant, reprit le père Sortino, de ne pas entrer chez Mme Bellini. Elle est très... enfin, il est superflu de vous le dire.

Le policier se tourna vers l'Irlandais et lança d'un ton rogue :

— Descends téléphoner au bureau du commissaire général et demande ce qu'il faut faire. Et grouille !

— Le commissaire général me connaît, dit le prêtre. Vous pouvez lui donner mon nom : Sortino.

— Merci, mon père, dit l'agent qui s'éloigna en essayant de marcher sur la pointe des pieds.

Le policier alluma son cigare ; après quoi le père Sortino et lui attendirent sans piper, en échangeant des regards dépourvus d'aménité.

CHAPITRE XXXV

Le petit docteur avait eu une chance exceptionnelle — à tel point que, pour un peu, il y aurait vu l'intervention directe de la Providence. Installé sur les coussins du taxi qui roulait à belle allure, il songeait aux impondérables avec lesquels il faut toujours compter, et se rappelait dans ses moindres détails le cambriolage biscornu, avec son atmosphère bizarre, où se mêlaient la tragédie et le burlesque, avec ses sonneries qui se déclenchaient sans qu'on y touche et ses revolvers qui partaient tout seuls.

En quittant l'appartement de Doll, il avait pu tourner dans une ruelle juste à temps pour éviter une voiture de police qui avançait, tous phares éteints ; et, dans l'allée, il avait miraculeusement pu se cacher sous l'ombre propice d'un petit hangar, en attendant que la voie soit libre. Aux Five Corners, totalement désert, il avait vu arriver un taxi juste au moment où il débouchait de la ruelle. Pour finir, miracle plus incroyable encore, le chauffeur s'était trouvé être un Allemand d'une quarantaine d'années, aimable et jovial, originaire de Stuttgart, qui avait paru ravi de pouvoir parler sa langue maternelle, et qui avait longuement raconté sa vie, au temps où il était encore mécano à la Mercedez-Benz, Il s'appelait Franz Schurz, bien que, sur sa carte, figurât le prénom plus américain de Frank.

— Vous avez fait la première guerre ? demanda-t-il.

— Non, répondit le petit docteur. J'ai été interné en Angleterre.

En fait, à cette époque, il faisait de la prison pour escroquerie, à Londres.

— Vous en avez eu de la veine ! Moi, j'étais sur le front français. C'était terrible. Quand ça a été fini, je me suis dit : « Pas trop tôt ! » et je suis rentré chez nous. Qu'est-ce que j'y trouve ? Tout le monde qui avait faim, les soldats qui tuaient les officiers... la révolution ! Alors, je suis parti. Pas si bête ! Maintenant, je suis américain. On m'a bien mobilisé, pour la dernière, mais ils m'ont vite relâché, quand mon cœur s'est mis à faire des siennes. Pourtant, depuis, j'ai plus jamais eu d'ennuis de ce côté-là !

Il se pencha en avant pour rire plus à son aise. Riemenschneider fumait son cigare, confortablement installé sur les coussins de cuir. Pour comble de chance, le taxi de Schurz était d'un modèle récent, et bien suspendu.

— Franz, demanda Riemenschneider, ça vous dirait de m'emmener jusqu'à Cleveland ?

— A Cleveland ! Dites-moi, c'est rudement loin !

— Je sais, dit le petit docteur. Je pensais m'arrêter chez des parents à moi, et prendre l'autocar de demain matin. Mais je me demande... on est si bien dans votre taxi, et pas gêné par les voisins. Sans compter que ces parents, je n'ai pas tellement envie de les voir...

Schurz eut un petit rire :

— Pour ce qui est de la famille, je vous comprends ! Mais vous savez, ça vous coûterait chaud, d'ici à Cleveland — et il faudrait aussi que je prévienne la direction. Mais dites-moi, et vos bagages ?

— J'enverrai un télégramme, pour qu'on me les fasse suivre.

Schurz se gratta la tête. Il hésitait. Le taxi avait depuis longtemps laissé derrière lui le quartier des affaires. Maintenant, ils traversaient une immense banlieue où toutes les maisons étaient identiques, et toutes les fenêtres éteintes. Les rues étaient désertes, il n'y avait pas un chat en vue.

— Je m'demande... j'ai encore jamais fait ça...

Riemenschneider se pencha en avant et lui tendit un billet.

— Si c'est la question argent qui vous arrête, tenez !

Schurz prit le billet et l'examina à la lueur du tableau de bord. C'était un billet de cent dollars. Il eut un petit sifflement admiratif.

— Quand on aura dépassé ça, prévenez-moi, dit Riemenschneider.

— Ça m'embête, dit Schurz. Je pense que je ferais mieux de téléphoner au bureau.

— Et il y aura un gros pourboire pour vous, insista Riemenschneider. Disons, cinquante dollars.

— Moi, répondit Schurz, pour cinquante dollars de pourboire, je vous emmènerais bien jusqu'au pôle Nord, mais... si je ne téléphone pas, ça risque vraiment de me faire de gros ennuis, à la boîte. Ils seraient même fichus de signaler ma disparition à la police, et de me faire rechercher. Ça me prendra bien dans les dix ou douze heures, pour faire l'aller-retour d'ici Cleveland...

Le petit docteur, après un instant de réflexion, conclut :

— Bon, alors, je sais ce que nous allons faire. Quand on sera sortis de la ville, vous téléphonerez.

— D'accord. Il y a un bistrot à la Clark's Station. C'est la dernière boîte qu'on rencontre, avant d'arriver à College City — entre les deux, y a que des champs.

Après un long silence, Schurz eut un rire détendu, et dit :

— Vous m'avez fait faire de la bile, pendant un moment.

— Moi ? Et pourquoi ?

— Ben, vous comprenez, Five Corners, c'est un coin qui a pas bonne réputation ! Même, je finirai par laisser tomber, si on se décide pas à m'envoyer dans un autre quartier. Le taxi de nuit, c'est toujours dangereux, n'importe où. Mais du côté de Camden Square, on risque vraiment sa peau tous les soirs. Les flics ne se déplacent qu'à deux, dans ce quartier-là. Alors, comme je vous avais vu décarrer d'une ruelle...

Riemenschneider éclata de rire et se pencha en avant pour offrir à Schurz un cigare qu'il lui alluma.

— Ecoutez, je sais que je peux vous faire confiance. Je suis importateur, et je dirige une grosse affaire, à Cleveland. Mais j'aime bien m'en aller de temps en temps, dans une ville où je ne suis pas connu, pour m'amuser un peu. Dans le quartier de Camden Square, il y a des quantités de maisons de jeu, et, ce soir, j'étais en veine... une veine insensée. C'est pourquoi je peux me permettre d'être un peu large, avec mes billets de cent dollars.

Leurs deux rires se répondirent, et Schurz se retourna pour lancer un coup d'œil à Riemenschneider :

— Ça alors, c'est fort ! Un pauvre type sans défense comme vous, qui se trimbale à travers le quartier de Camden en pleine nuit, avec les poches pleines d'oseille ! Vous ne vous rendez pas compte ! Dans ce coin-là, ils vous descendent un type pour deux ronds !

— J'ai beaucoup voyagé, je me suis trouvé dans les lieux les plus mal famés, répondit Riemenschneider, qui pour une fois ne mentait pas, et je n'ai jamais eu le moindre ennui.

Ils avaient atteint les limites du faubourg et, après avoir longé de gigantesques entrepôts, ils s'étaient engagés sur une voie plate, ponctuée çà et là de pauvres masures de torchis.

Depuis un moment, il tombait un brouillard froid qui se transforma bientôt en crachin. Un vent glacé se leva, et Riemenschneider releva le col de son gros pardessus. Il commençait à sentir monter la fatigue. Sa blessure à la tête, qui jusqu'à présent ne lui avait pas fait trop mal, commençait à l'élancer. Soudain, il comprit qu'il mourait de faim, et qu'il avait besoin de manger quelque chose de chaud pour se refaire un peu.

Après une course qui lui parut interminable, dans le vent, le froid et la pluie, Schurz lui annonça :

— Voilà le bistrot. Vous le voyez, là-bas, devant nous ?

Riemenschneider se redressa et se pencha, pour

regarder par la vitre avant. En face de lui, il aperçut l'enseigne de néon jaune : *café-bar*.

— Qu'est-ce qu'ils servent ? J'ai faim, répondit Riemenschneider.

— Des saucisses chaudes, des biftecks, peut-être pas de la première qualité, mais des tas de choses. C'est le genre buvette, quoi...

Lorsqu'ils entrèrent dans le bar, ils furent accueillis par la musique d'une machine à disques. Derrière le comptoir, s'agitait un gros bonhomme au visage fatigué, coiffé d'une toque de cuisinier ; deux gamins aux traits lourds, vêtus de chemises à carreaux, et de pantalons de velours roulés sur les chevilles, occupaient un des box en compagnie d'une toute jeune fille blonde, joufflue, à l'expression hardie. Elle devait avoir dans les quinze ou seize ans. Riemenschneider, qui l'avait repérée aussitôt, choisit un tabouret d'où on pouvait l'observer.

— J'appelle le bureau, dit Schurz, et je leur raconte un bobard — que j'ai une urgence, par exemple...

— Qu'est-ce que vous prenez ? demanda le petit docteur. Vous avez faim ?

— La nuit, j'ai toujours faim. Un steak haché double, et une bière. Dans ce pays, la bière est toujours épouvantable, mais c'est quand même mieux que pas de bière du tout.

Schurz disparut en riant dans la cabine téléphonique. Riemenschneider lui trouvait quelque chose de rassurant. Et tellement allemand ! Il se lamentait même sur la qualité de la bière...

Le petit docteur passa sa commande au gros serveur, puis se tourna de côté, pour mieux voir la jeune fille. Il la trouvait charmante. Les garçons la mettaient en boîte ; elle hochait la tête en riant, et leur répliquait vertement, d'une voix de tête.

L'appareil à disques se tut.

— Oh ! encore, s'écria-t-elle.

Mais l'un des garçons répondit :

— Je n'ai plus du tout de monnaie, Jeannie. Et toi, Red ?

— Moi, j'en ai jamais.

— Allez en demander, fit la jeune fille d'un ton impatient.

— Oh ! dis donc, qu'est-ce que tu coûtes aux garçons, toi !

— Le voilà qui pleure pour une pièce de dix *cents*. Quel rapiat !

— Oh ! Et puis, j'en ai marre, c'est toujours les mêmes disques.

— Je veux entendre celui de King Cole encore une fois. Si j'avais une pièce, je la mettrais moi-même.

— Si tu avais une pièce ! Vas-y, cocotte, crache !

La dispute s'éternisait, elle durait encore lorsque Schurz sortit de la cabine.

— C'est arrangé ! annonça-t-il en s'asseyant au comptoir, à côté de Riemenschneider.

— Parfait, répondit le petit docteur.

Le serveur leur apporta leurs assiettes, et ils commencèrent à manger en silence. Riemenschneider regardait toujours la petite Jeannie du coin de l'œil.

— Il veut un rendez-vous ! disait la fille. Monsieur passe son temps à me demander des rendez-vous ! Mais... est-ce que monsieur a une bagnole ? Non, monsieur n'a pas de bagnole. Alors, il faut qu'il amène son copain Red parce que le copain Red a une bagnole, lui — enfin, si vous appelez ça une bagnole ! Et où est-ce qu'on va ? Dans un ciné de vingt-cinquième ordre, qui passe trois films pour vingt-cinq *cents*. Après ça, on va faire un tour, et on crève deux fois. Pas une fois, non, deux ! Pour finir, on s'amène ici, et qu'est-ce qu'on boit ? De la limonade ! Je ne peux même pas écouter le disque qui me fait envie... Et pourtant, qu'est-ce que mon père va me passer quand il va me voir rentrer à deux heures du matin... mais cette fois...

— Arrête ! cria un des deux gamins. Tu vas me faire chialer !

La fille essaya de reprendre sa diatribe, mais ses deux compagnons se mirent d'accord pour la conspuer.

— Je suis prêt quand vous voudrez ! dit Schurz.

— J'ai envie d'une autre tasse de café, répliqua Riemenschneider d'un ton coupant (car il en voulait au chauffeur de l'avoir arraché à sa contemplation de Jeannie).

— Bon, comme vous voudrez !

— Enfin... ramenez-moi à la maison, maintenant ! ordonna la jeune fille. Ça fait assez longtemps que vous sirotez vos limonades.

Les deux garçons pouffèrent de rire, et se mirent à se chuchoter à l'oreille. La fille les observait d'un œil vengeur.

Se penchant en avant, le petit docteur tendit un dollar au barman, en lui demandant de la monnaie. Schurz eut l'air étonné, mais ne pipa pas.

Le barman lui ayant rapporté la monnaie, le petit docteur pivota sur son tabouret, et s'adressa d'une voix très courtoise au groupe des trois jeunes gens.

— Excusez-moi, mes amis, mais moi aussi,

j'aime la musique. Mademoiselle, accepteriez-vous de mettre un disque pour moi ?

La jeune fille, d'abord interloquée, bondit sur ses pieds, en rougissant.

— Bien sûr, répondit-elle en souriant. Qu'est-ce que vous voudriez que je mette ?

— Choisissez vous-même, répondit Riemenschneider avec un sourire paternel, en lui tendant la poignée de pièces.

— Oh !... ben mince ! s'écria Jeannie. Combien y en a, de pièces ?

— Pas tellement. Jouez ce qui vous plaira.

— Mince ! ça c'est chouette !

Elle se détourna, toisa avec mépris ses compagnons, qui, complètement démontés, regardaient Riemenschneider les yeux ronds ; puis elle s'avanca lentement, d'une démarche étudiée, vers l'appareil et fit tomber une pièce. Bientôt la guitare attaqua, et la voix de King Cole, chuchotante, intime, entama une chanson sentimentale.

— Ah ! J'adore ça, s'écria Jeannie, en retournant s'asseoir.

Puis elle demanda au petit docteur :

— Vous aussi, vous aimez King Cole ?

— Oh, oui ! c'est un de mes chanteurs préférés !

Au fur et à mesure que les disques se succédaient, la nervosité de Schurz croissait. Riemenschneider commanda de nouveaux cafés, puis il fit servir des limonades et des sandwiches aux deux lourdauds, qui maintenant l'avaient adopté ; bientôt la petite jeune fille vint se percher sur un tabouret à côté du petit docteur, et ils écoutèrent la musique en silence.

Sans comprendre ce qui se passait, Schurz se

sentait néanmoins mal à l'aise. Finalement, il se tourna vers Riemenschneider et demanda :

— Dites, monsieur, c'est bien tard. Vous croyez pas qu'il faudrait partir ?

Le docteur dévisagea le chauffeur sans le voir, puis se retourna vers Jeannie, qui écoutait la musique avec ravissement. Il voyait bien qu'elle lui jouait la comédie, mais il ne se sentait pas la force de la quitter. Pourtant, Schurz avait raison. Il s'était déjà bien trop attardé ; il avait tort de tant compter sur sa bonne étoile. La jeune fille lui sourit, montrant une denture d'enfant. Il lui répondit par un sourire, et se mit à hocher la tête en mesure ; cependant lorsque l'appareil se tut, il soupira, haussa les épaules et se leva.

— Je suis désolé, lui dit-il, mais il faut que je parte. Les affaires, vous savez !

La petite Jeannie, sous le regard adorateur de Riemenschneider, avait de toute évidence bu du petit-lait. Elle avait fort bien compris que l'intérêt qu'il lui portait n'avait rien de paternel — bien que les deux lourdauds qui l'accompagnaient n'y aient vu que du feu : ce gros petit binoclard ? Ah ! non, quand même !

— Mais il nous reste encore des tas de pièces ! protesta-t-elle.

— Vous saurez bien les finir toute seule, répondit Riemenschneider.

— Oh, mince... merci bien ! C'était rudement chouette de votre part de faire jouer ces disques, rien que pour moi !

— Rien que pour vous... vous avez raison, répondit le petit docteur avec un gros soupir.

Il régla la note et lança à Schurz :

— En route, je suis prêt.

Ils se dirigèrent vers la porte. Les deux garçons lancèrent des mercis chaleureux à ce petit bonhomme marrant, mais Jeannie, qui ne voulait pas perdre une seule bouchée de cette admiration qu'elle avait devinée dans le regard de Riemenschneider, et peu pressée de retrouver la conversation des deux gamins, l'accompagna jusqu'à la porte.

— Au revoir, lui dit-elle d'une voix chantante, en lui tendant la main. Et merci. Merci infiniment !

— Tout le plaisir était pour moi, répondit le petit docteur.

Lorsque la porte se fut refermée derrière eux, Schurz s'écria d'un ton choqué :

— Une petite drôlement culottée, si vous voulez mon avis ! encore à traîner dehors à des heures pareilles ! Elle devrait être au lit depuis longtemps !

Riemenschneider sourit sous cape. La moralité germanique qui montrait le bout de l'oreille ! Ah ! ce Schurz, il était vraiment typique !

— C'est affreux, enchaîna Schurz, tandis que sous la pluie, ils avançaient tous deux vers le taxi, c'est affreux de penser que les Américains permettent à des gosses de cet âge de traîner dehors en pleine nuit. Après, ils s'étonnent qu'on les viole, comme les histoires du vieux marché. J'en ai la chair de poule.

— Oui, répondit Riemenschneider, c'est bien dommage.

Ils atteignaient le taxi lorsque deux policiers à motocyclette surgirent de l'ombre, venant du poste d'essence qui avoisinait le bar. Schurz sursauta, mais le petit docteur se retourna et leur lança un regard négligent.

L'un d'eux braqua le rayon de sa lampe de poche sur Riemenschneider, et il l'étudia longtemps sans rien dire. Son compagnon, qui n'avait pas de lampe, tenait un gros revolver dans la main droite.

— Vous cherchez quelque chose ? demanda Riemenschneider d'un ton paisible.

— Qu'est-ce que t'en dis, toi, Ed ? Dès que je l'ai vu par la vitre, assis au comptoir, je me suis dit qu'on avait peut-être bien mis le doigt sur quelque chose, dit l'agent qui tenait la lampe.

— Hé ! qu'est-ce qui se passe ? demanda Schurz. Mon client est quelqu'un de très bien, un brave type. C'est le directeur d'une grosse affaire à Cleveland.

— Te mêle pas de ça, toi !

— Vaudrait mieux le fouiller.

— Mais comment donc ! dit le petit docteur en ôtant son pardessus, qu'il tendit à Schurz. Fouillez-moi, messieurs !

Les deux agents le tâtèrent sur toutes les coutures, et ne trouvèrent rien qu'une liasse de billets qu'ils comptèrent, puis lui rendirent.

— Passe-moi ce pardessus ! dit un des agents au chauffeur.

Schurz le lui tendit. L'agent inspecta toutes les poches, mais en vain. Finalement, il rendit son pardessus à Schurz.

— Je vous dis que c'est une erreur ! protesta une fois de plus le chauffeur.

L'un des agents se tourna vers Riemenschneider :

— Qu'est-ce que vous avez à dire ?

— Absolument rien, répondit le petit docteur de sa voix tranquille. Que voulez-vous que je vous dise ? Je n'ai pas la moindre idée de ce dont il s'agit. Je n'y comprends rien.

Tout en parlant, il avait repris le pardessus à Schurz, et le rendossa.

— Qu'est-ce que tu en penses, Ed ?

— Ça m'a bien l'air d'être le coco en question, répondit Ed, qui se tournant vers Schurz, ajouta :

— Où as-tu chargé ce type-là ?

L'estomac de Riemenschneider se contracta, et sa blessure lui fit brusquement très mal : ainsi, c'était la fin !

— Mais... aux Five Corners... répondit Schurz en bafouillant un peu.

— Aux Five Corners, hein ! (L'agent qui tenait la lampe eut un rire de triomphe.) Qu'est-ce que vous en dites, docteur ?

— Docteur ? répéta Riemenschneider d'un ton surpris. Ah ! je comprends maintenant ! Vous me confondez avec quelqu'un d'autre. Je m'appelle Klemperer, j'habite Cleveland, et je ne suis pas docteur.

— J'entre ici, pour téléphoner au commissaire général, conclut celui qui s'appelait Ed. Il nous dira ce qu'il faut faire de ce coco-là.

Tournant les talons, il s'éloigna rapidement sur le gravier crissant.

L'autre agent menaça :

— Ne bougez pas, vous. Restez où vous êtes, le dos tourné.

— Bon, fit le petit docteur en haussant les épaules.

Ils attendirent longtemps, en silence. Puis la porte du bar s'ouvrit, et les trois gosses apparurent, riant et blaguant ensemble. Aucun d'eux n'aperçut le petit docteur ni le grand et gros policier debout dans l'ombre du taxi. Ils montèrent en glapissant dans une vieille Ford déglinguée et s'en allèrent dans un tourbillon de fumée puante.

Ils s'étaient déjà engagés dans une route de traverse que Riemenschneider entendait encore le rire troublant de Jeannie monter dans la nuit.

— Je vous demande pardon, monsieur l'agent, dit Riemenschneider en tournant la tête, mais... est-ce que je peux vous poser une question ?

— Ça dépend. Mais ne bougez pas !

— Il y a longtemps que vous attendiez dehors ?

— Quelle drôle de question ! Mais après tout, je peux bien vous répondre... Mettons deux ou trois minutes...

— Merci.

« Environ le temps de jouer un disque », songea Riemenschneider. Et il en avait écouté une bonne douzaine !

— Nous ne pourrions pas nous mettre à l'abri ? Il pleut, dit encore le petit docteur.

— Vous n'êtes pas en sucre. Restez où vous êtes.

— Et moi ? demanda Schurz qui maintenant semblait tout intimidé.

— Va nous attendre dans ton taxi, si tu veux.

Après avoir lancé un coup d'œil à son client, qui ne leva même pas la tête, Schurz s'éloigna et s'assit au volant.

Riemenschneider, frissonnant sous la pluie glaciale, songeait à l'avenir... Pour lui, ce n'était pas si grave. S'il n'arrivait pas à éviter la catastrophe, du moins il saurait sûrement la minimiser ; il y a toujours moyen de s'entendre avec les témoins, d'acheter les avocats, on peut toujours s'arranger...

Quant à la prison, elle ne lui faisait pas peur. Pour vivre en prison, trois qualités sont essentielles : la patience, l'intelligence, la loyauté ; et le petit docteur les possédait toutes trois. Cependant, il avait une faiblesse terrible, une faiblesse qui parfois prenait le pas sur toutes ses vertus, et justement, ce soir, c'était elle qui l'avait jeté dans ce piège, précipité dans cette souricière... Chaque être humain a ses faiblesses. C'est d'ailleurs pourquoi les prisons regorgent de clients : même si en théorie, les plans semblent parfaits, lorsqu'on passe à l'exécution — qu'il s'agisse d'un cambriolage, comme l'affaire Pelletier, d'une campagne militaire ou d'une grande combine commerciale, que ce soit légal ou pas, c'est tout pareil — il faut compter avec des êtres humains, qui tous obéissent à leurs émotions, à leurs penchants, à leurs complexes...

Cobby, par exemple... Habile et rusé, il avait su se faire une place au soleil dans un rayon où la plupart des individus se seraient fait dévorer — et cependant, ce n'était qu'un niais, crédule et vaniteux, qui s'était laissé aveugler par les attentions flatteuses que lui avait manifestées M. Alonzo Emmerich.

Et cet Emmerich... quelle invraisemblable légèreté ! Après trente ans d'efforts, au cours desquels il avait jeté de la poudre aux yeux d'une ville entière, joué la comédie en acteur consommé, il en était arrivé à mépriser tous ceux qui l'entouraient, à trop compter sur leur crédulité... Et le jour où, acculé au désespoir, il avait perdu l'acuité de son jugement, il avait foncé tête première, sans réfléchir, et provoqué un désastre.

Et Dix... que fallait-il en penser ? C'était une forte personnalité, robuste et sans détours. Et pourtant, il s'était laissé prendre au romantisme le plus primaire : il rêvait de faire marche arrière, de retrouver sa jeunesse, le cadre de sa vie d'adolescent.

Le petit docteur soupira. On a beau tout prévoir, on est cependant toujours à la merci des fantaisies de ses associés. Le mieux, c'était probablement de travailler seul. Là, au moins, on n'avait à s'en prendre qu'à soi-même...! Après un nouveau soupir, il se tourna vers le policier toujours immobile derrière lui :

— Monsieur l'agent, demanda-t-il, vous permettez que je fume un cigare ?

— Restez tranquille ! répondit l'agent. Et ne tournez pas la tête. Vous fumerez des cigares plus tard.

— Très bien, monsieur l'agent, dit le petit docteur, comme vous voudrez.

CHAPITRE XXXVI

Angela était bien trop surexcitée pour s'asseoir. Elle dansait à travers la pièce, en parlant d'une voix de tête, s'agenouillant un instant au creux d'un fauteuil, pour, l'instant d'après, bondir vers la table à thé, à la recherche d'une cigarette qu'elle allumait hâtivement et déposait dans le premier cendrier venu, où elle l'oubliait...

L'énervement lui avait fait monter aux joues, d'ordinaire très pâles, un reflet rose, et ses cheveux roux vivaient et se tordaient, comme chargés d'électricité.

Elle était vêtue d'un pantalon long, en soie blanche, très ajusté, et d'un pull-over vert vif. Emmerich avait beau être lassé d'elle, il se disait que vraiment c'était une fille ravissante, pleine de sex-appeal. Assis dans un grand fauteuil ancien, qu'il avait payé six cents dollars, les jambes croisées, il fumait un de ses cigares de Cuba, avec un grand verre de whisky-soda à côté de lui, et songeait à ce jour déjà lointain où il avait fait la connaissance d'Angela, dans le petit restaurant dont il ne se rappelait plus le nom. C'était de ce jour que dataient tous ses ennuis. Et pourtant... est-ce bien équitable de rejeter sur Angela la responsabilité entière de la catastrophe qui, en fait, le guettait depuis le jour où il s'était inscrit au barreau ? « Tu finiras mal », comme disait son grand-père...

Il prit son verre en soupirant et d'un œil mi-amusé, mi-envieux, regarda Angela cabrioler dans la pièce. Augus McDonald était déjà parvenu à lui réunir une petite somme et il avait donné trois mille dollars à Angela, pour qu'elle puisse aller passer l'hiver à Miami. Il avait pensé que c'était une manière commode et peu coûteuse de se débarrasser d'elle. Lorsqu'elle reviendrait, son bungalow du bord de l'eau serait passé en d'autres mains, ainsi que son élégant mobilier... quant à lui, il se trouverait... Dieu sait où ; mais de toute façon, il se serait débarrassé de ce faux ménage coûteux et dépourvu de toute signification.

Mais il ne s'attendait pas à la réaction d'Angela. Un enthousiasme aussi délirant, pour un simple séjour en Floride ! La simplicité de cette fille le surprenait toujours. Il n'avait jamais pu s'y habituer.

Sans cesser de bavarder, elle sortit en coup de vent du living-room et revint en rapportant un magazine de voyages, qu'elle tenait absolument à lui montrer — kilomètres de sable blanc, palmiers, hôtels super-luxe, jeunes personnes aérodynamiques, debout sur des aquaplanes dans des maillots de bain exigus... — tous les clichés rebattus d'une grande plage à la mode...

— Tu me vois, sur cette plage-là, avec mon nouveau maillot vert ! Oh ! chic alors ! criait Angela. Ou peut-être que le rose saumon serait mieux ? Qu'est-ce que tu crois ? J'ai bien failli acheter un de ces bikinis de Paris... mais ce n'est vraiment pas possible ! Il me faudrait un garde du corps ! Qu'est-ce que tu crois, tonton Zozo, le vert ou le rose ?...

L'avocat fit mine de se recueillir, en tirant gravement sur son cigare. Angela insista :

— Il faut que tu me dises, tonton Zozo. Comme ça, quand tu viendras me voir en Floride...

— Si je peux me libérer ! J'ai beaucoup de travail pour le moment — des tas d'affaires en cours.

— Mais si ! bien sûr que tu viendras ! Ne dis pas de bêtises ! Qu'est-ce que je disais ? Ah mon Dieu ! je suis tellement énervée que je ne sais plus ce que je dis. Ah ! oui ! Il faut me dire lequel tu préfères — à moins que tu aimes mieux un blanc ? J'en ai vu un formidable chez Martine l'autre jour, mais il n'était pas tout à fait assez déshabillé. Oh ! surtout... ne prends pas ça mal ! Si vraiment je voulais me faire remarquer, j'aurais choisi le bikini dont je te parlais — mais alors, les autres souris feraient aussi bien d'aller se cacher tout de suite, une fois que j'aurais débarqué ! Non, vrai, ce n'est pas possible ! Ça m'est égal de me montrer toute nue, mais je n'ai pas envie de me faire de la bile chaque fois que je m'assieds ou que je me penche... Alors, tu crois que tu aimerais mieux le vert ?

Au début de la soirée, Angela lui avait exhibé sa garde-robe de « Miami », faisant mille manières, s'efforçant d'imiter les mannequins qu'elle avait vus défiler dans les maisons de couture.

— Oui, finit par répondre Emmerich, je crois que tout compte fait, c'est le vert que j'aime le mieux.

— Bon, le vert, alors ! J'attendrai que tu sois là pour le mettre...

— Pourtant, reprit Emmerich que la futilité de cette discussion commençait à amuser, bien que ce soit le vert qui me plaise le plus des deux que tu m'as montrés, je dois avouer que je serais curieux de ce costume de Paris dont tu parlais tout à l'heure...

Angela éclata de rire :

— Oh ! tonton Zozo ! Vrai, tu m'étonnes ! Je ne pourrais jamais me montrer avec ça sur une plage publique ! Tu ne veux quand même pas que j'aie honte, dis, tonton Zozo ! Bien sûr, si on avait une piscine privée et que tu sois le seul à...

— Oui, tu as peut-être raison, coupa Emmerich. Je m'en voudrais d'offenser ta modestie, pour le simple plaisir de te voir en maillot de bain !

— Bien sûr ! s'écria Angela. C'est exactement ce que je voulais dire.

Prise d'une fantaisie nouvelle, elle partit en courant, pour aller chercher dans sa chambre un journal de modes qu'elle venait de recevoir.

Emmerich se leva, remplit son verre, puis il regarda sa montre. Il était plus tard qu'il ne pensait. Sa femme commençait peut-être à s'inquiéter — comme elle le faisait au bon vieux temps. Mais ce n'était pas certain : elle avait reçu dans l'après-midi tout un lot de nouveaux livres que lui avait envoyés son libraire, et elle s'y était plongée aussitôt.

« Je ferais peut-être aussi bien de lire un peu moi-même, songea Emmerich. Il faudra bien que j'occupe ma vieillesse... si jamais j'arrive jusque-là ! »

Angela revint en courant avec le journal de modes. Au même instant, on entendit un coup de sonnette.

— Oh ! la barbe ! s'écria-t-elle. Tu vois, tonton Zozo, c'est ça, un bikini à la française. Tu vois ? C'est vraiment pire que si elle était toute nue.

— Hé ! répondit Emmerich, ça ne manque pas de charme...

— Zozo ! vrai, ça m'étonne de toi. Sérieusement. Un homme aussi bien élevé que toi, un type qui a tellement de goût ! Enfin, si tu as vraiment envie que je...

Ici elle s'interrompit et se retourna : on frappait contre la porte d'entrée à coups redoublés.

— Il est horriblement tard, non ? demanda-t-elle à Emmerich.

L'avocat, saisi d'une sorte de pressentiment, hésita un instant. Fallait-il tenter de s'enfuir ? Mais non ; si vraiment Hardy, par une chance invraisemblable, était parvenu à élucider l'affaire et avait chargé ses hommes de l'arrêter, le bungalow était cerné. D'ailleurs, il s'agissait peut-être simplement d'un petit télégraphiste, chargé d'un message — un message de la mère d'Angela, très vraisemblablement, demandant un « petit prêt, très provisoire »... Ou encore, ce pouvait être un automobiliste qui s'était égaré dans les ténèbres de la rive...

Les coups insistaient.

— Lonnie, j'ai peur ! murmura Angela d'une voix de gosse. Pourquoi est-ce qu'on tape si fort ?

Emmerich haussa les épaules et s'en alla ouvrir. Angela le suivit jusqu'au seuil du living-room, où elle s'immobilisa, lançant des regards craintifs en direction de la grande antichambre élégante et bien éclairée.

Emmerich, agacé par les coups, ouvrit la porte d'entrée d'un geste violent, et se trouva en face du beau visage résolu d'Andrews, le juvénile policier de la Criminelle. Derrière le poing levé d'Andrews, il apercevait le commissaire général qui attendait, immobile, le chapeau rabattu sur les yeux, le visage enfoui dans le corps de son pardessus. Il semblait frissonner. Un peu en arrière, se dessinaient les silhouettes géantes de deux agents en uniforme.

Emmerich toisa Andrews d'un air émerveillé, et sans lui laisser le temps de dire un mot, lança :

— Comment, pas de massue ? Eh bien ! vous en avez une poigne, jeune homme.

Andrews rougit et Emmerich, sans lui attacher d'attention plus longtemps, enchaîna :

— Bonsoir, Hardy. Entrez donc. J'ai un bon feu de bois. Vous avez l'air frigorifié. Vous avez oublié vos snow-boots ?

Les deux agents en uniforme, tout gênés, se raclèrent la gorge et détournèrent le regard. Le commissaire général les terrifiait, et ils n'arrivaient pas à comprendre l'audace d'Emmerich.

Hardy et Andrews entrèrent dans l'antichambre, laissant les deux agents dehors. Emmerich fut trop content de leur claquer la porte au nez ; après quoi il conduisit ses visiteurs vers le living-room.

Angela avait disparu. Tout en se découvrant, Andrews, qui avançait avec précaution sur les précieux tapis, lança un regard circulaire, dans l'espoir de l'apercevoir.

Hardy gagna tout droit la cheminée et tendit à la flamme ses mains engourdies.

— Je me demande pourquoi nous sommes tous si mondains, grommela-t-il. Je viens vous arrêter, Emmerich.

— Moi ? Mondain ? répliqua Emmerich. Quant à

vous, si ces coups de bélier que vous avez frappés à la porte font partie de votre code de civilités...

— Andrews ne connaît pas sa force ! répondit Hardy, et le jeune policier, qui rougissait encore une fois de plus, se décida à remettre son chapeau, manière de s'affirmer.

Emmerich s'assit, alluma un nouveau cigare, croisa les jambes, et tendit la main vers son whisky.

— Alors, comme ça, vous êtes venu m'arrêter, Hardy ? Et de quoi s'agit-il, cette fois ?

— Complicités diverses... cambriolage, assassinat... ça vous suffit ?

Emmerich éclata de rire. Quel sale petit individu ! Il aurait fait merveille comme directeur d'un patronage pour enfants arriérés !

— Oui, oui, ça me suffit amplement. Cependant, si j'étais vous, j'essaierais encore de trouver autre chose, afin d'avoir une vague chance d'être convaincant le jour du procès... encore faudrait-il avoir affaire à un jury d'imbéciles et à un juge particulièrement crédule !

— En tout cas, ce ne sera pas votre Dickerson ! Aujourd'hui même, j'ai déposé contre lui une demande de mise en accusation ! (Il se retourna vers Andrews.) Allez chercher cette jeune femme.

— Oh ! oui ! répondit Andrews avec tant d'enthousiasme que Hardy et Emmerich se retournèrent tous deux vers lui, interloqués.

Il fit volte-face et s'enfuit, comme s'il avait des ailes.

— Ah ! la jeunesse ! ironisa Emmerich.

Comme Angela refusait de répondre aux coups timides qu'Andrews frappait à la porte de sa chambre, et de céder à ses prières, le jeune policier perdit patience :

— Très bien, mademoiselle. C'est vraiment dommage de forcer une si jolie porte, mais si vous y tenez !

La serrure s'ouvrit aussitôt et Andrews vit, à vingt centimètres de lui, d'admirables yeux jaunes, au regard féroce.

— Vous ne m'avez pas encore suffisamment embêtée ? hurla Angela, avec l'agressivité d'une panthère. Espèce de... pauvre nouille !

En la voyant chercher cette injure, Andrews avait frémi, car il s'attendait au pire, et refusait de l'entendre. Il nourrissait des conceptions romantiques au sujet des belles jeunes femmes, et passait son temps à voir ses illusions foulées aux pieds. La « pauvre nouille » le soulagea tellement qu'il éclata de rire.

Angela commença par lui claquer la porte au nez, mais elle la rouvrit aussitôt, ayant pour un instant oublié sa rage. Tout compte fait, ce jeune flic n'était pas vilain à voir : grand, costaud, d'une beauté mâle, avec des épaules de déménageur... Et puis, sait-on jamais ? Elle aurait peut-être besoin de lui. Cependant comme il est toujours maladroit de céder trop vite, elle fronça de nouveau les sourcils :

— Allez-y ! riez tant que vous voudrez. N'empêche que c'est vrai ; vous êtes une pauvre nouille ! Si vous aviez défoncé cette porte, M. Emmerich vous aurait fait flanquer à la porte !

— J'en doute, répondit Andrews d'un ton tranquille.

Angela lui lança un regard teinté d'inquiétude : elle avait deviné à ce ton que les choses devenaient sérieuses. L'autre fois, cela lui avait fait l'effet d'une farce. Lon lui avait téléphoné et dicté tout ce qu'il y aurait à dire. Elle l'avait soigneusement pris en note et appris par cœur. Lon lui avait expliqué que Hardy, le commissaire général, était un ennemi politique qui cherchait à lui nuire par tous les moyens. Angela avait toujours eu le mépris le plus profond pour la politique — tous ces imbéciles qui passaient leur temps à gueuler... Mais Lon ne lui avait peut-être pas dit la vérité. Peut-être était-ce vraiment sérieux. Et puis, pourquoi est-ce qu'il avait eu besoin d'Angela, pour établir son alibi ? A quoi lui servait-elle donc, cette femme idiote qui ne sortait jamais de sa chambre ?

— Comment ? fit-elle de sa voix la plus puérile. Vous voulez dire que M. Emmerich a vraiment des ennuis ?

— Ma foi, un assassinat, c'est pas de la rigolade.

— Un assassinat ! (Tout d'abord, complètement démontée, Angela finit par rire.) Ah ! vous, les flics... alors, vous venez embêter M. Emmerich à propos d'un assassinat ? Comme s'il était capable de tuer quelqu'un ! Pourquoi me faites-vous perdre mon temps avec des idioties pareilles ?

— Tout ce que je sais, c'est qu'il y a un mandat d'arrêt lancé contre lui. Et que le commissaire général veut vous voir — tout de suite.

— Moi ? Pourquoi ?

— Il veut vous parler de ce joli petit alibi sur mesures que vous avez fourni à Emmerich. Vous ferez bien de lui dire la vérité, cette fois, si vous n'avez pas envie qu'il vous mette en prison.

Angela commençait à s'inquiéter sérieusement. En prison ? Etait-ce vraiment aussi grave ? Et juste au moment où elle s'apprêtait à aller passer l'hiver à Miami... Non, c'était impossible. Voyons, elle avait déjà acheté toutes sortes de toilettes : des maillots de bain, des robes de plage, des tailleurs sport, deux robes du soir, des accessoires ravissants !

Andrews, qui observait le désarroi d'Angela, revint à de plus tendres sentiments. Pauvre gosse ! C'était vraiment moche pour elle. Et tout ça, à cause de ce sale type arrogant, antipathique et malhonnête... Probablement était-elle très pauvre, cette petite, alors, ce salaud s'était amené, et...

— Mais, puisque j'ai dit la vérité la première fois ! protesta Angela, qui, très émue, commençait à se ronger un ongle.

— Le commissaire général sait que c'est faux ! Et il n'est pas commode ! Il a les faux témoins en horreur !

— Un faux témoin... qu'est-ce que c'est ?

Andrews la dévisagea un instant, pour s'assurer qu'elle ne cherchait pas à le mettre en boîte. Mais, s'étant assuré qu'elle parlait sérieusement, il répondit :

— C'est par exemple quelqu'un qui fournit un faux alibi à un criminel, pour dissimuler son crime.

— Mais enfin, M. Emmerich !... Alors vous croyez qu'il passe son temps à commettre des crimes ?

— Oui, répondit Andrews.

— Hé, Andrews ! cria du salon le commissaire Hardy, qu'est-ce que vous fabriquez ? Amenez-moi cette jeune femme !

Angela, en entendant cette voix cassante, se mit à trembler.

— C'est le commissaire général, dit Andrews. Ça barde, on dirait !

— Oh ! mon Dieu, bafouilla Angela. Vous croyez vraiment qu'il faut que j'y aille ? Je ne pourrais pas tout vous dire à vous ?

Andrews comprit qu'à présent elle était entièrement sincère. Gauchement, il lui prit la main et la serra de toutes ses forces.

— Ecoutez, mon petit, lui dit-il, c'est pas parce que je suis flic que je vous dis ça. Mais je voudrais tellement vous éviter des ennuis. Vous êtes ravissante, mon chou — je n'ai encore jamais vu de fille aussi jolie que vous — et depuis l'autre jour où on s'est vus, j'ai pas arrêté de penser à vous. Je ne veux pas qu'il vous arrive malheur. Emmerich est foutu, vous pouvez me croire. Alors, maintenant, faut plus faire de gaffes ; quand vous verrez le commissaire, dites-lui toute la vérité.

Il la sentit trembler et rêva de pouvoir la prendre dans ses bras, la rassurer, la consoler. « Quel crétin je fais ! » songea-t-il.

— Andrews ! hurla le commissaire général.

— Allons, venez, mon petit, dit le jeune policier. Et dites tout. C'est le seul moyen de vous en tirer.

Quand ils entrèrent dans le living-room, ils trouvèrent Hardy debout, le dos à la cheminée, et Emmerich assis dans un fauteuil profond, les pieds sur un pouf. Il avait l'air parfaitement à l'aise. « Quel culot ! » se dit Andrews.

— Asseyez-vous, mademoiselle, dit Hardy. Andrews, lisez-lui le procès-verbal.

Angela se pencha sur le bord d'une chaise, et lança des regards furtifs en direction d'Emmerich. Mais l'avocat, sans paraître la remarquer, ne s'occupait que de son cigare et de son whisky.

Andrews lut le procès-verbal de la déposition d'Angela, d'une voix mal assurée, en évitant de regarder la jeune fille. Lorsqu'il eut achevé, le commissaire général se tourna vers elle et lui demanda :

— Est-ce bien la déposition que vous avez signée, Miss Finlay ?

— Oui, monsieur, murmura Angela d'une voix si faible qu'on l'entendait à peine.

— Est-ce la vérité ? hurla Hardy d'une voix méchante, en la fixant d'un air furieux.

Angela bafouilla quelques paroles indistinctes, puis, incapable de poursuivre, se retourna vers Emmerich comme pour lui demander de l'aider. Elle avait complètement oublié le jeune policier, dont le front se couvrait rapidement de sueur.

Emmerich se leva, jeta son cigare dans la cheminée et vida son verre.

Après un silence de mort, Emmerich prit enfin la parole :

— Angela, murmura-t-il, dis-leur la vérité.

Elle leva la tête, bouleversée. Qu'est-ce qu'il voulait dire par là... la vérité ? Est-ce qu'il pensait à la déposition qu'il lui avait soufflée... ou bien, est-ce que réellement, il lui demandait...

— Tonton Zozo... commença-t-elle d'une voix tremblante.

Andrews grinça des dents. On lui aurait enfoncé un couteau dans les côtes qu'il n'aurait pas souffert davantage. *Tonton Zozo !* Seigneur !... De son côté, Hardy montrait un visage indigné.

— Vous ferez bien de dire, en effet, la vérité, aboya-t-il, si vous n'avez pas envie d'être inculpée pour entrave à l'action de la justice.

Elle fixait sur Hardy des yeux hagards... inculpée... entrave à l'action de la justice... de quoi parlait-il ? Elle n'y comprenait rien. Mais son regard froid et scrutateur la glaçait. Ce type-là n'avait décidément rien d'humain !

— Cette déposition, que j'ai signée, dit-elle enfin, ce n'est pas... enfin, pas exactement... c'est-à-dire que ce n'est pas...

— Est-ce la vérité ? hurla Hardy.

— Non, monsieur, bégaya Angela.

— Emmerich n'est pas venu ici, n'est-ce pas ?

— Non, monsieur.

— Et il vous avait dicté ce que vous auriez à nous dire, n'est-ce pas ? Il vous l'avait fait apprendre par cœur ?

Angela, perdant complètement la tête, enfouit la tête dans ses bras, et fondit en larmes.

— Répondez-moi ! cria Hardy.

— Non, monsieur... Enfin, oui, monsieur, sanglota Angela. Je veux dire... oui, il me l'a fait apprendre par cœur...

Hardy soupira, et, sans répondre, contempla longuement Emmerich. Après quoi il ordonna à Andrews :

— Vous allez prendre la nouvelle déposition de cette jeune fille. Et cette fois-ci, mademoiselle, je vous conseille de dire la vérité.

Andrews, dont le visage était luisant de sueur, se mit à haïr son supérieur de toutes ses forces.

— Monsieur le commissaire général, commença-t-il, est-ce qu'on ne pourrait pas lui laisser un peu de temps pour...

— Je veux cette déposition tout de suite !

— Il y a un solarium, par ici, proposa Emmerich en désignant la porte. Vous n'avez qu'à allumer. Vous y trouverez de quoi écrire, de l'encre, tout ce dont vous avez besoin.

Andrews et Angela se mirent en route. En passant devant Emmerich, la jeune fille lui lança un regard suppliant et murmura :

— Je... j'ai essayé... pardonne-moi, Lon.

Emmerich acquiesça en souriant.

— Tu ne t'es pas mal conduite... tout compte fait.

Elle hésita, puis reprit tout bas :

— Et mon voyage, Lon ! Mon voyage !

— Tu pourras partir, j'en suis sûr. Ne t'inquiète pas ! répondit Emmerich avec douceur.

L'avocat sentait grandir en lui une sensation de soulagement... Peut-être était-ce la fin... Hardy avait peut-être tendu autour de lui un filet aux mailles tellement serrées qu'il ne pourrait lui échapper.

Soudain, il interrompit le cours de ses réflexions, frappé par une pensée soudaine : est-ce que vraiment, il songeait encore à lutter ?

Il se rappela le cauchemar qu'il avait vécu dans le salon de Brannom, lorsque, agenouillé aux pieds de cette affreuse brute de Dix, il avait supplié, crié grâce, prêt à tous les avilissements pour échapper à la mort.

Il était incapable de supporter cela une seconde fois !

Lorsque Angela et Andrews eurent disparu, Hardy se retourna et lui dit :

— Ça m'a l'air réglé, Emmerich. Vous viendrez avec moi dès que j'aurai cette déposition.

Emmerich eut un furtif sourire :

— Je reconnais que ce sera une de mes plaidoiries les plus difficiles. Mais je suis persuadé qu'en fin de compte, je m'en tirerai.

— Moi, j'en doute fort ! répliqua Hardy.

Après un bref silence, Emmerich offrit à Hardy

un de ses cigares de Cuba, mais le commissaire refusa :

— Non merci, ce n'est pas mon genre — pas plus que cet ameublement ou cette jeune fille rousse. Moi, je suis un homme du peuple, Emmerich.

— Allons, ne vous vantez pas ! riposta l'avocat qui mordit le bout d'un cigare, et l'alluma. Mais dites-moi, pourrais-je téléphoner à ma femme ? Elle doit commencer à s'inquiéter. Il est tard.

— Bon. Allez-y.

— J'aimerais mieux l'appeler de la bibliothèque. C'est plus intime... Mais venez avec moi si vous en avez envie.

— Pourquoi cela, Emmerich ? C'est bien inutile. Mais n'essayez pas de vous enfuir. Vous n'iriez pas loin.

Emmerich répondit en riant :

— Vous me voyez, embusqué dans quelque sombre porche, cherchant à éviter des flics ventripotents ?

Hardy lui répondit par un regard maussade, mais triomphant. Emmerich sortit et le commissaire se rapprocha de la cheminée. Quel froid !

La bibliothèque était glaciale, et Emmerich en y entrant, eut un frisson. Tout en composant son numéro, il lança un coup d'œil par la fenêtre, et aperçut les silhouettes des deux agents qui arpentaient la pelouse.

Sa femme lui répondit presque tout de suite.

— Allô ! Lon ? Je ne sais pas pourquoi... Mais je pensais bien que tu allais me téléphoner. Il est très tard !

— Oui, assez. Qu'est-ce que tu fais, en ce moment ?

— Je lis. Bracy m'a envoyé une nouveauté, sur la

Russie. C'est passionnant. Quand penses-tu rentrer ?

— C'est pour cela que je t'ai appelée, May. Je me suis fourré dans une sorte de guêpier, et le commissaire Hardy vient de m'arrêter.

Après un silence, il entendit sa femme éclater de rire.

— Lon ! ne dis pas de bêtises !

— Ce n'est pas une blague, c'est sérieux. Arrête-toi de rire, May et écoute-moi. Je ne sais pas si je m'en tirerai. Tu vois que c'est sérieux.

— Oh ! Je ne m'inquiète pas pour toi, Lon. Tu t'en tireras toujours. C'est toi le meilleur avocat de tous les Etats-Unis. Tu devrais être attorney général. Tu le serais, d'ailleurs, déjà, si tu ne t'étais pas lancé dans la politique !

Emmerich se sentit soudain sincèrement ému. Etait-ce vraiment l'opinion que May se faisait de lui... encore maintenant ?

— Pour se tirer de cette affaire-ci, reprit-il, il faudrait un génie.

— N'exagère pas, Lon. Quand rentres-tu ?

— C'est ce que j'essaie de te dire, May ! Je n'en sais absolument rien. Il va falloir que tu t'habitues à cette idée, et que tu ne t'énerves pas.

— Que je m'énerve ? Mais voyons, pourquoi ? Je viens de te dire...

— Bon, May. Dans ce cas, c'est parfait. Tu ferais mieux de dormir, maintenant.

— Mais... Lon ! Je ne comprends pas. Comment peux-tu avoir fait quelque chose qui motive une arrestation ?

Emmerich hésita, se mordit les lèvres, envahi par un désir subit de tout lui avouer — ses erreurs, ses lâchetés, ses folies... Mais à quoi bon ? Elle ne comprendrait jamais. Autant lui laisser une ultime nuit de répit.

— C'est trop compliqué à t'expliquer par téléphone, May. C'est une combine juridique. Un quiproquo, sans plus, ajouta-t-il, sans plus savoir ce qu'il disait.

D'ailleurs il avait rusé, louvoyé, menti toute sa vie ; c'était dans sa nature, il était trop tard à présent pour dire la vérité.

— Oh ! j'avais bien compris qu'il s'agissait d'une chose de ce genre, fit-elle.

— Bon, alors, maintenant, il faut dormir, May. Et ne t'inquiète pas. Tout va pour le mieux.

— Lon ! Attends ! Tu as l'air tout drôle. Je ne t'ai jamais entendu dire « Tout va pour le mieux » de ta vie ! Ce n'est pas ton genre, les formules toutes faites. Qu'est-ce qui se passe, Lon ?

— May, je t'en prie. Je ne peux pas te parler plus longtemps. On m'attend. Passe une bonne nuit. Au revoir, ma chérie, adieu !

Il s'empressa de raccrocher, puis, le regard perdu, s'immobilisa un moment. Il se sentait horriblement las, et il s'avisa soudain, avec une sincérité dont il n'était pas coutumier, que cette lassitude durait depuis des années, qu'il était blasé sur tout, et qu'il n'avait continué que par routine, sans goût, sans âme, comme un robot...

Maintenant, il se sentait étrangement libéré. Plus de feintes ni de ruses, plus de mensonges ni de trahisons. Il avait enfin trouvé sa vérité.

Les yeux remplis de larmes, il vit un bloc de papier blanc, et y écrivit :

Hardy : Ne dérangez pas ma femme avant demain, à midi. Elle est souffrante et son sommeil est précieux.

Alonzo Emmerich.

Il relut par deux fois ces quelques mots, puis ouvrit un tiroir et en sortit un petit automatique qu'il plaça sur sa poitrine.

Après quoi, il appuya sur la gâchette.

CHAPITRE XXXVII

Doll, que l'état de Dix préoccupait, ne le quittait pas des yeux. Ils roulaient dans la campagne qui s'éveillait aux premières lueurs de l'aube. Dix avait le visage blême, les traits tirés et, de temps en temps, ses grandes mains puissantes tremblaient sur le volant. Si seulement il avait bien voulu renoncer à conduire ! Mais elle ne discutait même plus. Au lieu de se mettre en colère et de l'insulter, comme il le faisait d'habitude, il avait simplement répondu d'une voix très calme, chaque fois qu'elle l'avait supplié de changer de place :

— Non. Tu ne connais pas la route. Il faudrait que je t'indique le chemin toutes les cinq minutes.

Maintenant, ils avaient atteint une région agricole, et roulaient entre de grands champs verts, limités par des haies bien entretenues ; de temps en temps apparaissaient les murs blancs d'une ferme, avec ses granges rouges et la haute tour de son silo. Dans les bois, les feuilles des arbres commençaient à roussir. Des vols d'oiseaux migrateurs sillonnaient le ciel, et dans les chaumes, croassaient des corbeaux.

A l'Est, naquit une lueur rose, et Doll poussa un soupir de soulagement : le soleil allait se lever.

Depuis tant d'heures qu'ils roulaient dans un ciel noir et menaçant, elle commençait à penser que la nuit ne finirait jamais.

Elle se rappelait la chance miraculeuse qui leur avait permis de sortir de la ville. Avant de pouvoir rejoindre l'appartement, au volant de la Ford de Quigley, elle avait été arrêtée deux fois par des voitures de police. Si bien qu'elle en avait conclu que ce serait une folie d'essayer de briser le filet tendu autour du quartier de Camden Square. Mais Dix n'avait rien voulu savoir. Il répétait qu'il avait décidé de rentrer chez lui — et merde pour la police ! Elle avait essayé de lui faire admettre qu'ils feraient mieux d'attendre la fin de l'alerte, pendant quelques jours. Mais cela avait été peine perdue.

Au dernier instant, Dix avait décidé de conduire lui-même ; et Doll n'avait pu le faire changer d'avis. Il s'était installé au volant, et la Ford s'était mise en route dans la ville endormie. Ils avaient traversé le fleuve au pont d'Eric Street et, bien qu'à plusieurs reprises, ils aient croisé des voitures de police, personne ne les avait arrêtés ; Dix, d'ailleurs, ne leur avait accordé aucune attention. Il ne semblait même pas les voir.

Toute la traversée de la ville avait pris pour Doll une allure de cauchemar. Blottie sur les coussins, transie de froid, elle se taisait, regardant défiler les immeubles noirs, les interminables faubourgs avec leurs entrepôts, leurs gares de transit, leurs viaducs, leurs kilomètres de voies ferrées, leurs usines, sinistres comme des cimetières.

Doll, qui depuis le jour de son arrivée dans la ville, n'était jamais sortie du quartier de Camden Square, était confondue par les dimensions effrayantes de cette agglomération qu'elle avait jusqu'alors considérée comme un lieu familier.

Après des heures et des heures, au cours desquelles Doll s'était abandonnée à une vague somnolence, ils avaient atteint une zone lépreuse, aux cabanes pitoyables... et, passé une petite enseigne de néon jaune qui annonçait *café-bar*, ils s'étaient trouvés en pleins champs.

Alors, Dix, sans dire un mot, s'était retourné vers la grande ville qu'il venait de quitter, et l'avait menacée d'un poing vengeur...

... Doll regardait le soleil se lever, tout rouge, à l'horizon, par-delà les chaumes roussis. Ils franchirent un petit pont de pierre, qui enjambait un ruisseau aux reflets de nacre. Des vaches, qui s'étaient avancées dans le courant, se désaltéraient sans hâte.

— On arrive dans mon pays, annonça Dix, qui, se retournant, lui sourit.

Le cœur de Doll se serra. Dans le sourire de Dix, elle avait lu sa joie et ses espoirs, mais elle avait également deviné son épuisement physique et la gravité de son état.

— Dix, s'écria-t-elle, ta blessure te fait encore très mal, hein ? Et tu n'en peux plus. Je t'en supplie, laisse-moi conduire !

— Non, ça va ! répondit-il. D'ailleurs, dès qu'on aura traversé le fleuve, c'est mon pays, tu vas voir !

Il eut un rire plein d'enthousiasme qui stupéfia Doll. Jamais elle ne l'avait encore entendu rire ainsi. Il semblait totalement métamorphosé ; joyeux, jeune, libéré de tout !

*

Le crépuscule venait. La Ford roulait toujours. Les premières lueurs s'allumèrent dans la campagne, et bientôt Dix commença à ralentir...

Le petit individu chauve et trapu, qui avait ouvert la porte de la ferme devant laquelle ils s'étaient arrêtés, toisa Dix sans tendresse, d'un air ébahi.

Vêtu d'une salopette propre et d'un pantalon de cuir tout éraillé, il avait un physique d'Allemand de l'Est, ou de Polonais, et parlait anglais avec un léger accent :

— ... Mais voyons, mon gars, disait-il, ça fait dix ou douze ans que les Jamieson ont vendu cette ferme. Je le sais bien, puisque c'est à eux que mon père l'a rachetée. Il est mort, maintenant, et c'est moi qui ai hérité. C'est à moi, maintenant. Vous avez confondu, hein, mon gars ?

Le chapeau à larges bords de Dix dissimulait ses traits, et le petit fermier glissait des regards en dessous, essayant d'apercevoir le visage de son visiteur.

Dix le regardait, complètement égaré. C'était dans ces arbres-là que perchaient les corbeaux. C'était sur le tronc de ce gros chêne qu'il avait appris à grimper aux arbres. Tout près de la ferme, se trouvait la mare où coassaient les grenouilles à la tombée de la nuit... Et là, au premier étage, s'ouvrait la fenêtre de la chambre où il était né, le 15 novembre 1895...

Tout ce coin de terre lui appartenait, faisait partie de lui-même. Et cependant, ce n'était pas à lui. Le gros Polonais qui le dévisageait d'un œil méfiant venait de le dire : « C'est à moi, maintenant. »

Doll s'aperçut que Dix était prêt à tomber. Il fit quelques pas de côté et s'appuya contre la porte de la voiture.

— Vous êtes pas bien, mon gars ? demanda le petit fermier.

Voyant qu'il ne recevait pas de réponse, il enchaîna :

— Si c'est les Jamieson que vous cherchez, la vieille dame s'est installée en ville dans Elms Street, juste à côté de la banque. Elle vit avec son fils, Wolfert...

— Woodford, corrigea Dix avec une note de mépris dans la voix.

Après quoi, ayant relevé la tête, il se tourna vers Doll :

— Je crois que maintenant, il vaut mieux que ce soit toi qui conduises. Je te guiderai.

Doll se glissa derrière le volant et Dix fit en titubant le tour de l'auto. Il parvint, après de longs efforts, à ouvrir la portière et s'effondra sur les coussins en gémissant.

Comprenant que son visiteur était gravement malade, le petit fermier se fit plus aimable :

— Vous n'avez qu'à continuer tout droit, dit-il. Suivez la grand-route.

— Je sais, répondit Dix, d'un ton bourru.

Le fermier toisa Dix, mécontent de l'accueil qu'il faisait à ses avances.

Doll s'empressa d'intervenir :

— Merci, cria-t-elle en mettant la voiture en marche. Désolés de vous avoir dérangé. Merci beaucoup !

Ils sortirent de la cour de ferme et s'engagèrent sur la grand-route. Bientôt, Doll aperçut au loin, par-delà les champs et les prés, les lumières d'une petite ville.

— C'est quand même drôle, grommela Dix. On habitait là depuis cinq ou six générations. Et maintenant, c'est ce Polonais qui est devenu propriétaire...

— Ça va, mon chou ? demanda Doll d'un ton qui s'efforçait de rester calme, bien qu'elle se sentît à demi folle d'épuisement et d'inquiétude.

— Oui, ça va. Un peu vanné, quand même...

La rue principale de la petite ville était bordée de chênes centenaires et d'ormes gigantesques. Aux carrefours, on brûlait de grands tas de feuilles sèches, dont les hautes flammes dansaient dans la nuit et qui répandaient une bonne odeur âcre et saine.

— Dix, où est la banque ? demanda Doll.

Dix se souleva un peu et jeta un coup d'œil autour de lui :

— Ça n'a guère changé, fit-il. Toujours un petit trou, comme dans le temps. Je ne m'y suis jamais plu. On avait organisé un grand défilé, quand on est rentrés de France. Woodford était saoul, et il est allé piquer le cheval du juge... Il est grimpé dessus, et il l'a lancé dans la ville à bride abattue... Ils ont bien failli y laisser leur peau tous les deux. Mais le juge n'a fait qu'en rire... Tu comprends, on venait de flanquer la pile aux Allemands. Alors toute la ville était avec nous ; mais ça n'a pas duré longtemps...

— Où est la banque, Dix ?

— La voilà ! fit Dix d'une voix changée. Elle n'est pas allumée, mais c'est ici. Exactement pareille ! Dans le temps, Alan, le fils de Beaufort, y travaillait. Mais il n'y est pas resté longtemps. Il était trop malhonnête... Alors il avait beau s'appeler Beaufort, ils l'ont renvoyé quand même...

Dix éclata de rire, puis s'écria :

— Ici, je te dis ! Arrête !

Tout contre la banque, s'élevait une humble maisonnette, dont une des fenêtres était encore éclairée. Doll s'arrêta devant, puis elle s'empressa de descendre pour aller aider Dix. Il posa si lourdement sa main sur son épaule qu'elle tituba, elle serait même tombée, s'il ne s'était pas, de l'autre main, cramponné à la portière de la voiture.

En remontant le trottoir, un bras passé aux épaules de Doll, Dix reprit :

— C'est drôle qu'on habite ici, maintenant. Dans le temps, c'était la maison d'une copine à moi, quand j'allais encore à l'école complémentaire. Elle n'était pas très jolie, mais c'était une fille très intelligente, et rigolote comme tout. Elle a épousé cette crapule de Lafe, le fils du juge Meredith... Ça n'aurait pas été pire si c'était moi qu'elle avait choisi...

Doll frappa doucement contre la porte, et ils attendirent tous deux, dans l'ombre du petit perron couvert. Elle se sentait morte de fatigue, préoccupée, et elle se faisait tant de souci pour Dix qu'elle arrivait mal à contenir ses sanglots...

Personne ne venait ouvrir ; et Dix semblait perdre ses dernières forces. Il était près de l'évanouissement. Affolée, elle se mit à cogner de toutes ses forces contre le panneau de bois.

— Oh ! mon Dieu ! hurla-t-elle. Qu'est-ce qu'on va faire ?

— Tu es bien pressée, fit Dix en riant. Woodford n'a jamais été nerveux de sa vie, tu sais ! C'est marrant, ce petit Polonais qui l'appelait Wolfert...

Soudain Dix piqua du nez, et Doll l'empoigna juste à temps pour lui éviter de tomber tout de son long sur les marches. Après de durs efforts, elle parvint à l'accoter contre le mur.

— Dix, criait-elle. Dix ! Est-ce que tu m'entends ?

— Bien sûr que je t'entends. Pas la peine de crier si fort. Je ne suis pas sourd.

Elle entendit enfin du bruit à l'intérieur de la maison, et bientôt la porte fut ouverte par un individu immense et décharné, en manches de chemise ; il portait un insigne en forme d'étoile sur son gilet déboutonné. Derrière lui arriva une vieille femme grande et maigre, aux cheveux rares et tirés sur le sommet du crâne, aux yeux noirs, au regard vif.

— Qui donc est-ce, demanda-t-elle, qui tambourine à notre porte ?

Woodford risqua dehors un regard méfiant.

— Un ivrogne, répondit-il. Un ivrogne avec une femme bizarre...

— Woodford ! appela Dix. Justement j'étais en train de dire à Doll que dans le temps...

— Seigneur ! s'écria la vieille femme d'une voix bouleversée. C'est William Tuttle... !

Dix entra en vacillant, perdit l'équilibre, se débattit et, pour finir, s'effondra dans les bras de son frère. Doll contemplait la scène sans bouger, affreusement confuse, ne sachant que dire ni que faire. Personne ne lui prêtait la moindre attention.

Woodford, aidé de la vieille femme, empoigna Dix. A eux deux, ils parvinrent à lui faire traverser la pièce ; finalement, ils l'étendirent sur le vieux lit branlant d'où il les regarda en haletant, essayant en vain de sourire.

— Je suis d'abord allé à la ferme... murmura-t-il entre deux râles, mais je suis tombé sur un Polonais... qui m'a dit que c'était à lui... maintenant.

— Nous avons vendu, Tuttle, dit son frère. Il fallait bien. Les temps sont durs...

Doll s'était écartée, s'aplatissant contre le mur pour ne gêner personne : ses regards erraient à travers la pièce d'une propreté scrupuleuse, inspectaient l'humble mobilier vieux d'un siècle, les tableaux fanés dans leurs cadres anciens, la bible de famille qui trônait sur une vieille table de merisier... Elle aurait voulu pouvoir se sauver à toutes jambes, fuir cette maison où elle se sentait une intruse venue d'un autre monde, un monde pervers et méchant.

Elle se mit à pleurer, et la vieille femme lui lança un regard choqué.

— Cet insigne, Woodford, murmura Dix. Il y a longtemps ?

— Depuis la crise. Ça nous aide à vivre.

Dix regarda fixement son frère, sans rien dire. Il avait toujours la respiration oppressée. Pour finir, il eut un petit rire :

— Alors, maintenant, tu cavales après les mômes qui chipent les pommes dans les vergers ! J'aimerais bien voir ça ! Jamais aucun n'en volera autant que toi, quand tu étais petit !

Il eut encore un rire, puis se redressa pour demander :

— Où est la femme qui m'accompagnait ? Doll, où est-elle ?

— Je suis là, Dix, répondit Doll en se mordant les lèvres pour réprimer ses sanglots. Tu as besoin de moi ?

— Elle s'appelle Dorothy Pelky, expliqua-t-il. Et c'est une fille très bien.

La mère et le frère de Dix se retournèrent tous deux vers elle. Ni l'un ni l'autre ne lui sourirent.

Doll lança à chacun une œillade timide, puis elle dit très vite, comme pour justifier sa présence :

— C'est à cause de moi que Dix, enfin lui... William Tuttle, quoi... a pu arriver jusqu'ici. Tout seul, il ne serait jamais rentré. C'est moi qui lui ai acheté l'auto. Je... (Soudain, elle remarqua le teint plombé de Dix.) Il est blessé. C'est très grave. Un coup de feu. Vous ne croyez pas que ce serait mieux d'appeler un docteur ?

En attendant l'arrivée du médecin, ils se taisaient tous les trois, écoutant les divagations de Dix qui délirait, comme un malade soumis à l'effet de quelque puissante drogue. Il ne semblait pas souffrir. Au moment où la pendule sonna dix heures, il ouvrit les yeux, se redressa et jeta autour de lui un coup d'œil hagard ; puis il parut reconnaître ceux qui l'entouraient, et regardant successivement sa mère, son frère, puis Doll, il tira de sa poche une liasse de billets qu'il tendit à Woodford :

— Tiens, il y a plus de trois mille dollars, dit-il d'un ton de voix parfaitement naturel. Je veux que tu les gardes pour moi... Cette fois... qui sait si je vais m'en tirer ? Doll n'a pas un sou. Pas de famille, pas de foyer. Tu t'occuperas d'elle, Woodford, tu m'entends ? Tu t'occuperas d'elle, toi, avec ton insigne. Ce que j'ai pu faire... elle n'y est pour rien. Elle m'a amené ici, c'est tout. C'est peut-être un crime, mais je ne pense pas, et toi, avec ton insigne, tu pourras...

Epuisé, Dix se recoucha et, oubliant ce qui l'entourait, laissa son esprit repartir vers l'heureux temps... les années radieuses de son enfance...

Soudain, une voix fit irruption dans les rêves de Dix, une voix vaguement familière, qui lui parvenait de très loin, la voix d'un vieillard autoritaire et rageur...

— Plus d'espoir, Woodford. J'ai fait tout ce que je pouvais, mais...

Dix ouvrit les yeux. Un visage se penchait sur lui, un vieux visage ridé, tanné comme le cuir, partiellement masqué par des lunettes. Bon sang ! C'était le vieux docteur Carmichael. Pas encore mort ? Il avait sûrement plus de quatre-vingts ans...

Quelqu'un lui prit la main et la serra très fort. Avec une peine infinie, il parvint à tourner la tête. C'était une femme qu'il ne connaissait pas ; elle regardait avec des yeux remplis de larmes. D'où est-ce qu'elle sortait ? Qui est-ce que ça pouvait être ?

Dix, épuisé, ferma les yeux.

— Il essaie de dire quelque chose, murmura le docteur.

Ils posèrent tous sur lui des regards anxieux.

— J'ai toujours dit... c'était le meilleur de toute l'écurie... haletait Dix. Le bai, c'était une bonne bête... mais le noir, celui-là...

Woodford sursauta :

— Il parle du Prince Noir ! Bon sang ! Y a plus de quarante ans que j'avais oublié ce cheval-là !

Doll éclata en sanglots bruyants ; Mme Jamieson, qui lui avait tout d'abord lancé un regard irrité, sentait soudain son cœur s'attendrir.

Dix mourut peu après minuit.

« Je les mets au monde, et après, je les enterre. Les mêmes, songea le vieux docteur Carmichael. A la longue, ça devient pénible... »

CHAPITRE XXXVIII

Il était près de deux heures du matin lorsque le téléphone se mit à sonner, dans la maison du commissaire général. Peu auparavant, Mme Hardy était arrivée à convaincre son mari d'aller se coucher. Elle se faisait du souci pour lui. C'était un être qui vivait uniquement sur les nerfs, doué de plus de courage que de résistance physique, et ces dernières semaines, il avait quotidiennement outrepassé ses forces... depuis le jour où ces affreux gangsters avaient dévalisé la bijouterie Pelletier et Cie... Quand on pense : plus d'un million de dollars !

En jurant tout bas — si Théo l'avait entendue jurer, il en aurait fait une maladie, sûrement — elle décrocha le récepteur et murmura :

— Ici, la maison du commissaire général.

Ce fut une standardiste de l'interurbain qui lui répondit : on demandait à parler au commissaire général en personne.

— Passez-moi la communication. Je suis Mme Hardy.

— C'est M. le commissaire général qu'on demande, madame.

— Ça m'est bien égal ! Ou bien vous me passez cette communication, ou bien je raccroche.

— Ne quittez pas.

Après une longue attente, elle entendit une voix d'homme :

— Madame Hardy ? Ici, l'inspecteur Le Moyne. Je voudrais parler au commissaire général.

— C'est impossible, inspecteur. Il vient juste de s'endormir.

— Ma foi... oh ! ce n'est pas tellement urgent, après tout. En attendant, je vais parler au chef de la police. En tout cas, vous pourrez lui dire demain matin que l'affaire est réglée.

Mme Hardy poussa un soupir de soulagement et dit d'un ton plus aimable :

— Merci, inspecteur. Merci infiniment.

— De rien, madame ! J'espère que M. le commissaire général va passer une bonne nuit. Il en a tellement besoin !

Mme Hardy raccrocha et, sur la pointe des pieds, gagna la chambre à coucher, dont elle ouvrit la porte avec mille précautions. Une petite lampe de chevet répandait une lumière douce. Le commissaire semblait perdu dans l'immense lit. Couché sur le côté, le visage enfoui dans l'oreiller, il dormait paisiblement.

Sa femme sourit, puis, sans bruit, referma la porte. Sur la pointe des pieds elle gagna la cuisine où elle se mit à préparer des sandwiches pour Théo. Il se réveillait souvent à l'aube, avec une faim épouvantable.

DU MÊME AUTEUR

Aux Éditions Gallimard

LE CAPITAINE LIGHTFOOT, *(Folio n° 1614).*

LUNE PÂLE.

Dans la collection Carré Noir

RIEN DANS LES MANCHES, *n° 334.*

DONNANT, DONNANT, *n° 475.*

LE SAMSON DE L'OUEST, *n° 498.*

UN HOMME À LA COULE, *n° 510.*

TÊTE DE LARD, *n° 555.*

Dans la collection Série Noire

GOOD-BYE CHICAGO, *n° 1839.*

Dans la collection Folio

LE PETIT CÉSAR, *n° 1852.*

RIEN DANS LES MANCHES, *n° 2856.*

PARUTIONS FOLIO POLICIER

1.	Maurice G. Dantec	*La sirène rouge*
2.	Thierry Jonquet	*Les orpailleurs*
3.	Tonino Benacquista	*La maldonne des sleepings*
4.	Jean-Patrick Manchette	*La position du tireur couché*
5.	Jean-Bernard Pouy	*RN 86*
6.	Alix de Saint-André	*L'ange et le réservoir de liquide à freins*
7.	Stephen Humphrey Bogart	*Play it again*
8.	William Coughlin	*Vices de forme*
9.	Björn Larsson	*Le Cercle celtique*
10.	John Sandford	*Froid dans le dos*
11.	Marc Behm	*Mortelle randonnée*
12.	Tonino Benacquista	*La commedia des ratés*
13.	Raymond Chandler	*Le grand sommeil*
14.	Jerome Charyn	*Marilyn la Dingue*
15.	Didier Daeninckx	*Meurtres pour mémoire*
16.	David Goodis	*La pêche aux avaros*
17.	Dashiell Hammett	*La clé de verre*
18.	Tony Hillerman	*Le peuple de l'ombre*
19.	Chester Himes	*Imbroglio negro*
20.	Sébastien Japrisot	*L'été meurtrier*
21.	Sébastien Japrisot	*Le passager de la pluie*
22.	Pierre Magnan	*Le commissaire dans la truffière*
23.	Jean-Patrick Manchette	*Le petit bleu de la côte Ouest*
24.	Horace McCoy	*Un linceul n'a pas de poches*
25.	Jean-Bernard Pouy	*L'homme à l'oreille croquée*
26.	Jim Thompson	*1275 âmes*
27.	Don Tracy	*La bête qui sommeille*

28.	Jean Vautrin	*Billy-ze-Kick*
29.	Donald E. Westlake	*L'assassin de papa*
30.	Charles Williams	*Vivement dimanche !*
31.	Stephen Dobyns	*Un chien dans la soupe*
32.	Donald Goines	*Ne mourez jamais seul*
33.	Frédéric H. Fajardie	*Sous le regard des élégantes*
34.	Didier Daeninckx	*Mort au premier tour*
35.	Raymond Chandler	*Fais pas ta rosière !*
36.	Harry Crews	*Body*
37.	David Goodis	*Sans espoir de retour*
38.	Dashlell Hammett	*La moisson rouge*
39.	Chester Himes	*Ne nous énervons pas !*
40.	William Irish	*L'heure blafarde*
41.	Boileau-Narcejac	*Maléfices*
42.	Didier Daeninckx	*Le bourreau et son double*
43.	Sébastien Japrisot	*La dame dans l'auto avec des lunettes et un fusil*
44.	Jean-Patrick Manchette	*Fatale*
45.	Georges Simenon	*Le locataire*
46.	Georges Simenon	*Les demoiselles de Concarneau*
47.	Jean Amila	*Noces de soufre*
48.	Walter Kempley	*L'ordinateur des pompes funèbres*
49.	Tonino Benacquista	*Trois carrés rouges sur fond noir*
50.	Dashiell Hammett	*Le faucon de Malte*
51.	Hervé Jaouen	*Connemara Queen*
52.	Thierry Jonquet	*Mygale*
53.	Auguste Le Breton	*Du rififi chez les hommes*
54.	Georges Simenon	*Le suspect*
55.	Emmanuel Errer	*Descente en torche*
56.	Francisco Gonzàles Ledesma	*La dame de Cachemire*
57.	Raymond Chandler	*Charades pour écroulés*
58.	Robin Cook	*Le soleil qui s'éteint*
59.	Didier Daeninckx	*Le der des ders*
60.	Didier Daeninckx	*La mort n'oublie personne*
61.	Georges Simenon	*L'assassin*

COLLECTION FOLIO

Dernières parutions

3108.	Christian Bobin	*La plus que vive.*
3109.	René Frégni	*Tendresse des loups.*
3110.	N. Scott Momaday	*L'enfant des temps oubliés.*
3111.	Henry de Montherlant	*Les garçons.*
3113.	Jerome Charyn	*Il était une fois un droshky.*
3114.	Patrick Drevet	*La micheline.*
3115.	Philippe Forest	*L'enfant éternel.*
3116.	Michel del Castillo	*La tunique d'infamie.*
3117.	Witold Gombrowicz	*Ferdydurke.*
3118.	Witold Gombrowicz	*Bakakaï.*
3119.	Lao She	*Quatre générations sous un même toit.*
3120.	Théodore Monod	*Le chercheur d'absolu.*
3121.	Daniel Pennac	*Monsieur Malaussène au théâtre.*
3122.	J.-B. Pontalis	*Un homme disparaît.*
3123.	Sempé	*Simple question d'équilibre.*
3124.	Isaac Bashevis Singer	*Le Spinoza de la rue du Marché.*
3125.	Chantal Thomas	*Casanova. Un voyage libertin.*
3126.	Gustave Flaubert	*Correspondance.*
3127.	Sainte-Beuve	*Portraits de femmes.*
3128.	Dostoïevski	*L'Adolescent.*
3129.	Martin Amis	*L'information.*
3130.	Ingmar Bergman	*Fanny et Alexandre.*
3131.	Pietro Citati	*La colombe poignardée.*
3132.	Joseph Conrad	*La flèche d'or.*
3133.	Philippe Sollers	*Vision à New York*
3134.	Daniel Pennac	*Des chrétiens et des Maures.*
3135.	Philippe Djian	*Criminels.*
3136.	Benoît Duteurtre	*Gaieté parisienne.*
3137.	Jean-Christophe Rufin	*L'Abyssin.*
3138.	Peter Handke	*Essai sur la fatigue. Essai sur le juke-box. Essai sur la journée réussie.*

3139. Naguib Mahfouz	*Vienne la nuit.*
3140. Milan Kundera	*Jacques et son maître, hommage à Denis Diderot en trois actes.*
3141. Henry James	*Les ailes de la colombe.*
3142. Dumas	*Le Comte de Monte-Cristo I.*
3143. Dumas	*Le Comte de Monte-Cristo II.*
3144	*Les Quatre Évangiles.*
3145 Gogol	*Nouvelles de Pétersbourg.*
3146 Roberto Benigni et Vicenzo Cerami	*La vie est belle.*
3147 Joseph Conrad	*Le Frère-de-la-Côte.*
3148 Louis de Bernières	*La mandoline du capitaine Corelli.*
3149 Guy Debord	*"Cette mauvaise réputation..."*
3150 Isadora Duncan	*Ma vie.*
3151 Hervé Jaouen	*L'adieu aux îles.*
3152 Paul Morand	*Flèche d'Orient.*
3153 Jean Rolin	*L'organisation.*
3154 Annie Ernaux	*La honte.*
3155 Annie Ernaux	*«Je ne suis pas sortie de ma nuit».*
3156 Jean d'Ormesson	*Casimir mène la grande vie.*
3157 Antoine de Saint-Exupéry	*Carnets.*
3158 Bernhard Schlink	*Le liseur.*
3159 Serge Brussolo	*Les ombres du jardin.*
3161 Philippe Meyer	*Le progrès fait rage. Chroniques 1.*
3162 Philippe Meyer	*Le futur ne manque pas d'avenir. Chroniques 2.*
3163 Philippe Meyer	*Du futur faisons table rase. Chroniques 3.*
3164 Ana Novac	*Les beaux jours de ma jeunesse.*
3165 Philippe Soupault	*Profils perdus.*
3166 Philippe Delerm	*Autumn*
3167 Hugo Pratt	*Cour des mystères*
3168 Philippe Sollers	*Studio*
3169 Simone de Beauvoir	*Lettres à Nelson Algren. Un amour transatlantique. 1947-1964*

3170 Elisabeth Burgos	*Moi, Rigoberta Menchú*
3171 Collectif	*Une enfance algérienne*
3172 Peter Handke	*Mon année dans la baie de Personne*
3173 Marie Nimier	*Celui qui court derrière l'oiseau*
3175 Jacques Tournier	*La maison déserte*
3176 Roland Dubillard	*Les nouveaux diablogues*
3177 Roland Dubillard	*Les diablogues et autres inventions à deux voix*
3178 Luc Lang	*Voyage sur la ligne d'horizon*
3179 Tonino Benacquista	*Saga*
3180 Philippe Delerm	*La première gorgée de bière et autres plaisirs minuscules*
3181 Patrick Modiano	*Dora Bruder*
3182 Ray Bradbury	*... mais à part ça tout va très bien*
3184 Patrick Chamoiseau	*L'esclave vieil homme et le molosse*
3185 Carlos Fuentes	*Diane ou La chasseresse solitaire*
3186 Régis Jauffret	*Histoire d'amour*
3187 Pierre Mac Orlan	*Le carrefour des Trois Couteaux*
3188 Maurice Rheims	*Une mémoire vagabonde*
3189 Danièle Sallenave	*Viol*
3190 Charles Dickens	*Les Grandes Espérances*
3191 Alain Finkielkraut	*Le mécontemporain*
3192 J.M.G. Le Clézio	*Poisson d'or*
3193 Bernard Simonay	*La première pyramide, I : La jeunesse de Djoser*
3194 Bernard Simonay	*La première pyramide, II : La cité sacrée d'Imhotep*
3195 Pierre Autin-Grenier	*Toute une vie bien ratée*
3196 Jean-Michel Barrault	*Magellan : la terre est ronde*
3197 Romain Gary	*Tulipe*
3198 Michèle Gazier	*Sorcières ordinaires*
3199 Richard Millet	*L'amour des trois sœurs Piale*
3200 Antoine de Saint-Exupéry	*Le petit prince*
3201 Jules Verne	*En Magellanie*
3202 Jules Verne	*Le secret de Wilhelm Storitz*
3203 Jules Verne	*Le volcan d'or*
3204 Anonyme	*Le charroi de Nîmes*

*Impression Bussière Camedan Imprimeries
à Saint-Amand (Cher),
le 16 juin 1999.
Dépôt légal : juin 1999.
Numéro d'imprimeur : 992743/1.*
ISBN 2-07-040825-6./Imprimé en France.

89503